第二十四迴－Vierunzwanzig－

神光－EDWYN－

1

窗外，天色陰暗，天上污雲密佈；窗內，亞洛西斯正注視外面的景色，他心裡的陰霾一直揮之不去，越積越重。

一陣冷風從外邊吹來，弄得身後沙沙作響，亞洛西斯回頭一瞧，視線落在身後放滿紙張的書桌上。那些都是今天送來的公文，有些是已經簽好的，有些則是看到一半被放到一旁，有待處理的。乍看之下，桌上全都是紙，簽好和待處理的公文都堆在一起，看似亂七八糟，卻其實是亂中有序。亞洛西斯清楚他要找的東西在哪裡，而他現在的目光，就落在書桌中央，那份被風吹得最起勁，要是沒有紙鎮壓住，便一定會被吹走的一份文件。

那是一份由負責保衛南方邊境的亞丁頓將軍所寫的報告日誌，內容是亞美尼美斯的最近動向。亞洛西斯一想到內容，眉頭登時一皺，心裡煩躁憂慮。

一個半月前，亞美尼美斯曾經嘗試以尋找失蹤士兵為名進入安納黎南邊的妮惇妮亞郡邊境。當時亞丁頓將軍反應果斷，立刻派兵交戰。雙方在村莊裡駁火了一星期左右，期間亞丁頓將軍的部隊一度被逼後退，但後來他們依靠對地形的熟悉一舉反擊，成功逼使亞美尼美斯的士兵返回其國境內。那時候亞洛西斯就有預感，亞美尼美斯不會就此罷休，結果今天亞丁頓將軍就在報告裡告知，亞美尼美斯最近再次在邊境聚集部隊，規模不小，估計是在等待氣候回暖之後便再次侵襲邊境，規模一定比上一次的村莊侵占大得多。

亞丁頓將軍在報告中提及到，亞美尼美斯近期已經把性能更強、命中率更高的後膛槍投入實戰。

劍 舞 輪 迴

Sword Chronicle

Vol. 6

Setsuna 著

CONTENTS

他的探子曾經秘密潛進亞美尼美斯邊境軍營，親眼看見一部分士兵們已經拿著新武器進行訓練，而且挺有規模。亞丁頓將軍認為，如果兩國再打起來，這一批受過後膛槍使用訓練的士兵將會是重要戰力。亞洛西斯閱畢報告後，也同意這看法。

一個月前，派駐亞美尼美斯多年的臥底就已經把她們當時最新開發的後膛槍偷偷帶回來安納黎，上獻給亞洛西斯。軍部的人到現在還在拆解到槍的製作方法，沒想到亞美尼美斯居然那麼快便把武器量產，並派給軍隊使用。一想到這裡，亞洛西斯便很頭疼。

安納黎的軍隊主要使用的武器除了傳統的刀槍，熱兵器方面就只有前膛槍。前膛槍需要將彈藥從前方裝入，而且只能單發，但亞美尼美斯的後膛槍卻可以事前裝進兩發彈藥，而且不用將槍械豎立便能裝彈。這東西不管是在裝填彈藥的速度、射手隱蔽度，以及射擊穩定性，都是前膛槍望塵莫及的。軍部研發部的人如此說，亞美尼美斯的後膛槍射出四槍和裝填兩次的時間，是等於安納黎的前膛槍射出一槍和裝填一次的時間。亞洛西斯曾經親自下場測試過，他用後膛槍能在一分鐘內擊中兩個目標，但用前膛槍的話，加上裝填和重新瞄準的時間，他最快也要用四分鐘才能擊下兩個目標。

亞洛西斯的射擊速度和準確度已經是全國排列前茅，但他在沒有壓力的環境下也需要四分鐘才能擊下兩個目標，可想而知在分秒必爭、形勢時刻轉變的戰場上，用前膛槍攻擊的話時間需時多長，準繩度又會有多高。

以前，敵我雙方都用一樣的武器，前膛槍的缺點並不會那麼明顯，但現在亞美尼美斯用的是更快更準的後膛槍，兩者的攻擊速度和準繩度差距越大，雙方的差距就會更加明顯。亞洛西斯憂慮，上次的村莊侵占，自己的士兵們以地形取勝，但現在亞美尼美斯有了後膛槍，要是再打起來，他的士兵們還能像以前一樣，與亞美尼美斯打得不相伯仲嗎？這樣一來，安納黎這幾十年來一直維持的和平，是否要被打破了？

神的保佑——這時，一個想法在亞洛西斯的腦海閃過。

神在四百年前跟康茜緹塔家訂立的契約，說明了會保佑安納黎平安無事，但條件是要舉辦「八劍之祭」。契約的詳細內容，包括神必定會在每一屆的祭典裡指定齊格飛和溫蒂娜家的人擔當舞者，是康茜緹塔家歷任家主——安納黎的歷任皇帝們傳下來的重要機密。亞洛西斯當初從父親口中得知此事時，是不想相信的，但當他上任後看到當年亞雷斯皇帝留下來，那些關於與神立約的文件後，便不得不由他相信契約的真假。他留意到每次祭典舉辦期間，都一定會有足以動搖國家和平的大事發生，而每次該事件都會在祭典完結後「十分巧合」地被解決，然後安納黎繼續得以和平，直到下一個八十年的祭典。

亞美尼美斯的威脅和侵略，相信就是這一屆「八劍之祭」期間動搖安納黎和平的大事吧？依照過往經驗，只要祭典得出勝利者，那麼亞美尼美斯的危機便會自動解除，不需要擔心會被她們吞併。但亞洛西斯擔心的是，距離祭典完結還有一個月左右，但亞美尼美斯的軍隊已經在邊境摩拳擦掌，隨時都可能會進攻。要是亞美尼美斯真的在這一個月內攻進來，那時候祭典仍未得出勝利者，而安納黎的軍隊又在武器上處於劣勢的話，他們能抵擋得住嗎？會否祭典還未完結，亞美尼美斯的大軍便已經殺到阿娜理來呢？

亞洛西斯實在不喜歡這種依賴契約的做法，要是可以選擇，他會希望靠著安納黎自己的力量令國家繁榮安定，而不是以每八十年犧牲八個人的形式去換取短暫的和平。他有時覺得，這份契約也是一份箝制，神表面上賜予安納黎和平，但實則上就是以契約之名綁住整個國家的命脈，令整個國家都不能輕易離開祂的臂彎。他曾經想過要終止這份契約，讓安納黎離開神的控制，但這不過是想想而已。

終止契約的話會發生甚麼事，亞洛西斯不知道，也想像不到。身為皇帝，他的第一使命是維持國家的和平和國民的安穩生活。他不能因為自己的一己看法，貿然將整個國家拉進火海之中。尤其現在，亞美尼美斯的威脅近在眼前，當務之急是處理這個危機，讓安納黎得以繼續和平，所以他只能依靠「八劍之祭」，祈求祭典早日完結，國家的危機得以早日解除。

但……真的能夠撐得住嗎？只剩下一個月了，祭典的局勢仍未有明顯大變化，仍有五位舞者在生，他們真的能夠在一個月內分出勝負嗎？

「拉莫斯，」亞洛西斯突然想起了甚麼，從思緒中醒來，喚了他的隨從一聲。「祭司長今天來到了皇宮，是吧？」

「是的，陛下。」名為拉莫斯的少年輕輕點了點頭。

「你知道他人在哪裡嗎？」亞洛西斯立刻急促追問。

「應該是在禮拜堂裡。」拉莫斯恭敬地回答。「請問陛下是需要傳召他嗎？」

「不，我要親自去找他。」

亞洛西斯說完，二話不說拿起衣架上的大衣，未等拉莫斯上前，便自己打開房門，如風一般離開了書房。

大門打開，發出的響亮聲音打破了禮拜堂原來的靜寂，亞洛西斯進入後環顧四周，看到要找的人正在聖壇上後，便筆直快速走過去，似是事情十分緊急，一秒都不能等。

相比起亞洛西斯，壇上的宮廷祭司長倒是從容不迫。他知道亞洛西斯正站在壇下等待他，卻不為所動，繼續在心中默禱，完成後才慢慢張開眼，回頭俯視這位年輕皇帝。

教會的最高決察者是首席祭司長，接著是宮廷祭司長，以及每個部門的大神官們。宮廷祭司長因為主管「八劍之祭」的事務，以及皇室的敬拜事務，所以每週都會有幾天來到皇宮，今天就是其中一天。

「陛下，如此急忙前來，所謂何事？」他對亞洛西斯微微點頭行禮。也許是習慣使然，或者是故意的，他的說話速度十分緩慢。

「我想問一些關於『八劍之祭』的事，」亞洛西斯不拐彎抹角，直接道出來意。他問：「祭典完結後，國家便會再次得到和平，是真的對吧？」

「這是人和神的約定，神從不失約。」祭司長淡然回答。

「那麼期間呢？」亞洛西斯追問。

「陛下所指何事？」祭司長察覺到亞洛西斯話中帶話。

「現在亞美尼美斯就在國境，隨時都會打進來，既然神跟我家的約定是只要舉行『八劍之祭』，就會一直守護安納黎的和平安穩，那麼即是說，亞美尼美斯沒可能打進來，對吧？」亞洛西斯毫不掩飾地問。與神立下約定的是他的家族，但不是他本人。現在亞美尼美斯大軍壓境，他誓要從整個教會裡最熟悉「八劍之祭」事情的宮廷祭司長口中得到確實的答案，才能安心。

「神的約定是信實的，絕不打破。」祭司長沒有正面回答，只是將自己剛才說過的話用其他字眼重複一遍。

他的意思應該是亞美尼美斯不會打進來吧？亞洛西斯猜想，但他心裡仍抱有懷疑。

「那麼亞美尼美斯之前侵占村落的事該怎樣解釋？」亞洛西斯問。

如果神會一直保祐安納黎平安，那麼不是應該不會發生任何國境被侵略的事情才對吧？亞洛西斯就想看看祭司長會如何回答。

「事件的最後，不是陛下的軍隊反勝了嗎？」祭司長反問。見亞洛西斯點頭，他繼續說：「神的視點跟我們不一樣，我們只能看到不遠的未來，祂卻可以看到更遙遠、宏大的……」

「你的意思是，神一早便看到我軍反勝的未來，所以不出手阻止亞美尼美斯的侵略嗎？」未等祭司長說完，亞洛西斯便急著說出自己的猜測，確認祭司長的意思。

「正是如此，陛下。」祭司長點頭。

「那麼這一次祂也預想到我軍會反勝亞美尼美斯，又或中間發生甚麼事情，令亞美尼美斯知難而退，所以我們不需要擔心嗎？」亞洛西斯的語氣明顯帶有懷疑。祭司長的說法邏輯，他不是不懂，但就是覺得有點奇怪。

保祐平安的意思不是等於阻止將要發生的壞事嗎？因為看見，又或者選擇了平安的未來，而任由壞事發生後才解決，這算是保祐嗎？不是單單的觀察和選擇一個對自身最有利的未來而已？

亞洛西斯以前從未細想過這方面的問題，直到亞美尼美斯的事令他開始懷疑自己一貫以來的認知。

「是的，神自有祂的安排。」祭司長的態度很堅定。他的意思很簡單，總之一切都交給神就對了。

「那麼如果祂看見『八劍之祭』無法如期完結的未來，會盡力阻止嗎？」這時，亞洛西斯問出他來到禮拜堂最想得到解答的問題。

祭司長有點疑惑：「陛下的意思是？」

「假如亞美尼美斯在祭典未完結時便攻進阿娜理，攻佔了國家，這樣一來祭典便無法繼續進行。如果神看到了這個未來，祂會出手阻止亞美尼美斯進攻，保障祭典平安完成嗎？」亞洛西斯問。祭司長的說法令他越來越起疑，猜不透神選擇的標準。

「正如我剛才所說，神會守約保護國家，但原因不是出於確保祭典能夠平安完結。」祭司長再一次重申神在契約裡的義務。「祭典是人向神所行的儀式，進行儀式與否，那是人的決定。」

也就是說，祂會守護安納黎，但不會控制祭典能否準時完結相關的未來。這個解釋是可接受的，但多疑的亞洛西斯總是覺得，既然神可以選擇對安納黎有利的未來，那麼祂也一定可以選擇對自己有利的未來，例如每次祭典都能順利舉行，人類能一直向祂獻祭的未來。不過他知道這些都只是猜測，在沒有根據的情況下，一切都只是空想。

祭司長的回答消除了亞洛西斯對亞美尼美斯侵略的擔憂，但同時也勾起亞洛西斯的另一疑慮：「我換個問法，假若『八劍之祭』無法如期完結，會發生甚麼事？」

「陛下的意思是，無法在限定的時間裡選中勝利者嗎？」祭司長確認。

「沒錯。」亞洛西斯點頭。「本屆『八劍之祭』需要在櫻月十六日下午四時前完結，現在距離完結日只差一個多月，但仍然剩下五位舞者。要是他們五人無法在下月中之前分出勝負，會怎麼樣？」

雖然「八劍之祭」的開始時間有著表面上和實際上的分別，但結束時間卻是確定的，就是起始儀式完結後起算四個月。三個多月前，起始儀式是在下午四時完結的，因此根據規定，「八劍之祭」的完結時間是四個月後的同樣時間，也就是櫻月十六日下午四時。

「如果無法依約在四個月內完成祭典，選出勝利者，那麼人和神的契約便會自動終止。」祭司長思考了一陣子後，平淡地交出答案。

「甚麼？」這個答案在亞洛西斯的預計之內，但聽見時還是忍不住嚇了一跳。他立刻追問：「是立刻失效嗎？」

「根據先帝和神所立之約的內容，是的。」祭司長在腦內重溫一次契約的內容後回答，答得很肯定。

「失效……」亞洛西斯立刻把話題又轉回到他最擔憂的事上來：「如果契約失效了，神不再守護安納黎，那麼亞美尼美斯會立刻攻進來嗎？」

「陛下，我只是神的代言者，詮釋並傳達祂的旨意，並非預言者，因此無法預測如此精細的事。」祭司長嘆了一口氣，聽得出是有點累了。

沒用的傢伙！亞洛西斯差點衝口而出，幸好在最後一刻忍住。

「我不能準確預計事情的發生時間，但可以肯定的是，要是失去了神的守護，國家將會有翻天覆地的改變。未必是即時，但想必影響巨大。」見亞洛西斯眉頭緊皺，祭司長補上了一句，嘗試平息他的怒火。

「也是呢，」亞洛西斯嘲諷地一笑，心想：任誰都想到吧。「然後到底這一切會否發生，取決於那五位舞者能否在限期前分出勝負。」

而最糟糕的是，他不能直接介入，只能一直旁觀，等待結果。

「陛下毋需過份憂心。舞者們都對勝利有強烈的執著，也有想達成的願望。他們也知道剩下時間不多，一定會想盡辦法，盡快分出勝負的。」祭司長看出亞洛西斯的焦急，他點出舞者們的執著，嘗試安撫亞洛西斯。

「希望如此吧。」亞洛西斯冷笑一聲，祭司長的話似乎不怎麼有效。

見再不能問出甚麼有用的東西，他不打算久留，轉身離去，卻在走到禮拜堂門前時突然停下腳步。

「祭司長，你覺得神會希冀安納黎一直和平下去，還是會想加添些波瀾？」亞洛西斯側頭回望，試探地問。

「當然是和平安穩，陛下。」祭司長仍然站在聖壇上，對亞洛西斯低頭。

「但願如此。」留下短短一句後，亞洛西斯便大力開門離去。

2

獨自坐在翠綠會客室，打量四周那些熟悉的傢俱擺設，路易斯的心情有些複雜。

在學時，他有時會趁假期到皇宮找亞洛西斯敘舊，每次都會來到這個翠綠會客室找他。於他，亞洛西斯是其為數不多的童年好友，也是半個兄長，是繼路德維希之後，路易斯第二個仰慕的對象。雖然二人鮮有見面，但每次見面，他們都一見如故，促膝長談，聊上一整天。因為這樣，路易斯一直認為他和亞洛西斯是很好的朋友，但最近，他的想法改變了。

這幾個月的經歷，以及大起大落，令他終於看透所謂的好友關係不過是權宜之計。歌蘭當初把他介紹給亞洛西斯認識，是想讓家裡的繼承人結交國家未來的掌權者，好讓家族能夠牽制皇帝的一舉一動，也可以利用關係影響皇帝的決策。亞洛西斯與他交好，是因為他需要掌控那些對自己有潛在權力威脅的人，打好關係，自然更容易取得忠誠，而且可以在交流中找出對方弱點，留待以後有需要時當作王牌使用。

權力者之間從來沒有真正的友誼，有的只是利益鬥爭。就算他多麼渴求真誠，但在權力的漩渦當中，一切美好的事物不過是天真無謀的幻想。

幾天前，就是路易斯把布倫希爾德送回安凡琳的兩天後，他突然收到亞洛西斯的來信，邀請他今天到皇宮會面。不管是他，或是彼得森，都覺得在這個時候去首都不是明智之舉，但亞洛西斯在信上指明要路易斯閱畢後立刻前來。皇命難違，二人只好收拾行裝，快馬加鞭從威芬娜海姆趕來阿娜理，並已經打算好在會面過後便立刻啟程回家，不會久留。

路易斯在前來皇宮的路上特意繞路到路特維亞學院一趟。原因不為其他，就是要找到校長，正式終止學業。路易斯覺得，不管他能否在祭典中活下來，他當上了齊格飛家主，而且家裡只剩下自己一人，那麼就十分肯定沒法再回歸校園。既然這是確定的事實，那就不要拖泥帶水，把該完結的東西正式劃上句號。

換著是以前，他一定會把事情先拖著，但家人的死和布倫希爾德的事改變了他的一些價值觀，覺得事情要趁有時間適時處理。不過是幾個月的時間，不論是自己，還是身邊的一切都翻天覆地。路易斯忍不住嘆了一口氣，心裡感嘆這場祭典的瘋狂。

「啊，路易，你已經來了？抱歉，要你等待，我剛剛有事到了禮拜堂一趟。」亞洛西斯的招呼聲打斷了路易斯的思緒，他回頭一看，看到一身襯衫西褲的亞洛西斯正從門口走來。

「阿洛哥，不，陛下，我只是剛到而已。」路易斯立刻站起來，有禮地彎腰敬禮。

「像以前那樣叫我便好，不需要拘謹。」亞洛西斯說的時候在臉上擠出一個微笑。他走到路易斯對面的沙發坐下，後者在他坐下後才緩緩就坐。

這小子，懂得禮教了呢，亞洛西斯心裡一笑。他想起以前路易斯總是在打完招呼後立刻坐下，從來不會等人，甚至連頭也不點。不過是三個月的時間，便改好了壞習慣，他有些欣慰。

「最近還好嗎？」坐下後，亞洛西斯便開始寒暄。「歌蘭的事，我感到很抱歉。」

「謝謝關心，家父泉下有知，他會覺得感激的。」路易斯努力擠出一個微笑，簡短地回應。

「那次在葬禮上看見你一副神不守舍，快要倒下的樣子。又要處理公務，還有祭典的事，有好好休息嗎？」亞洛西斯關切地問。

「休息了一陣子，現在好多了。」路易斯輕輕點頭，沒有答得詳細。他聽得出亞洛西斯的言外之音——他想打聽自己這些日子作為舞者的動向，但他不打算順他的意。

果然沒那麼容易打聽呢，亞洛西斯心裡一笑。當上了舞者，果然成長神速。為免暴露自己的用意，他沒有追問下去，而是轉個話題：「不知道羅倫斯在外有否得知這消息呢？」

不只路易斯，亞洛西斯其實也認識路德維希和羅倫斯。

雖然亞洛西斯和路德維希同齡，但因為路德維希深居簡出，經常需要休養，而且他的性格不是亞洛西斯擅長應對的類型，所以亞洛西斯跟他的交情十分淺薄。羅倫斯的話，亞洛西斯有跟他見過幾次面，但一來羅倫斯不是被欽定的繼承人，亞洛西斯早就認定這段關係沒有利用價值，二來歌蘭經常阻止羅倫斯跟其他貴族見面，加上羅倫斯十分機靈，一早看穿亞洛西斯的目的，並加以戒備，所以亞洛西斯和他沒有建立起甚麼關係。

齊格飛三兄弟之中，亞洛西斯唯一能夠接近的，就是年紀較小也較天真的路易斯而已。

「我……哪天他回來時，我會親自告訴他的。」聽見羅倫斯的名字，想到他已經不在外邊，路易斯的心頓時震了一下，但他努力保持鎮定，不讓亞洛西斯能夠伺機窺探這個秘密。他趁機把話題轉離寒暄：「阿洛哥，相信你找我來一定有要事吧？」

「呃，對，只顧著閒聊，差點忘了正事。我叫你來是想問你，東部邊界的火山現況如何。」亞洛西斯看得出路易斯在躲避某些事，他想問，但覺得不需急於一時。

安納黎東部邊界有一條長長的火山帶，名為威芬娜山脈，是當年龍族居住並發跡的地方。威芬娜山脈的火山們都在威芬娜海姆郡的範圍內，一直由齊格飛家負責管理。雖然這些火山已經很久沒有爆發，但它們只是在沉睡，並沒有死去，因此隨時都有爆發的危機，而因為這些火山都是相連的，其中一座爆發，帶來的地震和地底活動很可能會刺激到其餘的火山一起爆發，到時定會為安納黎全境，尤其南邊帶來嚴重影響。為了早日得知和及早預防，歷任的齊格飛家家主都被要求定期向皇帝報告火山現況，而這個任務現在就落在路易斯的頭上。

如果只是普通的火山，亞洛西斯當然不會太過在意，問題就在於，在齊格飛家的傳說和歷史裡，神龍莎法利曼就在威芬娜山脈裡最大的活火山「艾菲希爾山」沉睡著，沒有人知道祂會睡多久，何時會醒來。現在碰上「八劍之祭」，考慮到齊格飛家的夙願是令神龍復活，而路易斯居然仍未落敗，亞洛西斯總是放心不下，便決定把他召來，打聽一下火山的現狀，看看會否發現甚麼莎法利曼即將要醒來的跡象。

「根據上星期的觀測員報告，最近威芬娜山脈的活動稍微活躍了些，有些火山有冒煙，地面溫度也稍微有所上升，但整體來說沒有甚麼大礙。」亞洛西斯事前沒有告訴路易斯要討論這件事，幸好路易斯記得上週讀過的報告內容，才不至於啞口無言。

「冒煙的火山都在甚麼位置？是甚麼時候開始的？」亞洛西斯繼續查問。

「主要都在北面，南邊則有一座。北面的兩座在去年已經有冒煙的記錄，而南邊那一座火山的冒煙記錄則是在兩星期前發生的，她直到現在仍在冒煙。」路易斯仔細回答。

亞洛西斯想了想，猜想道：「是米瓦凡火山嗎？」

「是的。」路易斯點頭。

「在艾菲希爾山附近呢。」艾菲希爾山附近的山峰名字，亞洛西斯都記得。當中，米瓦凡火山的活動一向較為活躍，所以他剛才憑直覺便猜到路易斯所指的火山是她。「那麼艾菲希爾山呢？最近有甚麼動靜？」

「一如往常地冒煙，可能是因為那一帶的地底活動活躍了吧，她有時會有碎屑噴出，但觀察員表示活動仍然屬於正常範圍。」

亞洛西斯頓時眉頭深鎖。艾菲希爾山位處威芬娜海姆郡南邊，對上一次爆發已經是七百年前。

根據記錄，艾菲希爾山最強的一次爆發，其火山灰遮蔽了整個安納黎的天空，令國家連續幾年氣溫下降，農作物失收，引發了小規模的饑荒。噴出碎屑可能是爆發的先兆，他很擔心，要是艾菲希爾山真的爆發，到底會為安納黎帶來多少災難？還有，七百年前的爆發時，莎法利曼還活著，那麼現在爆發的話，祂會如傳說一般甦醒過來嗎？

不久前和祭司長的對話瞬間在他的腦海浮現。如果「八劍之祭」得以及時完成，也許艾菲希爾山就不會爆發。但假若路易斯成為勝利者，他許下要令莎法利曼甦醒的願望，那麼到時別說火山爆發帶來的影響，整個安納黎大概會成為神龍腳下的戰利品吧。

果然，要維持統治，就只有依靠與神的契約。亞洛西斯很是頭疼，他明明是掌權的人，但怎麼很多事都不能在掌控之中，只能交由他人定奪。

不，他不是完全的無掌控，還有辦法。

「除了這些以外，都沒有異樣對吧？」亞洛西斯深了一口呼吸，沒有要繼續細問的意思。見路易斯點頭，他放鬆了表情——當然是裝出來的：「明白了。麻煩你繼續留意，有任何改變的話記緊立刻通知我，畢竟現在是祭典時期，亞美尼美斯又在國外虎視眈眈，實在需要留意國勢每一刻的變化。唉，真累人。」

說時，亞洛西斯還裝作不經意地伸了個懶腰，欲令路易斯放低警戒。

「亞美尼美斯的局勢如何？」路易斯好奇地問。他已經從郡內貴族傳來的公文裡得知亞美尼美斯駐軍的事，但既然亞洛西斯開口提及，便順勢詢問，順道看看他想說些甚麼。

「有軍隊在邊境扎營，可能等春天一到便會攻過來吧，但只要我們一天有神的庇祐，就不會有事。」亞洛西斯覺得自己的一字一句都是自嘲，。「說起來，距離『八劍之祭』只剩下一個月了，你接下來有甚麼打算？」

話題又回到祭典上了呢，他的目的果然是打聽我的行動。路易斯沉著回應：「也沒有別的可以做吧，就是想辦法打倒剩下的四人，然後勝出。」

「的確是呢，問了個蠢問題，」亞洛西斯尷尬一笑，然後立刻回復本色，追問道：「那麼你和溫蒂娜……」

「只是暫時的同盟而已。如果祭典的最後，站在我面前的舞者是她，我不會留手的。」路易斯的腦海裡頓時浮現布倫希爾德的笑臉，但在枱面上卻冷笑一聲，面不改容地編出謊言。

「真的可以嗎？你不是很喜歡她？」亞洛西斯垂頭，視線直指路易斯的左手。他早就留意到，路易斯從剛才開始一直有意無意地摸著左手中指上的戒指，也就是布倫希爾德給他的那枚訂婚戒指。

察覺到亞洛西斯視線，路易斯這才驚覺自己沒控制好小動作，立刻縮手。他摸的，其實不是中指上的戒指，而是甚麼都沒有的無名指。那裡本來戴著布倫希爾德親自製作的戒指，但為免節外生枝，他把戒指暫時交給了彼得森保管。

「有些好感吧，但在家族面前，利益面前，些微的好感算得上甚麼。」路易斯抓住自己的小錯順著編說。不知怎的，他回想起自己曾在歌蘭面前說過同樣的違心說話，頓時心頭一扎。

「那就好，我總算放心了。」亞洛西斯說的時候呼了一口氣。「聽見你們訂婚的時候我就在想，你是不是要違背小時候的諾言，為了心愛的人而變心，要靠向外人了呢？」

路易斯頓時察覺到事情不對勁：「甚麼諾言？」

「你小時候不是常說嗎，如果我當上皇帝，就一定會誠心輔助，忠心不二。」見狀，亞洛西斯搬出路易斯小時候說過的話，一臉「你怎麼忘記了呢」的神情。

「對呢，我好像真的說過這樣的話，」經亞洛西斯的說話引導，路易斯嘗試回想，隱約記起自己說這些話時的回憶，肯定了亞洛西斯沒有騙人。「為甚麼要擔心呢，我現在的想法仍是一樣啊。」

「真的嗎？」亞洛西斯語帶懷疑。

「當然，難道阿洛哥你不相信我嗎？」路易斯急忙反問。

「當然不是！你要知道這個位置很難當，多疑是常有的事，」亞洛西斯嘆了一口氣，一臉無奈與無力。「我知道你一向誠實真誠，但畢竟現在大家都背負著不同的東西，想法改變了也是情有可原。」

「阿洛哥，你在擔心皇位順序的事嗎？」路易斯忍不住了，直接點出亞洛西斯從剛才到現在一直在暗示的事。

「路易總是很懂我呢。」路易斯本來以為亞洛西斯會顧左右而言他，沒想到他居然掛上微笑，肯定地點頭。「因為是你，我就不忌諱直接說了，看見你們訂婚，就總會擔心一旦你們真的聯合起來，皇帝的位置或者要讓人了。」

安納黎的皇位繼承順序方法，是康茜緹塔家的人排在最前面，三大公爵家緊隨其後，其他次一等的貴族則排在後面。前任皇帝在位時，皇位紛爭激烈，許多康茜緹塔家人不是喪命就是失去貴族頭銜，因此現在康茜緹塔家就只剩下亞洛西斯，以及一位遠房叔父。那位叔父原則上是皇位的第一順位，但因為他年事已高，命不久矣，在年輕的亞洛西斯面前大概是繼位無望的了。亞洛西斯直到現在仍未有子嗣，所以繼那位叔父後，皇位繼承的第二順位就落在三大公爵家的家主們手上。

三大公爵家的地位相等，沒有誰先誰後，要是皇位真的落到他們手上，會利用選舉法，由全國貴族選出最適合的繼承者。這條法律在四百多年來一直未有機會沿用，但亞洛西斯害怕，今天就會應用在他身上。

「怎麼會呢，皇位是皇位，現在結交是為了『八劍之祭』啊。」路易斯覺得自己追不上亞洛西斯的思考迴路了。他猜出的，是亞洛西斯憂心自己現在變成了皇位第二順位，對他的統治做成威脅，但自己剛才不是都說了聯姻只是權宜之計，為甚麼此事仍然會是威脅呢？

「但之後呢？聯姻可是長期的結合啊。」亞洛西斯想到的是更遠的事。要是路易斯或布倫希爾德其中一位在祭典出勝出，就算另外一位不在，只要家族間的盟約仍在，其聯合起來的勢力強大得難以抵抗，屆時如果有人要推翻他，事情就變得易如反掌。

當然，如果二人其中一位勝出，而願望是毀滅或奪去安納黎，那麼他自己也一定沒法保命。

「阿洛哥你擔心太多了，我怎會有那麼大的膽子搶你的位置呢，而且我就連自己能否勝出也未敢肯定呢。」路易斯再一次重申，想讓亞洛西斯安心，卻留意不到自己不知不覺間已經被後者牽著走。

「如果你勝出了，會像以前對我說過的，向神許願復活神龍嗎？」亞洛西斯抓緊路易斯此刻那份覺得對自己有欠的心情，以及過往的情誼，表現出很不安，帶著路易斯向自己希冀的方向走。

「正如你知道的，這是身為齊格飛家的人一定要做的事。」路易斯有一刻想過答「不」，但醒覺在這個時候說謊會引來負面後果，就算有點怕，仍以事實回應之。

「那麼之後呢？要振興多加貢尼曼王國嗎？」亞洛西斯仍然很不安。

「之後的事，以後再算吧。」路易斯攤開雙手，他想回應亞洛西斯的期望，但內心已不停叫他務必小心，不可以回答太遠的事。「光是要處理現在手頭上的事，就已經忙不過來。未來的事我實在沒法看清，但可以肯定的是，我會一直視你為皇。」

「有你這一句話，我總算可以放下心頭大石了。」經一輪轉折，亞洛西斯總算放下了「不安」。他當然想要得知路易斯的願望，但最重要的還是路易斯向自己表示忠誠的一句話。有了這句話，以路易斯的性格推斷，他就絕對不會胡來。

亞洛西斯滿意地笑了笑：「希望你能夠順利勝出吧。」

「謝謝你，阿洛哥。」好不容易終於用一句話完結了這場言語之爭，路易斯在心裡放鬆地呼了一口氣。他望向亞洛西斯的書桌後，立刻提出：「如果沒甚麼事，我也不打擾你處理公務了。」

再不走，又不知要被問甚麼的了，路易斯心想。

「嗯，我叫拉莫斯送你出去吧。」他本來以為亞洛西斯會藉故拉著他，沒想到後者居然那麼爽快答應。

「說起來，怎麼今天不見安德烈的？他出任務去了？」路易斯正要站起來，這時察覺到異樣，好奇地問。

「你忘了？每年的這個時間他都會歸家一趟的，」亞洛西斯解釋。「下星期是他兄長艾溫的生忌，每年這個時間他都會回家一趟，見兄長一面。艾溫離世已經十年有多，安德烈還是對他念念不忘呢。」

換著是我，就絕對做不到，兄弟姊妹之於我，只是生死爭鬥的對象，毫無親情可言。亞洛西斯想起睡在墓園裡的兄長，心裡對自己說。

「情感的連結，有時候不是想忘記便可以忘卻的。」相反，路易斯聽畢，頓時有些感觸。

「也是呢，不過他當年離去得很突然呢。貴族之間不時會有急病離世的事，急得有時候讓人起疑。」亞洛西斯不禁慨嘆，但吐出後半句後，卻在偷偷地留意路易斯的反應。

「世事難料，命運的安排只有神知曉。」知道亞洛西斯暗示著甚麼，路易斯沒有要回應的意思，只是拋下一句，便點頭離去。

3

荒蕪的山坡上，放眼所見皆是枯木，地上的泥土都鋪滿雪花，和雪化成冰的殘渣。方圓數公里的景色看起來都差不多，難以辨別方向，但夏絲妲走得一點也不猶豫。她非常清楚自己前進的方向，筆直往北方走去。

十一年前，她正是沿著這條路逃離威爾斯家的奧德莉婭城堡，今天，她踏上同一條路，回到一切的起點。

山坡的時間彷彿被冰封一樣，景色十一年來幾乎沒有變改，站在熟悉的樹木面前，傾聽曾經熟悉的呼嘯聲，低頭一瞧腰間綁著的「荒野薔薇」，那把從艾溫手上繼承而來的劍，夏絲妲不禁在心中感嘆，世事皆為一個圓。

她當初逃離的時候，以為自己不會再回來，怎知到最後還是敵不過心中的感情，踏上歸途，要為多年來的事情劃上一個句號。

眼前的景色總會勾起回憶，夏絲妲看到年輕的自己在山坡上自由自在地奔跑、練劍的回憶，也不期然想起她當年勝過艾溫並離開後，所發生的一切。

十一年前，她在對決裡殺死艾溫後，便像逃犯一樣急速逃離。目睹艾溫被殺一幕的安德烈當時在她身後緊追，揚言要殺了她。夏絲妲很害怕，她一直跑，一直跑，腦內一片混亂，直到跑到一個杳無人煙、完全陌生的小村莊，才終於停下腳步。

冷靜下來後，她才慢慢理解到自己做了甚麼好事。她殺了貴族，而且是管治北方、鼎鼎大名的北鵝侯爵，威爾斯家一定不會放過她，定會想盡辦法抓她回去處死。先不說她處境危險，她本來就是因為艾溫的好意才能住在奧德莉婭城堡的，逃出來後的現在身無分文，別說是生活了，就連住處也沒法張羅。她回到了五年前那個居無定所、無名無份的生活，唯一不同的是，手上多了一把「荒野薔薇」，以及多了一條殺害貴族的罪。

「你贏了我，但得到甚麼嗎？甚麼都沒有吧，對嗎？」

夏絲妲頓時想起艾溫臨終前所說的話他那溫柔的聲音，此刻聽起來嘲弄至極。她極力要反駁，但現實血淋淋地擺在她面前，不由得她否認。

不，我並未失去一切。

在惱怒、絕望之中，不服氣的心激發夏絲妲想出一個她多年來從未有過的想法。

我還有生父生母，還有可以回去的地方。只要找到他們，也許他們會與我相認，那就可以證明我還有歸宿，不是「甚麼都沒有」。

一不做，二不休，夏絲妲立刻起程到處打聽關於生父生母的消息。她記得小時候收留過她的老夫婦曾經說過，二人是在一個下雪天，在瓦斯利亞的教堂門前遇見被放在籃子中的她的。她猜想，一般人應該不會特意走到離家很遠的城鎮拋棄孩子吧，所以她也許可以把瓦斯利亞當作起點，一步一步尋找。

她沒有見過雙親，別說是名字，就連樣貌也不清楚，但頭上的一把紅髮卻是最有用的線索。她不停打聽，在瓦斯利亞附近有沒有人跟她留著一樣的紅髮，就這樣過了半年，終於從某位婦人口中得知，在一個名為雪妮婭的城鎮，也有一位留有一頭鮮紅長髮的中年女子，聽說她年輕時曾經居住在瓦斯利亞一帶，五年前才搬到雪妮婭。

一定是她了！當時的夏絲妲歡喜雀躍。她不加思索便起程往雪妮婭去，路途上不停想像，跟母親相認的一刻會是怎麼樣，該跟她說些甚麼。

「你要找多蘿緹亞嗎？」

來到雪妮婭——一個位處高山山腳下的小鎮，夏絲妲在酒館裡嘗試打聽消息，一個滿是酒氣的中年男人上前搭訕。

「這麼一個小妮子要找那婊子……你是要拜師學藝嗎？」中年男人似是在腦海中想像到甚麼，笑得猥瑣。

「扔開你的下流想法，老頭，不然——」聽見應該是母親的人是個妓女，夏絲妲心裡吃驚，但沒有表露出來。她退後一步，稍微拔出「荒野薔薇」，冰冷地瞪著男人：「別怪我不客氣。」

「我只是說個笑而已，別那麼認真啊。」男人立刻嚇得退後幾步，但嘴上仍在挑逗，似乎不怎麼害怕。

「那……」

「別管這些醉鬼了，他們的腦裡只有酒和下流的事。」就在夏絲妲要把劍拔出來時，酒館的老闆娘衝了出來，把夏絲妲拉開，阻止二人打起來。「你想找多蘿緹亞？有甚麼事嗎？」

「你知道她在哪裡嗎？」夏絲妲立刻焦急地問道。

「知道是知道的……慢著，你看起來有點像她呢，是她的親屬，還是甚麼嗎？」老闆娘湊近一看，露出略為驚訝的神色。

「不關你的事，只管告訴我她在哪裡便行。」夏絲妲沒打算閒話太久，不想跟陌生人透露自己的事。

「很不客氣呢。多蘿緹亞就住在外面那座山的山腰上，山腰上有一間木屋，就是她的家，應該很容易找到的。」老闆娘無奈地笑了笑，向夏絲妲指明方向。

「謝謝你，我現在就去。」夏絲妲不浪費一分一秒，轉頭就要走。

「但是……」

「甚麼？」正要步出酒館時，留意到老闆娘的遲疑，夏絲妲停下腳步，回頭問道。

「我不建議你現在過去。」老闆娘搖頭。

我何時過去，那由得你決定！

夏絲妲充耳不聞，頭也不回地離開了酒館，依照老闆娘的指示，走上酒館附近的山上。她走了約莫一小時後，便在山腰上看見一處平原，那裡甚麼都沒有，就建有一所木屋。

看來就是它了！夏絲妲懷著興奮的心情，小心翼翼地走到木屋旁，想先窺看一下裡面，然後才敲門。

就在這時，她聽到屋內傳出一些聲響。

「……找你啊，多蘿緹亞。」

是一把有些低沉的女聲，聽起來像是有點年紀。聽到多蘿緹亞的名字被提及，夏絲妲立刻小心翼翼走到一扇窗戶前，伸頭往屋裡偷看。

「甚麼？」這時，一個有著鮮紅長髮、白皙皮膚的女人出現在窗前。

女人看得出有點年紀，但容顏依然秀麗。在昏暗中，夏絲妲看到這女人跟她一樣有著一雙紫瞳，五官也跟自己相似，彷彿是自己到同樣年紀時會有的面貌。

就是她！她就是我的母親！夏絲妲在心裡興奮地歡呼。

「我從伊莉娜口中聽回來的，剛剛有人來到山下的酒館，說想要找你。」

夏絲妲再看了一眼，那個擁有低沉女聲的人身材肥胖，一頭黑髮中夾雜著些銀髮，年紀看起來比多蘿緹亞更大。

伊莉娜應該是剛才酒館的老闆娘吧，夏絲妲猜想。她沒想到就在自己上山這麼短的時間裡，事情已經傳開了。

「會找我的，除了客人，應該沒有別的吧。」多蘿緹亞似乎毫不在意尋覓者的身份。「居然有客人直接找我，而不是先找你約時間，他是外地人嗎？」

「不，伊莉娜說那個人跟你的樣子有點像，是個女的，也有一頭紅髮。會否是你的親戚之類的？」黑銀髮女人搖頭，說出夏絲妲的特徵。

「我本來就沒有甚麼親戚的，有的都一早死光了。」多蘿緹亞嗤之以鼻，還擹了一下手。

「她會是你的女兒嗎？」黑銀髮女人想了想，疑惑地問道。「你以前不是說過，自己生過小孩嗎？」

「我幹這行多少年了，意外懷上小孩並不是新鮮事，哪會記得是誰？」多蘿緹亞略為激動地反問。

「伊莉娜說她十分年輕，外表看起來像是十六至十八歲左右，你會否有印象？」黑銀髮女人問。

「……雪妮……」多蘿緹亞聽畢，似乎想到甚麼，雙眼略為睜大，呢喃一個名字。夏絲妲只聽見後半的發音，但她從多蘿緹亞的嘴型大概猜出前半的讀音。

「你說甚麼？」黑銀髮女人追問。

「沒可能的，」多蘿緹亞立刻收起驚訝神情，回復到本來的不屑一顧。「那孩子我把她丟在教堂門外，當時正下著大雪，除非有多管閒事的人撿走，不然早就冷死了吧。」

夏絲妲頓時記起，收留她的那對老夫婦曾經說過，發現自己的時候，整個城鎮正被暴風雪吹襲。要是他們遲一點發現她，她很有可能已經在風雪中冷死。

她不明白，為何母親當初要那麼狠心拋棄她，還要在暴風雪當中，一副就是想自己死的模樣。

「那可能真的是被好心人撿走，現在她長大成人，想來尋親了呢。」黑銀髮女人沒有被多蘿緹亞的冷淡嚇怕，夏絲妲感覺到，這人似乎想盡力讓多蘿緹亞承認自己的存在。

「拜託不要！我當初就是太遲發現懷上了她，趕不及墮胎才勉強生下來的。我根本不想要她！留著孩子在身邊，只會阻礙我接客！」正當夏絲姐滿心期望多蘿緹亞會回心轉意時，多蘿緹亞的一句狠狠擊中了她的心。

「畢竟血脈相連，而且還替她取了名字，你當時應該是想留下她吧，」黑銀髮女人連番搖頭，仍在努力勸說。「不管如何，現在她回來找你了，你不如放下成見，與她見……」

「她不是我的孩子！」未等黑銀髮女人說完，多蘿緹亞便十分激動地打斷她。「給我記住，我並沒有生下甚麼孩子，孩子甚麼的只是負累。現在我的生意已經大不如前，突然要當個孩子的媽？我還能繼續接客嗎？」

「多蘿緹亞，你聽我說……」黑銀髮女人仍不放棄。

「我要的是生意，不是拖油瓶！」但多蘿緹亞就是不聽。「她甚麼都不是，別讓她來找我！如果當初我能夠選擇，一定不會生下她！」

窗內，見多蘿緹亞說得那麼絕情，黑銀髮女人也不好意思再說下去；而在窗外，聽見這一切對話的夏絲姐神情空洞，驚呆地跌坐到地上，幾乎失去了反應。

她終於得知了自己本來的名字，找到了名為雙親的根源，但原來自己一直相信的，那所謂最後的歸宿，居然是從不存在的。

夏絲姐在年紀很小時便已對雙親會記掛自己一事不抱希望，嘴上是這樣說，但心底裡還是有一丁點的期望，希望有一天能與他們相認，像其他小孩一樣得到父母的愛。多蘿緹亞狠絕的一字一句，就像是現實在她臉頰扇下的巴掌，每一巴掌都在嘲笑她的妄想，逼使她清醒過來。

我現在，真的甚麼都失去了……

不，夏絲妲心裡的理智否定了自己。

她本來還可以擁有艾溫的愛，以及名為艾溫的歸宿，但她為了勝利，把自己僅有的東西都拋棄。她手上的虛無，是自己一手做成的。

夏絲妲崩潰了，她感覺自己終於從多年的夢中醒來，看清自己有多天真和愚蠢。她跌跌撞撞地離開多蘿緹亞的家，心裡十分迷茫，不知道自己接下來應該做些甚麼。

我不想在此停下腳步……

她漫無目的地自我放逐，沮喪至極，但在不停思索當中，有一句話不停出現在她心裡。

我說過的，在變得比任何人都要更強之前，是絕對不會停下來。沒錯，我甚麼都沒有了，贏了也輸了，那又怎樣？艾溫不是全部，他不過是整個世界的一角而已！

我跟他不一樣，不會輕易滿足。我就要證明，自己是對的！

在找到能夠說服自己的答案之前，我，絕不會服輸！

強烈的好勝心和執著很快驅走了夏絲妲心中的陰霾。一輪思索過後，她決定離開北雪之地，以及安納黎，到東方一帶流浪。她要捨棄過往的自己，重新開始。

她在東方諸國遇上不少奇人，有教她術式的術式使，也有指導她劍術，教導她更多武器知識的老師。這些人的存在告訴了她，天外有天，「最強」是沒有終點的。她依然朝著「最強」的目標進發，但跟過往不同的是，她不再是因為想向那些曾經歧視她、看不起她的人施以嘲笑，而要爬到比他們更高的地方，而是想追求更多的知識、更多的可能性，而一步一步往上進發。

夏絲妲一直相信自己所追求的跟艾溫的「最強」並不一樣，自己的更為實在，但倒頭來發現原來差不多，都一樣虛無且縹緲。「在最強的盡頭只有孤獨」，越是前進，她越是明白那份強者才能體會的孤獨滋味。就越是理解這條路是沒有終點的，她十分清楚，從自己決定踏上旅途的一刻，她就注定與孤獨為伴。

曾經，她對這份孤獨心存迷茫，但近幾個月的經歷讓她明白，即使站在無人的高嶺上，只要有能夠共享景色，理解想法的人，就算路途孤獨，也絕不孤單。是愛德華讓他明白，不，應該是說，是愛德華的出現，讓她察覺到這個自己早就知道，卻一直沒有實感的答案。

她一直很想到艾溫面前，向他傳達這個答案。當年，艾溫將最強與孤獨的難題交到她手上，今天她終於可以挺起胸膛告訴他，他的解答並不是唯一。

回過神來，夏絲妲發現自己已經到達當年和艾溫對決的山丘。山丘上除了枯葉、枯木，甚麼都沒有，一如十一年前一樣荒蕪。

「這傢伙，果然在騙我。」夏絲妲忍不住出口咒罵安德烈。

她早就猜到安德烈不會輕易透露艾溫墳墓的資訊，只是沒想到這傢伙居然真的敢在艾溫的事上說謊。想來也是正常，艾溫貴為貴族家主，當然不會葬在這種無名山丘上，而是在家族墓園，在有名有姓的墓碑下安心躺著才是。

雖然說此行主要目的之一是想到艾溫墓前見他一面，但夏絲妲當然不會為了完成目標，大膽地走到威爾斯家的家族墓園去。今天是艾溫的忌日，下週是他的生忌，這段時間期間，墓園那邊一定有威爾斯家的人在，安德烈也一定會在那邊，守在最愛的兄長墳前。要是她貿然前去，一定會被發現，並會滋生事端，所以不了。

就算不到墳前，重回艾溫的葬身之地，也一樣可以憑弔。夏絲妲心想。不管如何，人都到了，那就四處看看，然後悄悄離去吧。

她抬起頭，向天呼出一口氣。無形的空氣化為有形的煙霧，漸漸隨風散去。凝視著白茫茫的天空，不知怎的，夏絲妲忽然想起艾溫。

他是那麼的遙遠，明明近在咫尺，伸手便能碰到，但又遠在天邊，如何追逐都沒法走到他的身邊。她一直追逐，由艾溫向她伸出善意的手那一刻起，便在他的背後一直奔跑，想要跑到他的前面。

十一年前的她在這個山丘趕上了他，但夏絲妲覺得，她直到現在才真正站上山丘，看見當年艾溫所見到的景色。不只是因為與當年的他年齡相近，更因為是這些年間所累積的經歷。

這些年一直不回來，除了是因為討厭矯情，也是因為逃避，不想面對自己曾經崇拜過艾溫的過去。她本以為站在山丘上時，自己會感到厭惡，又或憤怒，但意外地，現在的心境卻十分平靜，只剩下感慨。

看來，是真的釋懷了，夏絲妲滿意一笑。

她不敢說現在的自己跟艾溫一樣，畢竟大家有不同的經歷，不同的見解。現在的她不會像同一時間的艾溫那樣，因為永遠沒法完成目標而感到氣餒，並期待別人能超越他——

慢著。

夏絲妲突然剎停腳步。她一直對艾溫後期的氣餒、低落態度為之憤怒，但直到現在，她才發覺事情並不對勁。

「看來這座山丘就是最後。我希望你能打敗我呢，莉璐琪卡。你的話，定必可以超越我。」

二人最後一次對決前，艾溫對夏絲妲所說的話浮上她心頭。她一直以為那不過是這個爛好人的一句客套話，但回想起他當時掛在臉上的落寞微笑，她此刻終於讀懂艾溫那些隱藏在話裡的訊息——

他在期待，有人能終結自己的漫漫長路。

要是有人超越了他，那麼他便能放下多年來的包袱，從「最強」的枷鎖中解脫。

而那個人，他認定了是夏絲妲。

夏絲妲一時火起，忍不住一拳打到樹幹上。她惱怒的，除了是自己的遲鈍，更多的是對艾溫選擇的不滿。這一拳把樹上僅餘的樹葉都打落到地上，夏絲妲低頭一看，這才發現樹下有些奇怪的東西在豎立著。

那是甚麼？

她彎腰查看，發現豎立著在泥土上的是一塊石頭。石頭上面刻著一些東西，還有一些字，因為歲月消磨，那些字已經看不清楚了，但刻痕仍有殘留。夏絲妲把石頭拿起來仔細查看，她不禁張開嘴巴，一臉驚訝。

這個是……！

「你這女人，為何偏偏在這個時候回來？」

就在這時，夏絲妲身後投來一句冰冷的質問。她笑了笑，處之泰然地轉身，彷彿早就料到他的到來。

站在她身後不遠處的，不是別人，正是安德烈。

「你不是應該在墓園陪伴最愛的兄長的嗎？幹甚麼走到這裡來了？」夏絲妲故意提高音量問道。

「聞到噁心的可恨氣味，當然要跟來看看了。」

安德烈一身雪白大衣，腰間掛著佩劍，跟艾溫生前常穿的裝扮相差無幾。這是自起始儀式過後，二人再次碰頭，但跟之前不同的是，山坡上沒有外人，所以安德烈沒有收斂，直接擺出厭惡的表情。

「堂堂皇家直屬騎士團團長，光天化日之下跟蹤良家婦女，傳出去可不太好呢。」二人之間相隔約幾棵樹的距離，雙方都沒有要往前拉近距離的意思。夏絲妲態度神若自如，相反安德烈眉頭緊皺，對比明顯。

「甚麼良家婦女，罪孽深重的通緝犯哪有資格說？」安德烈指著夏絲妲怒斥。

「但你沒可能甚麼都不知道就走來這裡的，一定是掌握了我的行蹤吧？」夏絲妲問。

「我的確是聽說了你最近在北雪之地一帶出現，前幾天收到你在北鵝群出現的情報，剛才在墓園裡待著時突然感到不對勁，抱著疑心走過來看，沒想到你居然真的敢回來，還偏偏是今天！」安德烈強硬地反駁。

「呵，還說不是跟蹤，你不是掌握得很清楚嗎？我聽說上星期你人還在阿娜理，該不會是猜到我會回來，特意跟蹤我到這裡來吧？」夏絲妲嘴角上揚，毫不客氣地嘲諷。「拋下敬愛的亞洛西斯陛下，為了私慾行動，不覺得對他有愧嗎？」

「你注意一下用辭，別隨便污衊陛下，還有，別直呼陛下的名字。」安德烈冷淡地駁斥，但雙眼裡燃燒的怒火很是猛烈。

「我可沒有污衊的意思，只是直述事實而已。是你心中有愧，才會如此覺得吧？」見安德烈如此反應，夏絲妲嘴角更為上揚，反問更為尖銳。

「你！」安德烈氣得說不下去。

「怎樣？我有說錯嗎？」夏絲妲把頭抬得更高，樣子更為神氣。

安德烈憤怒地瞪著夏絲妲，後者回以惹火的笑容，二人就此對峙，互不退讓。忍受不住夏絲妲神氣的模樣，安德烈呼了一口氣，冷靜些許轉換話題：「你回來到底為了甚麼？」

「以前我就住在這裡，想回來便回來，有問題嗎？」夏絲妲反問。面對其他人，她可以收放自如，但唯獨面對安德烈時，她總是忍不住心中那團火。

「這麼多年都不回來，偏偏要選這一天？」安德烈質問。

「對，我就是來看艾溫的，怎麼樣？」夏絲妲知道安德烈接下來會有甚麼反應，故意如此回答。

「明明殺了他，還有嘴臉說這些話！」果不其然，安德烈立刻怒斥。

「我和他的對決是雙方同意的，賭上了生死，所以不是謀殺。」夏絲妲糾正安德烈說。

這些年間，每逢雙方談起艾溫的事，安德烈都會指責她是殺人犯，就算夏絲妲多番解釋那場是對決，雙方同意的，但安德烈都堅決不信。

「別說笑了，兄長怎會答應跟你對決，而且賭上性命？」正如夏絲妲猜測，安德烈直到今天依然不想相信。「他那麼強，而且，怎會敗給你這樣的人？」

「事實上他就是敗北了，劍也在我手上。」夏絲妲特意碰了碰「荒野薔薇」的柄頭，提醒安德烈這曾是艾溫擁有的劍。

「那又怎樣？可以是你殺死他之後奪去的！」安德烈就是不聽。

「還有，那是艾溫所希望的。」夏絲妲想了想，吐出了一句。

「甚麼？」安德烈不解。

「他一直希望有人能與他對決，並打敗他，」夏絲妲說出她不久前推測出的想法。「他早就想我提出對決，並決定好要死在我劍下。」

「這不可能！」安德烈一聽，頓時握緊拳頭，激動怒吼。「你的意思是，艾溫哥哥是甘心被你殺死的？這不可能！」

「我沒說艾溫甘心被我殺死，只是說他一早就希望我向他提出生死對決，而他的願望，就是我勝出，他成為敗者。」安德烈的反應在夏絲妲預計之內，她倒是覺得，他沒有立刻衝上來揍人已經算不錯。

「艾溫哥哥沒可能會想成為敗者！你恃著自己贏了，就不停地污衊他，到底是想怎樣？」安德烈站在原地，滿臉通紅，指著夏絲妲質問：「還有，那時你只有十五歲，行事光明的他怎會答應跟年紀相差那麼遠，而且是個女的，認真地對決？」

「信不信由你，我就知道你不會相信，」夏絲妲嘆了一口氣。她伸出手：「但我找到了這個，你看看。」

安德烈正要把視線聚焦到夏絲妲的手上時，她把那東西向他拋去。他俐落地接住，攤開手掌一看，發現竟然是一塊漆黑的石頭。

「這是甚麼？」安德烈覺得它有點眼熟，但一時間想不起來。

「你沒可能忘記吧，艾溫曾經最為珍重的一塊原石。」夏絲妲平淡地告知。

安德烈想起來了，艾溫以前確實有一塊十分喜愛的黑曜石原石。艾溫曾說，這塊石頭有著十分重要的意義，即使安德烈多番請求，艾溫也不願意送給他。

「這……你怎會有這種東西的？」艾溫死後，安德烈曾經嘗試尋找這塊黑曜石原石，但一直遍尋不果。沒想到多年後的今天，居然會出現在夏絲妲手上。「我知道了，是從兄長身上偷來的——」

「你跟以前一模一樣，總是不聽自己不想聽的話，」夏絲妲忍不住打斷安德烈。她指著石頭，說道：「看看上面刻著甚麼。」

安德烈低頭一看，把石頭翻到另一邊。那裡刻著一隻天鵝，正正就是艾溫生前盾徽上的展翅天鵝。

「天鵝下面的字已經看不清楚了，但我猜應該是銘言之類的，」見安德烈那略為驚訝的樣子，夏絲妲便接著說：「艾溫以前不是說過嗎，他要把這塊黑曜石親手交給勝過他的人。平時他都把石頭放在房間裡，與其他人對決時都不會拿出去的，但現在它卻出現在這座山丘上。我猜，他在對決當天把石頭帶了出來，但忘了交給我，又或者在打鬥的過程中丟失，所以石頭一直埋在泥土裡，直到今天才被我發現。」

把石頭帶出來，也就是說艾溫當天預料自己會輸，又或者有此期待。夏絲妲不直接點明，她知道安德烈聽得懂，他只是不想面對事實而已。

安德烈緊握石頭，他想反駁，但腦內浮現的回憶讓他的嘴沒法打開。他記得艾溫確實對自己說過石頭的用意，也見過艾溫專心雕琢石頭的模樣。

其實自從數年前重遇夏絲妲，從她口中得知當天艾溫是跟夏絲妲對決後被殺時，安德烈就知道她說的就是真相。同住相處了數年，每天都在爭奪艾溫的注意，安德烈對夏絲妲的性格已經瞭若指掌。她也許詭計多端，說話故弄玄虛，但在艾溫的事情上，她從不說謊。

他不想承認，但至今不得不承認，艾溫也許不是他一直所相信的被殺。那個他愛的，愛他的兄長，選擇離開他，與一個外人賭上生命。他的劍，他的性命，一切一切，都落在那個人手上。他是被留下的人，也是不被選中的人。

「……你為甚麼要跟兄長對決？」良久的靜默後，安德烈咬牙切齒，問出一個他多年來一直想知，但不敢問的問題。

「我要超越他，那是當時唯一想到的辦法。」夏絲妲簡單地回答。她對當年自己的決定心有愧疚，但不打算向安德烈交代。

安德烈握緊拳頭，壓下情緒質問：「為甚麼要贏，為甚麼要他死？」

「既然是對決，當然是要賭上生死才有意義。」夏絲妲知道安德烈想聽甚麼，但她故意答得毫不留情。

「……你一直都是這樣，總是要奪走我的東西。」安德烈低聲細喃。

二人相隔太遠，夏絲妲聽不清楚：「甚麼？」

「我的人生本來很好的，艾溫哥哥會愛我，甚麼都給我，但就因為你的出現，一切都亂套了！」在追問之下，安德烈終於忍不住爆發，多年來積壓的怒氣一湧而出。「你就是要跟我爭奪他，本來只屬於我的東西，都給你搶走了！你搶走了只屬於我一人的愛，只屬於我一人的時間，最後呢？連他的性命也奪走！」

「那又怎樣？以艾溫的性格，就算當初沒有遇上我，也會在某一天把別的人帶到城堡裡去。你想佔有他，他卻不會留在你的掌心上。」面對安德烈的指責，夏絲妲倒是坦然。站在她面前的，彷彿是小時候的安德烈，那憤怒的樣子，那將自己放在受害位置，不讓他人拿走自己一分一毫的說辭，一直沒變。「醒醒吧，他已經不在了，無謂再執著。」

「你倒是說得風涼，好像跟自己無關似的。不愧是妓女所生的賤種，臉皮真厚。」安德烈嗤之以鼻。

夏絲妲頓時眉頭一皺，但口氣依然不變：「呵，你去查探了嗎？」

「對於仇人，我當然要清楚知道她的所有事。」留意到她的微細表情變化，安德烈覺得得逞，心頭頓時感到舒暢。

夏絲妲不知道安德烈到底對自己的過去查探到甚麼地方，但她沒有興趣追問下去。「你多年來執著於我，有何意義呢？殺了我，艾溫也不會回來的。」

「但殺了你，我就可以幫哥哥報仇。」安德烈冷冷地說。

那不是幫艾溫報仇，而是為自己心裡的仇恨找個解釋吧，夏絲妲一眼看穿，但不欲點破。「那怎麼樣，你要在這裡下手嗎？在你最愛的兄長逝去的地方。」

「正有此意，」語畢，安德烈飛快地拔出他的佩劍，直指夏絲妲的頭顱。「我一直以來最大的願望，就是在這個山丘上把你了結。難得你終於肯回來了，我當然不會錯過這個機會。」

「果然，你故意把艾溫埋葬的地方告訴我，就是為了這個目的，」夏絲妲一笑，一切都在她的意料之中。「但你想清楚，我現在是舞者，在祭典期間沒有外人可以干預舞者們的行動。如果你殺死了我，這件事傳出去了，你將會——」

「我殺的不是舞者，而是困擾全國人民的頭號通緝犯，」安德烈斬釘截鐵地回應，他心意已決。「就算我因此要受罰，陛下也定必不會怪罪於我。」

「對自己那麼有信心呢，很好。」就那麼相信亞洛西斯會留住你嗎，夏絲妲心裡嘲笑。她覺得亞洛西斯應該是那種只要對自己稍有不利，就會毫不猶豫用計把人趕走的類型。「我再給你一次機會。你在這裡跟我打的話，辛苦得來的地位和權力都會一掃而光。還是把武器收起，回到艾溫的墓碑面前吧。」

「他的墓碑就在這裡。我的最大願望是打敗你，給艾溫哥哥一個好好的交代，除此之外別無他求。」兩次的勸阻，都無損安德烈的決心。他很早以前就想親手解決夏絲妲，現今在艾溫去世的日子，在他被殺之地看到她那神氣的嘴臉，還被她一而再、再而三地戳破心中的支柱，決定不再忍下去。

他曾經說過留待「八劍之祭」完結後再與她對決，但現在改變想法了。他不能忍受夏絲妲死在別人手上，殺死她的，一定要是自己。

比起義務，更優先內心的執著，不愧是兩兄弟，在這方面上很像呢。夏絲妲這時想到，她自己也是一樣，不禁對這關係感到有趣。

「你要用劍？還是槍？」夏絲妲問。比起劍，安德烈更擅長的是槍術，她給他選擇的機會，不想跟不是完全狀態的他對打。

「劍就可以了。」安德烈揮了揮他手上的劍，示意不用更改武器。

「不需要遷就我的啊？」用劍的話，你勝算不高啊？夏絲妲暗示道。

「當年哥哥是用劍與你對決的，那麼我也要一樣。用相同的武器將你打敗，這樣我才能洩去心中怒氣。」安德烈聽得出夏絲妲話裡的意思，但依然回絕。他在多年前已經決定好要用劍打敗夏絲妲，這些年間在槍術以外勤練劍術，也是為了這件事。

承認了想打的真正目的了呢，夏絲妲一笑。她沒再說甚麼，只是輕輕拔出「荒野薔薇」，左手持劍，擺出當年她和艾溫對決開始前一樣的防禦架式，微笑地望向安德烈。

安德烈右手持劍，手放在身旁，右腳踏前，牢實地瞪著夏絲妲的一舉一動。見她不動，他兩步踏前，拉近距離的同時引她上前。

夏絲妲知道安德烈期待的是甚麼。她急步上前幾步，一副要快速刺向安德烈的模樣，後者感到威脅，正要舉手防禦之際，夏絲妲居然在此時退回本來的位置。

你在耍我嗎？安德烈一怒，急步衝上前，將本來防禦的姿勢改為攻擊，舉劍就要往前斬——

「鏗」一聲，夏絲妲俐落地揮開安德烈的劍，她往前刺向安德烈的面頰，見他側頭避開，立刻收手後退。為為了把握機會，安德烈一踏上前，追著夏絲妲連續斬去，後者左閃右避，只是擋開攻擊但不還擊，一路被逼至一棵大樹前，趁前者前刺時急跳往一邊，轉到樹後。

「你是不是要打的？躲來躲去像甚麼？」安德烈跑到樹後一看，那裡不見夏絲妲的蹤影，便立刻四周環視，在灰與褐中看不見任何紅色。他憤怒地對樹林高呼，但得不到回應。

這時，一陣異樣的枯葉磨擦聲從不遠處傳出，安德烈望向聲音傳出的方向，隱約看見一個身影閃過。他立刻拔腿追上，就在這時，身後有些東西竄出，他立刻往左一跳避開，同時回頭一看，果不其然，是一條綠藤。

「果然，你知道它的用處。」

話音剛落，一個黑影突然在身前出現，安德烈下意識舉劍，擋下從上而來的斬擊。劍光的另一邊，是帶著笑容的夏絲妲。

「當然，這些年你跟別人的對決，你以為我看得少嗎？」她的笑容令安德烈心頭發寒。他眉頭一皺，見夏絲妲要壓劍前刺，便抽劍並往右踏，瞄準夏絲妲的右手斬去，可惜夏絲妲快他一步，收手後準確擊開他的銀劍，逼使他後退。

「所以就說你是跟蹤狂啊，總是跟蹤我但又不出戰，不說還以為你喜歡我呢。哼，有夠噁心的。」擺出防禦的同時，夏絲妲故意取笑道。這些年間，她跟別人對決時，安德烈不時都會在遠處看著。他理應要來抓人的，但每一次都會放夏絲妲走，說著現在不是對決的時機，要有萬全的準備和合適的舞台，才會挑戰她，並把她打敗。她當然知道安德烈那樣做的目的，但就是要故意挑釁他。

「別妄自尊大了，誰會喜歡你這種可恨的小偷，」安德烈更為握緊劍柄，拳頭硬得像是要把它握碎。「要贏過你這種狡猾的人，當然先要看清你的底細。」

「是嗎，那便讓我看看，你看清了多少？」夏絲妲譏笑。

她往後踏去，作勢又要躲避，果不其然，安德烈見狀，立刻一個箭步追上來，舉手又是一記前斬。夏絲妲把劍往左一揮，擊開安德烈的劍後往前刺，後者立刻側身後退，但右耳上方還是被劃下一刀。正當安德烈要站穩腳步上前反擊時，後腳踝傳來被甚麼劃到的感覺，他沒在意，但接著小腿的褲管被割破，異樣的溫熱、冰涼和痲痺同時傳來。他抬頭，夏絲妲果然就在這時往他的右肩斬來，他急忙伸劍抵擋，但只能勉強用護手把「荒野薔薇」攔下。夏絲妲一笑，把劍往前一推，安德烈的臉頰便多了一條血痕。

「所以，我還剩下多少分鐘？」粗魯地抹走臉上滑落的血同時，安德烈問。

「大概七分鐘吧。」夏絲妲坦誠告知。她知道安德烈問的是毒發時間。「我還以為你知道呢。」

「確認一下而已，」安德烈回以一記嗤笑。「七分鐘，足夠有餘。」

「很有自信呢，」七分鐘只是估計，你動得更多，還有再被藤鞭攻擊到的話，時間是會減少的，顯明你是不清楚這事吧。夏絲妲心裡輕笑，沒有說出口。

她在身前架劍，這次一反剛才取態，在安德烈打算上前之際，先他一步飛快上前，往他的左右兩腰刺去——

安德烈嚇了一跳，急忙揮劍擋下，夏絲妲再往他的右腰連刺，他往左一踏閃避，但就在身子往左側時，一道銀光閃過，他的雪白大衣便被割破，露出裡面的軍服，他一驚，只見冰冷的劍光要瞄準他的胸刺來——

這是哥哥常用的誘導！那一瞬間，安德烈彷彿在刀光劍影之間看見艾溫的身影，他急忙推劍，像過去接下艾溫的攻擊時一樣，架起「荒野薔薇」的劍尖，不讓夏絲妲插到自己。夏絲妲見狀，只是抽劍，側身往安德烈的前腳小腿斬去，後者急忙把前腳收到身後，並往下要斬向夏絲妲的手臂。

夏絲妲手腕一轉，從下往上揮斬，攔下了安德烈的銀劍。安德烈本以為夏絲妲會藉此壓劍前刺，但她沒有，而是一拳往他的腰腹打去。他被擊開至數步之遙，正要忍住陣陣腹痛上前之際，腰側突然傳來一陣異樣的冰涼，打住了他的腳步。

「五分鐘。」夏絲妲特意告訴安德烈。

切，安德烈忍不住自嘲一笑。夏絲妲的一切行動都如行雲流水，不管是他的動作，以及要移動的位置，所有事都盡在她的掌握之中。就像十多年前一樣，他在她的劍術面前總是被動的那個，而她現在的一舉一動也有著艾溫的影子。

跟哥哥相像的只可以是我，絕不會是你！安德烈不讓夏絲妲再一次奪得主導權，見她要踏步上前，無視仍穩穩作痛的腰腹，幾個箭步上前，把劍轉了一圈，舉高銀劍，作勢要斬向她的左肩。但劍要落下時，他突然一轉方向，改向她的右肩斬去——

夏絲妲在安德烈仍在高舉銀劍時，便猜到他的佯攻打算，她飛快地把「荒野薔薇」交給右手，在安德烈斬下來時正面擋下銀劍，把劍往上一推，解除交纏的同時把安德烈推後幾步。不費分秒，她一個箭步上前，便接連對安德烈的腰側、前腰、胸前使出刺、斬等招式，出手快如閃電，後者偶有成功擋下，但雪白大衣在過程中增添了數道割痕，雪白的天鵝不再高貴，在鮮紅前越顯殘缺。

不只是安德烈，夏絲妲也覺得當下的情景跟當年她和艾溫的對決很像。在同一座山丘上決鬥，對手跟艾溫有一半相同的血統，而且其劍術師承艾溫，有幾次安德烈斬向自己時，她都有眼前人是艾溫的錯覺。

艾溫的劍術特點是攻守兼備、泛用佯攻，動作靈活且俐落，安德烈繼承了當中俐落和泛用佯攻的部分，並將之與他的他的強大力氣結合，成就了現在所見的直來直往風格。打從小時候，安德烈就是一個喜好進攻、劍路直率的人。夏絲妲早就摸清安德烈的性格和喜好，她曾與他多次練習對打，每一次都是她贏，沒有例外。多年過去，夏絲妲以為安德烈改用槍之後，槍術的靈活特性會改變他的劍術，令他在攻守之間更渾然天成，但現在看來並沒有。他的劍術保留了其急躁、直來直往的性格，也透出了艾溫的動作喜好，以及他的指導所留下的痕跡。

此刻刀劍相交，是兩個積怨已久的人相互對決，但同時，也是艾溫所留下的兩份意志相互交錯。

接下夏絲妲正面斬來的一劍後，安德烈不甘再處於被動，立刻捲劍前刺，反守為攻。他往前先斬後刺，把夏絲妲逼至後退，爾後對她的右腰側連刺兩下，見她閃向自己的右邊，他心裡一笑，劍鋒一轉，瞄準她的左腰刺去——

在劍鋒要碰到鮮紅大衣之際，夏絲妲趕及架住安德烈的銀劍。她手腕一揮，銀劍便被往上擊開，偏離攻擊線。正當安德烈以為她會從右上斬來，壓下他的劍再前刺時，她一反預計，她抽劍的同時往右側一踏，往安德烈的前臂斬去。

安德烈一驚，急忙轉身並舉高手臂避開，但遲了一步，他的前臂是保住了，但衣袖被割了一刀，皮膚暴露在空氣之中。他心知不妙，立刻前刺要逼夏絲妲後退，但就在這時，綠藤飛快地從土裡竄出，對準暴露的部分就是一劃。安德烈的手臂登時鮮血淋漓，刺擊也頓時沒了力氣。

「你捨棄了哥哥所教的東西嗎？」安德烈右手死握著劍柄，左手按著傷口後退。他粗暴地把大衣的袖口撕下包紮傷口，憤怒地瞪著夏絲妲，把剛才為止積累下來的怒氣都投向她。

「我沒有捨棄，而是去看了更多，選擇了更好的方法。」夏絲妲知道他指的是甚麼。不久前安德烈的刺擊佯攻是艾溫教導的，後者偏好在擊開劍尖後以前斬反攻。她記得，也認同這方法行之有效，卻選擇了另一個方法。

「你的意思是，兄長的想法並不是最正確，對吧？」安德烈的語氣，把夏絲妲說得像是叛徒一樣。「外面的人才更強，他甚麼也不是，是這樣嗎？」

「別把我的話扭曲了，我只是學習了更多不同的劍術，跟誰是最強沒有關係。」見安德烈包紮好，夏絲妲左手持劍防禦，並冷冷地回話。

「如果你認為哥哥是最好的，那就不用跟從別的人！」斥責的同時，安德烈舉劍上前，作勢往前刺，劍尖被夏絲妲擊開後迅速往左捲劍，架住「荒野薔薇」的劍身，往前狠狠一刺——

「執著於過去的人有甚麼意義呢？他已經不在，就算你變得跟他完全一樣，他也不會回來的。」夏絲妲往右推開安德烈的劍，對準他的臉頰刺去。「認清吧，你不過是想藉由模糊艾溫來證明自己的價值罷了。」

「你跟我閉嘴！」乘著怒氣，安德烈大力往上擊開「荒野薔薇」，往右踏開的同時筆直往下斬，夏絲妲急忙退後避開，但肩膀還是不慎被劃下一刀。

看到自己終於能夠在夏絲妲身上留下一刀，安德烈很是高興。他不給夏絲妲喘息的機會，上前連續左右斬去。「要不是你，我需要這樣子一直追逐？」

「你從以前開始就一直如此，所謂的追逐不過是想從更厲害的人眼中取得一點關注而已。艾溫也是，亞洛西斯也大概如是吧。你待在亞洛西斯身邊，是因為他能令你聯想起艾溫吧。」即使處於被動，但夏絲妲依然不失冷靜。她接連接下安德烈的攻擊，同時毫不留情地點出他的本質。

「市井出身的就是膚淺，甚麼都從外貌去猜測。」安德烈眉頭一皺，冷冷地諷刺夏絲妲，但他沒有否認她的話。

「沒有人提過外貌的事，我說的是氣質。」兩劍交纏之間，夏絲妲故意投向一微笑，嘲笑安德烈愚蠢的回答。「你願將真心託付給他，但他只會利用你。你的真心，他不屑一顧。」

「那又怎樣？」不甘自己尊敬的人被如此侮辱，安德烈瞬間又再激動起來。他收劍後再往前大力一揮，硬是把夏絲妲擊後數步，然後抽劍換邊，要從右側刺向夏絲妲的前胸。「我不介意。只要他讚賞，認同我所做之事的價值，那就可以！」

「你這麼多年都沒有改變過，還是那個每次跟我對戰輸了，便會走去找艾溫撒嬌的庸才。」夏絲妲早就猜到他的計劃，她早一步往後閃避，拉開距離的同時輕輕搖頭。「這次呢？輸了便真的可以去找他，可以一圓心願獨佔他了。不錯啊！」

「給我閉嘴！」安德烈徹底地怒了，他再忍受不了夏絲妲的侮辱，其怒吼響徹整個山丘。「只是被哥哥選上，便在得意的妓女之女！」

他高舉銀劍，往夏絲妲的臉頰插去，要她就此閉嘴，她要推開自己的劍時，他飛快地改變方向，改從下而上刺去。夏絲妲的白皙臉頰多了一條鮮艷的血痕，瀏海也被削去些少，傷口雖然見肉，但不礙事。

「堂堂騎士團團長，只懂得用言語侮蔑他人，看來也不怎麼樣呢！」夏絲妲冷笑一聲，登時上前還以連續兩記右斬。

不論是她的言語，以及劍擊，都與慣常喜愛在劍鬥前段試探誘導的她截然不同。對決最初，夏絲妲確實是以平常的態度應對，但不經不覺地，她漸漸動了殺心，確切地想把眼前人除去，就算等不到毒發也沒關係。

舊恨在一次又一次的銀劍交纏間被挑起，她以為自己早已放下對安德烈的恨，但結果並不如她所想的一樣。她橫架下安德烈要往她右肩斬去的一擊後，立刻往上推劍，把安德烈的銀劍推高後再往他的前胸斬去——

眼見冰冷銀光要從頭頂襲來，安德烈半步後退，在千鈞一髮間硬是擋下銀劍。「荒野薔薇」的劍尖仍在他的眼前不遠，他想要奮力把銀劍格開，但就在這時，手臂突然一陣刺痛，他的手縮了一下。夏絲妲抓住這一瞬間的機會，把安德烈的銀劍壓下，往他的頸項刺去。

安德烈想再次把劍擊開，但已經太遲。從頸項流出的鮮紅迅速染紅大衣衣領，幸好他趕及移開一步，不然此擊應已致命。

身體各處的痛楚使他的怒火越發旺盛，他顧不上甚麼計策，瘋狂地往夏絲妲的左右上下四方接連斬去。他使力從下往斜上揮斬，擊飛「荒野薔薇」，正要轉彎改往下刺時，一道尖銳異物狠狠貫穿了他的手臂。

「還未完結！」此傷沒有阻止安德烈的腳步。他咬緊牙關，繼續狠力往下刺。再次擊開要擋開自己的「荒野薔薇」後，他用盡全力握緊劍柄，往夏絲妲的胸口筆直刺去——

「不，已經完結了。」就在銀劍要刺進鮮紅大衣時，他整個人突然頓住，沒法往前移動一步。夏絲妲輕輕地用「荒野薔薇」一敲銀劍，安德烈頓時整個人掉到地上，只能在強烈的麻痺和痛楚之間仰望頭上那道冰冷無情的紫光，以及身旁那些盛開的玫瑰們。

「勝負早就分了。」夏絲妲用「荒野薔薇」指著安德烈，冷冷地說。

安德烈想要爬起來，拾起劍反攻，但在他伸手之時，一陣劇痛瞬間傳至全身，幾近令他窒息。那痛楚不只是「荒野薔薇」的毒所帶來，令體內像是有甚麼在翻滾，宛如火燒的劇痛，也有那些一直被他無視、全身上下的傷口所發出的哀號。他動彈不得，只能喘著氣，臥在濕潤的雪中，感受著力氣一點一滴流失，染滿身邊的白雪。只能任由本屬於自己的東西在手上流逝，且不能有所作為，這令他氣餒，也令他惱怒。

夏絲妲俯視面容扭曲的安德烈，對他露出那個所有敗在這把劍下的人都曾經看過，如同惡魔般的微笑，只是此刻，她的微笑多了一層厭惡。

「跟我當年倒下的位置一樣呢，真是討厭的緣份。」夏絲妲總感覺周圍有點眼熟，打量了一陣子後，總算想起來。

當年臥在雪中死命抬頭的，是她；今日冷眼俯視地上敗者的，也是她。安德烈猶如當年的自己，而她，就是當年的艾溫。

「切，這就是當年你所見到的嗎？」縱使冷汗直冒、身體沉重，但安德烈的口依舊不饒人。他看著夏絲妲時，一時間看到有著同樣冷漠笑容的艾溫，登時顫抖，猛烈搖頭掃走幻象。

他最愛的兄長對他只會如同陽光般笑著，絕不會跟無情扯上關係，不會的，絕對不會，他不停對自己說。

「對啊，幾乎一模一樣。怎樣，終於不是以遠眺的視角鑑賞這些玫瑰，有甚麼感想？」夏絲妲譏諷地問道。她猜到安德烈會回答些甚麼，但就是要聽他說出口。

「醜陋極了。甚麼將希望奪走，化為絕望？哼，無聊至極，戰場上說甚麼兒戲說話！由一開始就沒甚麼所謂希望，有的只有輸贏……咳咳！」

安德烈嗆話的時候不小心動到傷口，忍不住不止咳嗽。看到一直自命不凡的他露出如此窘態，夏絲妲忍不住開懷大笑，但不過兩秒便收起笑容，若有所思地望向安德烈。

「你，看不到光吧。」她的眼神與其說是鄙視，更像是憐憫、同情。

「早就失去了，要怎樣再看到？」安德烈回駁。他的光就只有艾溫，艾溫離去以後，他就再沒有看見過光。即使亞洛西斯能夠給予他所願的關注、讓他可以一廂情願地依賴，也不過是他者，不能取替艾溫的地位。

艾溫是安德烈的全部。在安德烈心中，艾溫是第一個把自己當作普通人看待的人，是第一個、也是唯一一個會真心愛他的人。親父把安德烈當作垃圾，親母只把他當作奪取愛與錢財的道具，全家上下都視他這個私生子不存在，唯獨艾溫會把愛無私地分給他，會時刻關懷他，答應他的一切請求。能夠時刻待在一個強大的人身邊，被他關注，就證明了自己「擁有」價值——艾溫是賦予了安德烈生命意義的人，是引導他活下去的光。若說光是神，那麼艾溫大概就是他心中的那個神。光只會源自一處，神只有一個，失去了，離去了，就再也沒法找回來。

夏絲妲口中的「光」是指希望本身，但安德烈卻只看到艾溫，他的目光仍在已死之人身上，到達不到更遠的地方。夏絲妲沒說甚麼，只是失望似的嘆了一口氣，輕輕一揮手，藤鞭立刻依照指示，把安德烈掉落的劍拾到他身邊。

「拾起它吧，如果你仍有要戰的意思。」她的語氣相比以往較為敷衍，像是沒甚麼興致想繼續打，又或已經猜到了結果並感到無趣。

她知道的，安德烈一定會站起來，而他正如她所想，毫不猶豫地抓緊了劍柄，歪歪倒倒地站了起來。

夏絲妲在身前架起了劍，把劍交到認真對戰時才會用到的右手。安德烈二話不說便砍了上來，他作勢刺向夏絲妲的眼球，見她要舉劍擋下時一轉手腕，飛快地往前斬，大力壓下「荒野薔薇」後反手一刺。

夏絲妲在劍尖快要碰到自己的臉頰時半步後退，銀劍往上一揮，勉強接下了安德烈的一劍。見安德烈要往下刺來，她果斷地抽劍，從側往他的頭顱斬去。

安德烈急忙側身避開，但左肩還是捱了一刀。不同於中毒之前，他沒有帶傷後退，而是無視疼痛般勇往直前。他朝夏絲妲的頸項橫斬過去，後者急忙大力把劍擊開，並一腳把他踢倒在地上。

夏絲妲沒有追擊，只是在原地等待安德烈踉蹌地站起來，再一次往自己斬來。他筆直從上往夏絲妲的頭顱斬去，但被她俐落地架下，正當她要捲劍前刺時，他居然在這時仰腰避開。「荒野薔薇」的銀光在他的臉上方擦過，而下一刻，夏絲妲的右腿便被割了一刀。

「有你的，」幸好夏絲妲及時收腿，不然傷口應該能夠深得見骨。她後退幾步防禦，佩服一笑：「中了毒居然還有這種速度，果然不應該輕看你。」

「你以為自己一直都是最強嗎？以為當年的我超越不了你，今天也一樣嗎？」安德烈一聽，卻是震怒。他氣喘連連，臉色蒼白得跟地上的雪幾近一樣，身體搖晃，看起來隨時都會倒下，但他堅決站著，雙眼的火焰依然旺盛。區區劇毒無法阻止他，反而成為燃料，更為驅使他要燒毀眼前這朵礙眼的薔薇。

「別看不起人，夏絲妲！」

伴隨著從心底而出的吶喊，安德烈兩個箭步衝前，在夏絲妲面前空斬一刀後，趁她未及反應，飛快地再往前斬一次。夏絲妲把劍擋下後往上抽劍，解開糾纏後立刻往安德烈的手臂斬去，可惜再次被他擋下。他絲毫沒有猶豫，擊開夏絲妲的劍後便立刻由側面上前，從左上、左下向前揮斬，再從右邊揮向左胸。這些攻擊都被「荒野薔薇」格開了，但安德烈沒有就此放棄，他更為加快速度和力度，務求以兩者逼使夏絲妲露出破綻。

手上揮舞著銀劍攻防，但夏絲妲的雙眼卻集中在別的東西上。剛才安德烈的吶喊深深擊中她的心，她眼前所看到的，是十多年前在劇毒之中仍要尋得勝利的自己。

這些年間她與他人對決，觀看別人在絕望中反抗的身影，皆是以第三者的視角觀察，希望這些人的行動能為她帶來滿意的解答。但今天則不同，不論是場景、劍術，都與十一年前的對決幾近一樣，形同過去重現。她不再是置身事外，而是牽涉其中，看著如同當年自己的人向自己狂舞揮劍。

——如果她站在艾溫的位置勝過自己的影子，會找得到那個問題的解答嗎？

她一笑，暗暗決定要更為投入到當下的對決。安德烈格開她的劍後，把身子轉正，瞄准她的腰就要刺去。夏絲妲急忙要把劍格開，但鋒利的銀光還是劃破了她的前腰。突如其來的疼痛為她帶來刺激，她精準地接下要斬往前胸的一劍，在安德烈要抽劍轉刺前往左斜踏，壓著他的劍身的同時先他一步換邊前刺。

安德烈想要抽劍避開，但這時身子一麻，慢了半拍，側臉被狠狠劃下一刀。要是他閃避再慢了半拍，被刺中的應該會是太陽穴。

「還未完結！」安德烈並沒有就此退縮，反而更為激動。

他征戰過不少沙場，親眼見過無數死亡，也曾多次親身感受過與死亡只有一步之遙的感覺，但今天實感到的恐怖與之前的大有不同。死亡的恐懼使他興奮，他提劍上前，在夏絲妲收劍後退時從下而上砍往其胸，後者側仰避開後立刻把劍向下轉彎，抓準她重整姿態的時機往她的頭斬去——

他的銀劍被「荒野薔薇」攔下。見形勢不利，夏絲妲伸出左手抵劍，硬是把安德烈推後幾步，並解除交纏。她嘴角上揚，作勢往安德烈的左邊斬去。劍尖在他的身前落下，沒有斬中任何東西，見她要再次轉劍，似是要往前斬，安德烈搶先往前刺去，但沒想到她半路一個反手，突然改從下方擊開其劍。心知不妙，安德烈急忙後退，想要重整形勢，但身體這時卻不聽指令。他的腳步踉蹌不穩，步伐拖泥帶水，要不是在最後關頭把劍插到土裡支撐身體，定必會失衡跌倒。

他喘著大氣，殘破的身影彷彿隨時都要被寒風吹倒，但他就是憑著一口氣死撐，矗立不倒。不給安德烈喘息的機會，夏絲妲飛快提劍上前，往安德烈的左右斬去。她臉上笑著，表面看似亢奮，心裡卻是納悶。

她站在艾溫的位置了，像艾溫當年那樣高高在上地俯視酷似自己的影子，感受著影子擊來的斬與刺，並予以反擊。她以為自己會感到高興，會得到想要的快樂和緊張，但事實卻似乎不是自己想追求的那模樣。她想打倒安德烈的心是真的，心頭的怒火也是確實的，但若說問她所得到的，她卻覺得心頭只有空虛，眼前的決鬥沒有意義。

為甚麼？她在心裡問自己。

轉換角度，以他者之姿勝過自己，寫下當年對決所沒有的另一結果，難道這樣做也不能帶來滿意的解答嗎？

「怎樣了，一副不滿意的樣子，你不是喜歡欣賞他人在絕望中反抗的模樣嗎？」安德烈後退，大力格開「荒野薔薇」。趁她收劍之際，他舉劍，筆直揮向她的頭，同時問道。

「即使回到舊地，還是找不到答案。」夏絲妲一驚，立刻側身閃避，但肩膀還是被稍稍削了一刀。她後退，有點無力地交待。

「甚麼意思？」安德烈眉頭一皺。他本來只想嘲笑一下夏絲妲，沒料到會得到這個答覆。

「每次對決，我都想從中找到絕望和勝利的盡頭所持之物，想要證明一定有虛無以外的結果，但多年來未曾找到最滿意的解答。」夏絲妲只是舉劍戒備，沒有要進攻的意思。「即使我遇到跟當年自己最相像的人，又或像今天那樣轉個角度，以艾溫的視角參與整件事，但感覺還是不對。」

「哼，簡直無聊。」安德烈聽畢，高聲地不屑嗤笑。他上前大力一斬，同時質問：「答案不是擺在那裡嗎？」

「嗯？」雙劍交纏，夏絲妲眉頭一蹙，既是不滿，也是疑惑。

「聰明如你，居然這麼簡單也不懂，」嘲笑的同時，安德烈抽劍，從下往上撩斬，同時怒吼：「那是因為你沒有完全把自己放進去！」

「甚麼？」夏絲妲一驚，防守的速度登時下降。

「你只是觀察著，旁觀著別人的掙扎，就算自己陷入了不利，也跟當年你的處境截然不同。」說完，安德烈往前空斬，逼使夏絲妲退後。他深了一口呼吸，大聲點出：「一天沒有中毒，你也不是當年的你！」

這個！

夏絲妲頓時感到當頭棒喝。

問題的答案，她在這些年間早已得到一個大概的總結，唯一遺憾的是無法再一次感受到與艾溫對決時的那股戰慄、恐懼，再遇見那道由心而生，想要勝利的火焰。要陷入與過去同一局面，必要的其中一點是毒素，這一點她不是沒想過，只是一直覺得中毒不過是形式，重點是從不利當中反敗為勝，所以將之無視。

要追求最極至的答案，必先放開手上一切，回歸原點。但過去已成回憶，她成長了，不再是那個會敗在藤下，中毒倒在地上的少女。安德烈也一樣，縱使他的執著始終如一，但這些年間他放下了劍，拾起了槍，走上跟兄長不一樣的路，也是一種改變。

安德烈的一句是點醒，也是提醒。

夏絲妲頓時感到豁然開朗，雙眼變得明亮。她看清楚了，這裡沒有甚麼影子，她已經不是以前的她，不是艾溫，而安德烈也不是以前的她。纏繞心頭的灰煙瞬間消散，她笑了一聲，提劍上前，大力從右下揮開要從上方斬向自己的銀劍。

想通了，那就放開累贅，隨心而行吧！

安德烈一愣，被夏絲妲突如其來的轉變嚇了一跳。趁這空隙，夏絲妲收劍前刺，準確刺穿安德烈的前腹。

「啊！」

安德烈正要忍痛掩腰後退，拉開距離，這時夏絲妲左手一揮，藤鞭立刻從泥土竄出，緊緊綁住他要後踏的右腳。他盡力拉扯，想要拔出右腳，但這時冰冷的銀光已來到他身前，從左上方落下。他勉強舉劍攔下，但手臂沒法使出氣力，銀劍眨眼便被「荒野薔薇」壓下，他的前胸被劃下長長一刀。

「你這……混蛋！」安德烈仍未服輸，他沒有後退，把劍舉至耳上，不理右腿被綁，死命踏前刺向夏絲妲。她一動也不動，只是一瞧他的右腿，帶刺的藤鞭登時纏上他的右臂，綁緊他的右拳。安德烈只看到眼前紅光一閃，下一刻，身體一怔，胸口閃來一道痲痺，告知了他的敗北。

夏絲妲沒有立刻收劍，她抬頭仰望，看著安德烈的眼神由極怒到驚訝再轉為沮喪，覺得看夠了才緩緩拔劍。最後，安德烈像隻脫線的人偶般無力地倒在地上，從他身上流出的鮮血染紅周圍的白雪，從夏絲妲的角度看去，那像是一朵快要綻放的紅花。他無法再站起來，但還剩一口氣，死瞪著夏絲妲，似是有話要說。

「又是我贏了呢，」夏絲妲的手輕輕一揮，「荒野薔薇」上的血便都灑落在雪上。「到最後，你還是沒能贏我一次。」

這個結果，她早在挑釁安德烈提出決鬥的要求時便已經預計到，只是看到它實在發生的當下，還是感到唏噓。

「如果你用槍的話，也許會有勝算的。」夏絲妲嘆了一口氣。她看過耍槍的安德烈，他的槍術比其劍術更變化自在，攻守自如，要是與這樣的他對戰，這場對決一定會更刺激，而她也肯定自己不能輕易取勝。就算用上了「荒野薔薇」的毒，她覺得自己可能要帶著重傷才能勉強獲勝。

「哼，」面對夏絲妲的感嘆，安德烈只是不屑地嗤笑一聲，嘲笑那在他眼中看為偽善的憐憫。「槍只是我為了生存而拾起的武器，劍才是我的本心。」

他為了在家族、國家裡獲得一個地位，才在艾溫去世後集中練槍，一步一步爬到騎士團長的位置，並覬覦威爾斯家主、北鵝侯爵的位置。棄劍從槍，是因為在夏絲妲身上得到太多挫敗，認清自己無論如何也沒法達到艾溫的地位，為了不被他人比較而選擇的路。

哈哈，回想起初衷，安德烈忍不住笑了出來。他的一切一切，終究都是圍繞著夏絲妲而轉的。因為用盡方法也不能超越她便改選另一條路，因為在她面前感到自卑而妒忌、憤怒，但到頭來，他一直沒法放下對她的執著，還為著這份執著獻上自己的性命。

很無聊是吧？安德烈不知道自己在對誰提問。

但這是我選的路，沒有後悔。

俯視腳下這朵即將要枯萎的花，夏絲妲揮手讓藤鞭回到自己身邊，化回劍鞘，緩緩收起銀劍。

「反正到最後了，我就告訴你吧，我從以前一直就很討厭你。」她只是看了安德烈一眼，便遠眺天空。比起對話，更像是自言自語。

安德烈不解：「這不是擺著明顯嗎，幹甚麼──」

「我曾經憧憬過艾溫，喜歡過他，想一直留在他身邊。但就算我付出多少努力，搏取他的注意，也改變不了自己作為外人的事實，」彷彿聽不到他說的話，夏絲妲逕自說下去。「艾溫對我們一視同仁，但你是他名正言順的親屬，你跟他多一重實質、確實的關係，這是我無論如何也不會得到的。」

夏絲妲的思緒隨著言語飄回過去。她回想起以前住在奧德莉婭城堡時，即使她被允許與艾溫同檯進餐、年末夜等節日時可以一同慶祝，但充其量只是以客人身份參加，而不是威爾斯家真正的一份子。

於她，艾溫是站在城堡裡的人，安德烈則站在他的旁邊。她奔向艾溫，可以投向他的懷抱，但擁抱是迎接，要「迎接」就彰顯了自己本身是外人的事實。即使她在威爾斯家住了幾年，是威爾斯家的人塑造了她，但她終究只是一個外人，是寄居者。她從艾溫手上得到的，是無形的愛，但她渴求而無法得到的，是實質的連繫。

「我也恨你，」許是被夏絲妲的剖白影響，安德烈也開口了。「明明有我在身旁，但哥哥屬意了你。有血緣關係又如何，他的愛，他那些期待的目光，都給了你。哥哥甚麼都能給我，但唯獨那些事物，我沒法佔有，也沒法觸碰。」

在安德烈心中，艾溫和夏絲妲一直是站在山丘上的人。艾溫站在山丘上遠望，夏絲妲站在他旁邊，但自己只能在山腰上遠遠遙望，沒法抵達二人身邊。

他手上持有的，是實實在在的連繫，但他想要而得不到的，是無形的愛。

「這樣不是很好嗎？」夏絲妲望向安德烈，有些感慨地微笑。「大家都抱有一樣的感情。」

「哼。」安德烈別過頭去，不願正視她的眼神。

夏絲妲沒繼續說甚麼，只是回頭遠眺。山丘寒風呼嘯，換著是平時，她會一刀了結敗在自己劍下的人後立刻離去，不浪費一分一秒，但唯獨今天是例外。

「你……到現在仍喜歡哥哥嗎？」良久，安德烈開口問道，聲線沙啞。

「怎麼可能，那不過是小時候對強大之人抱有的仰慕之情而已。」夏絲妲輕描淡寫地點出自己對艾溫的情意結。

「我看不是這麼簡單吧。」安德烈嗤之以鼻，反駁道。

夏絲妲突然有種被看透的感覺，不爽地問：「你又懂甚麼了？」

「你剛才不是說，我將陛下當作哥哥的替代品嗎？」見夏絲妲輕輕點頭，安德烈登時心中一陣得意，問道：「你不也是，把那雷文家的小子當作哥哥的替代品嗎？」

聽見愛德華被提起，其樣貌登時在夏絲妲的腦海中浮現。她先是略為驚訝地張嘴，爾後似有深思地微笑：「別胡說。那小子比艾溫厲害多了，不，是將會比他更厲害。」

「你這個樣子，是喜歡他吧？」看見夏絲妲那溫柔的微笑，安德烈直接問。

「既是師徒，亦是朋友，也是勁敵，那份關係不是單單一組字可以概括的。」夏絲妲沒有激烈否定，而是語重心長地解釋。「正如當年我對艾溫的心意，以及我對你的感情。」

「哼，你看你這表情，未曾對哥哥展露過。」眼前的笑容洋溢著很多自己明白卻不曾擁有的感情，安德烈只是感到噁心，忍不住嗤笑。「這不只是喜歡，簡直是愛了。」

「你懂甚麼？」夏絲妲眉頭一蹙，問道。

安德烈不客氣地回嗆：「比你更多。」

他正要再說些甚麼，突然全身一陣抽搐，忍不住痛苦地咳嗽。夏絲妲低頭一看，只見安德烈嘴唇發紫，面無血色。即使他如何死撐，也掩飾不到將要離去的事實，她無奈一笑。

「差不多了，」夏絲妲嘆了一口氣，輕聲問道：「最後有甚麼想說的嗎？」

「就算有，我死也不要告訴你。」即使到生命最後一刻，安德烈依然不改嘴硬本色。

「果然，我還是很討厭你。」夏絲妲淡淡地拋下一句。

「彼此彼此吧，我們注定不會有和解的一日。」

話音落下，安德烈的眼皮無力地垂下，吐出最後一口氣後，他就再沒有動靜。

夏絲妲沒特別感觸，她只是半跪，把艾溫的那塊天鵝黑曜石放到安德烈手上，讓他緊緊握著。稍微療傷包紮後，她便沿著原路離開，踏在來時留下的腳印上遠去，不留下一點痕跡。

第一次離開山丘時，她是帶著驚慌逃去；第二次離開山丘，她是帶著舒暢的心情和堅定的決心離去。

她沒有放下過去，艾溫和安德烈的事會一直深藏在她的記憶裡，只是過去不會再成為她的執著，纏繞她前進的腳步。

梳理好過去，也就意味著沒有遺憾了，那麼接下來要做的，就是挺起胸膛，迎向當下。

下一步早已決定好了。夏絲妲一碰「荒野薔薇」的柄頭，輕輕一笑，心頭滿是期待。

是時候尋找屬於自己，最後的解答。

第二十五迴－Fünfunzwanzig－

雪蓮－SNOWDROP－

1

黑暗中，空無一物。

與其說是黑暗，更應該說是虛無。身處其中，布倫希爾德覺得自己像是在空中飄浮，或是在水中浮沈，或者這些都是錯覺，其實只是自己身陷無盡泥沼中而不自知。一切都是流動的，一切都是靜止的，在既為「無」，亦為「有」的虛無之中，身處在甚麼之中，並不重要。

此處給她一種熟悉的感覺。周圍的「物」溫柔地包裹著她，她從中感受到一絲傳至心中的溫暖，以及呵護，彷彿身處母親的懷中，又或羊水之中。在她的朦朧記憶裡，這片黑暗是她睜眼之時第一眼看見的事物。她來自此處，同時也是她的歸處。

「你是誰？為甚麼會在這裡？」

一把清甜的聲音正吸引布倫希爾德的注意。她只是往聲音方向一看，漆黑瞬間散去，才一眨眼，便身處某座樹林之中。溫煦的淡黃陽光，草地上的斑駁光影，樹上搖曳的樹枝，溫和飄揚的微風，還有遠方不時傳來的幾聲鳥鳴，這裡恍如世外桃原，美麗得讓人懷疑是夢境，不是真實存在的地方。

在布倫希爾德面前，坐著一位女孩。從身高看來，女孩約莫七至八歲，身穿淡薄的白裙，雪白的身影彷如光的化身。而在她的面前，正站著一位全身都是水藍、如同水被賦予人型一般的人影。

「我不知道。」

女孩開口，她的眼神迷糊又疑惑，似是對水藍身影所問的感到不解。布倫希爾德認得這是她的聲音，身體的每分每寸都告訴她，這個人就是自己。縱使她對眼前的景象感到莫名熟悉，但她對眼前的事毫無印象。她看著女孩的舉動，就如觀看陌生的影像一樣，置身事外。

「不知道？你的父母呢？」身影問她。雖然一道柔光遮掩了她的面容和身影，但布倫希爾德隱約看見她跟身前的自己差不多高。

女孩沒有回話，只是輕輕搖頭。布倫希爾德知道，她不是不理解，而是真的答不出。她只是一具空殼，不清楚自己是誰，也不知道自己是怎樣來到這裡的。

「這樣嗎……」水藍身影聽畢，托頭深思，似是想猜出女孩難以言牙齒的背後原因。思索一會後，她抬頭，雙眼閃亮，向女孩提議：「不如你跟我來吧。」

「到哪裡去？」女孩一臉迷惘，不明白水藍身影的意思。

「到我的城堡來。你沒有歸處吧？那就由我給你。」水藍身影似是看穿了女孩的心思，提出要收留她。

「真的？可以嗎？」女孩腦海仍是一片空白，像是被一層霧蓋住，但當她聽見「歸處」二字時，下意識地感到動容，彷彿在混沌中終於尋得一處明光。

「當然，你是我們的人，當然可以在一起。」說完，水藍身影向女孩緩緩伸出手，微笑地說：「來，跟我一起回去吧。」

女孩抬頭，注視著水藍身影的手發呆。她不知道自己是誰，不知道這裡是哪裡，記憶裡除了黑暗，唯一的片段就是自己坐在這裡，沒有其他。水藍身影說她是她們的人，女孩並不明白，但身影伸出的手卻讓她心頭一震，萌生喜悅之情。

身影的接納，驅除了女孩對空虛、身邊一切未知的恐懼，她有些遲疑地伸出手，想要回應但仍然有些害怕。見身影依然向她微笑，女孩沒有縮手，放下心來，把手疊到身影的手上，任由身影把自己拉起來。

「一起回去，回去我們的地方吧。」

女孩心裡漸漸被愛充滿，她，以至布倫希爾德，都對水藍身影心生感激。她任由身影牽著自己往光的方向走去，而在那裡等待自己的，將是完全的平穩和安寧——

「來，跟我一起回去吧。你逃不掉的。」

感動的淚光正要從布倫希爾德的眼角滑下時，另一道聲音這時突然在她的耳邊響起。她嚇了一跳，急忙驚醒抬頭，握著她的手的，依然是那水藍身影，但此刻面前的身影雙眼鮮紅如血，其嘴角依然上揚，但笑容不再溫柔，只剩下威脅和恐怖。

「你絕對不能逃的，我的小仙子。」

正當布倫希爾德想要縮手，從身影身邊逃離，身影便緊緊握著她的手腕，力氣大得像是快要捏碎它。身邊一切不知何時已落入黑暗，沒有光的阻礙，布倫希爾德雙眼看得清楚，眼前的人不是他人，正是希格德莉法。

她的腦袋一瞬間清醒過來。記憶裡在樹林裡牽起她的手的水藍身影，此刻在她面前的，都是希格德莉法。

「快回來安凡琳。要是你沒有回來，你知道接下來會發生的事吧？」

希格德莉法笑著對布倫希爾德說。她聲線總是溫柔，讓人感到舒適，想要接納這份愛，但當人全然接受那溫暖後，才會發現那裡其實內藏無情的冰冷。人會被這份冰冷刺得鮮血淋漓，但他們早已被那份愛緊緊綑綁，因而縱使滿身是傷，也無法逃離。

「我可愛的小仙子，你永遠逃不掉的。」

布倫希爾德正想開口說些甚麼，這時一句熟悉的說話恫嚇響起，把她最後一絲要反駁的力氣也打消。她心裡一沉，雙腳一軟，身體便隨之在虛無中緩緩墜落。

她的一切都是希格德莉法給予的，是希格德莉法為空殼的她帶來「實在」。這份認知深深烙印在布倫希爾德的認知和靈魂裡，她沒法否認，也無法反抗。她沒法逃走的，就算她如何反抗，努力逃離，也沒有辦法逃離希格德莉法的掌心。

眼角的淚珠從臉頰滑落，盛載的不再是感動，而是無力、沮喪和絕望。

她注定只能當希格德莉法的棋子，只能成為對希格德莉法言聽計從的小仙子。這是她的命運，在她有記憶之時定便已經被決定。

她曾經觸及光，曾經擁抱光，但終究只能回到黑暗裡。光是她的幻想，黑暗才是她的歸宿。

布倫希爾德任由自己繼續墜落，任由意識回到朦朧的虛無。

「……問你，為甚麼要逃？」

半睡半醒之間，遠方傳來一把聲音。

是誰？布倫希爾德意識模糊，聽得不太清楚。

「睡著了嗎，還能睡，即是仍有餘力吧。」

布倫希爾德緩緩睜開眼，刺眼的光線登時闖進眼簾，令其雙眼感到一陣刺痛。視線模糊，她正要從朦朧中甦醒過來，此時背部突然傳來一道被尖物粗暴地插入的劇痛。她完全醒來，低頭望去，看見胸口正插住一枝冰長槍，上面佈滿屬於自己的鮮血。

「早安，我的小仙子。」

話音一落，長槍便快速飛離布倫希爾德的胸口，在半空中化為碎片消失。布倫希爾德忍痛往下一瞧，希格德莉法就站在那裡。她手上拿著一條長長的水鞭，抬頭看著布倫希爾德，眼神凌厲，嘴角卻在上揚。

「啊……」在希格德莉法的凝視之下，布倫希爾德慢慢回復清醒，意識甦醒過來。她想起自己不是身處夢中，也不是在虛無中浮沉，而是被希格德莉法吊起來，被她以一貫喜愛的方式「懲罰」著。

今天是第幾天了？第四天？她在心裡自問，但得不到答案。

微弱的陽光從上方射來，布倫希爾德忍不住往上望去。她記起來了，這裡是西爾雲莉觀景樓的大廳，她自從回到安凡琳後，便被送到這個熟悉的場所，一如以往地被希格德莉法吊在半空中，連日虐打。她每次醒來，都在痛楚中渡過，痛得受不了時便會昏倒，一直困在這個循環當中，沒法逃脫。

時間感覺流逝得很慢，在昏與醒之間，她感覺不到任何流動。正如她的痛覺一樣，就算被利物刺穿胸膛，也不過是一陣刺痛，全身的感官都已麻痺，幾乎感覺不到甚麼。

「願意開口了嗎？」見布倫希爾德開口，希格德莉法立刻質問。「那麼答我，為甚麼要逃？」

「我沒有……」布倫希爾德不論是嘴巴，還是喉嚨，都乾啞得快發不出聲。

這些日子她滴水不沾，又被連番虐待，只靠著與生俱來的回復能力撐著一口氣。就算她是「精靈女王」，實力只亞於「女王中的女王」萊茵娜，也恐怕撐不了多久。而且，她早在之前的「祈靈之儀」中消耗了大部分的靈魂，就算在威芬娜海姆裡得到充分的休息，失去的部分還是不會回來。現在的她，就是一枝隨風搖曳的柔弱小花，只要風吹得稍強一些，就足以折斷其莖葉。

「還狡辯？」聽見這句已經聽厭了的回答，希格德莉法登時煩躁起來。連日來她每次審問，布倫希爾德都以「沒有」、「不知道」來回答，她不想再聽到同樣的回答。她再問一遍：「是你求火龍小子幫你的嗎？你居然有膽子私下寫信給他，讓他前來救你？」

「不，我……」布倫希爾德完全不知道信件的事，她想解釋，但話未開口，腹腔便被希格德莉法狠狠鞭了一下。

「還嘴硬是吧？」瞧見布倫希爾德扭曲的痛苦表情，希格德莉法嘴上充滿憤怒，心裡卻滿載舒暢之情，她那往上挑的眉角和往上揚的嘴角相互違背。她追問：「因為成功逃出過一次，所以脾氣硬起來對吧？」

「不……」布倫希爾德正要回話，她的前腹和後背又被鞭了數下，登時說不出話。

她想說，自己沒有要逃的意思，從昏迷中醒來時，人已經在威芬娜海姆了。她一直感到好奇，為何路易斯能夠在進行「祈靈之儀」那天準時出現救走自己，以為只是湊巧，但現在看來，關鍵應該是那封自己印象中沒寫過的信。

是莉諾蕾婭，布倫希爾德恍然大悟。一定跟她有關。

那麼便更加不能交待，她對自己說。不然我們二人都會沒命。

「你，有沒有告訴那火龍小子甚麼？」一輪鞭打過後，希格德莉法總算滿足，她收起水鞭，繼續審問。

「沒有，」縱使感覺經已麻痺，但被打時還是會感到悶痛，布倫希爾德花了好一段時間才勉強有力開口。「甚麼也沒說。」

「當真？你那麼迷上他了，而且他是在『儀式』完結後出現的，你該不會把『祈靈之儀』的秘密也告訴他了吧？」希格德莉法故意試探。

「我真的沒有，哪會敢說呢。」布倫希爾德虛弱地回應。

我當然不會說，她心想。不然路易斯便會知道自己到底有多麼不堪，我不能讓他看到自己的這一面，不能讓他知道自己對他的大部份記憶已經化為泡影，只能借助文字回溯片段。

「真的嗎？」希格德莉法投以懷疑的態度。她盯著布倫希爾德，見後者一直沒有反應，數秒過後才終於放鬆：「哼，諒你也不敢吧。」

布倫希爾德暗暗鬆了一口氣。正當她以為自己安全了，希格德莉法這時突然問：「那麼你有沒有其他事瞞著我？」

布倫希爾德的心震了一下，一時反應不來，幾秒後才回過神來，強裝鎮定地回應：「當然沒有。」

那枚證明與路易斯結合的戒指，她早就交給莉諾蕾婭保管，而且在路易斯的訂婚戒指上埋下自由進出權限術式一事應該沒有露餡，一切都是安全的，但當希格德莉法質問時，布倫希爾德還是下意識地心虛了。

她一直都活在希格德莉法的陰影之下，習慣了犯錯受罰，沒法脫離。

希格德莉法聽畢只是一笑，展開背後那少有展現的蝴蝶雙翼，飛到布倫希爾德身邊，伸手輕撫她的臉頰。

「張開你的雙翼。」她輕聲命令道。

「為甚麼……」

「我再說一次，張開雙翼。」布倫希爾德正想反駁，但她才剛開口，希格德莉法便打斷她，重申一次命令。

希格德莉法的語氣就像母親一樣，溫柔地命令眼前的女兒，但在溫柔之中卻隱含了必須服從的強逼。布倫希爾德別過頭去，想要嘗試抵抗，但希格德莉法只是把手放在後者的下巴上，把她的頭轉向自己，再向她宛然一笑。

得知笑容背後的意思，布倫希爾德臉色一沉，心裡暗暗嘆了一口氣。她依令張開了自己的雙翼，那四色混合的蝴蝶雙翼在陽光下閃閃生輝。仔細看的話，會發現希格德莉法的雙翼顏色雖然也是四色，但整體偏藍，布倫希爾德雙翼的精靈四色相對則比較平均一些，而她雙翼上的藍是偏天藍色，比希格德莉法翼上的藍稍微淺淡了些。

見布倫希爾德乖乖聽令，希格德莉法滿意一笑。她一手搭上布倫希爾德的其中一隻羽翼，然後緊緊抓著它，往下壓去，像是要把羽翼折斷。

「夫人，你要做甚……」布倫希爾德驚訝望向希格德莉法，但她還未說完，希格德莉法便加重力度，讓前者痛得說不出後半句話。

「看你現在這個樣子，淒麗而優美，如果我折斷你的翅膀，不知它會化成怎樣呢？」明明眼前的羽翼跟自己那雙幾乎一樣，但希格德莉法沒有憐惜似的，緩緩加大力道，似是真的想把布倫希爾德的羽翼折斷。

「夫人，請不要這樣……啊！」那雙羽翼是精靈身體的一部分，同時也連接著她們的靈魂，是靈魂一部分的具現。如此被抓、被壓，那痛楚不僅是從身體發出，是連靈魂也會一同感到哀慟。從身心最深處傳出的疼痛刺激喚醒了布倫希爾德本已麻痺的痛覺，她疼痛得流下眼淚，苦苦哀求希格德莉法停手。

「呵，終於懂得求饒了？」見眼前的小仙子終於示弱，希格德莉法嘴角上揚，不忘補上一句：「如果他現在看見你這樣子，還會喜歡你嗎？」

布倫希爾德只是無言地閉上眼，眼角流下的淚珠多了一重悲傷。

「你知道要是我發現你有事隱瞞的話，會有甚麼後果的吧？」無視眼前人的情感，希格德莉法把頭靠到布倫希爾德耳邊，加重手的力道同時柔聲問道。

「我……知道的。」布倫希爾德強忍著要喊叫的衝動，咬緊牙關微微點頭。

她沒有別的選擇，要是她不點頭，恐怕接下來等著她的，是靈魂被撕裂開去。

在布倫希爾德眼中，沒有甚麼事是希格德莉法不敢做的。是她命令布倫希爾德定期以靈魂獻祭，將精靈視為最重要的靈魂化為碎片，那麼今天她要直接撕破布倫希爾德經已殘缺不堪的靈魂，也不是不可能。

只要是能夠令布倫希爾德服從，為自己帶來喜悅，任何事她都敢做，這就是希格德莉法。

「別忘記，當初是我把你帶回來的，是我讓你擁有今天的模樣。你是我的棋子，是我手掌中的小仙子，從那天開始，一直都是。」希格德莉法托起布倫希爾德的下巴，柔聲提醒她。

「嗯。」布倫希爾德經已痛得無法反抗，只能順從希格德莉法的指示行動。

她回想起不久前夢境中所見的女孩，女孩的身影令布倫希爾德重獲那份早已失去的記憶。

那是她所有記憶的開端，七歲某天在精靈之森遇上希格德莉法，然後被她帶回城堡去，輾轉成為今天的精靈女王。那天之前的事，布倫希爾德都不記得，彷彿她出生，一睜眼，就已經待在森林中，等待被希格德莉法發現。

正如希格德莉法所說的，她是給予布倫希爾德一切的人。是希格德莉法給予迷失的布倫希爾德一個歸宿，是希格德莉法為空殼的布倫希爾德帶來內在。她有雙親，但希格德莉法比他們更親。布倫希爾德的生命可說是希格德莉法賜予的，所以她是希格德莉法的所有物，只要是後者所說的，不管是多麼可怕的命令，她都得順從。

「你只能做我命令你的事，目光與心都只能向著我。」希格德莉法輕聲提醒布倫希爾德，同時再次抓緊後者羽翼。

「是的。」再一次的劇痛，讓布倫希爾德忍不住哀叫了一聲。她咬緊牙關，臉上滿是淚痕，在希格德莉法的威脅下只能順其意思微微點頭。

希格德莉法對布倫希爾德的反應很是滿意，她輕輕一笑，問道：「所以，你是不是有話要對我說？」

「……對不起，夫人。請再給我一次機會。」說話脫口後，布倫希爾德再次流下痛苦的淚水。她的身在痛，靈魂在痛，心也在痛。她心裡想反抗的，知道自己不能任由她擺佈，但在死亡面前，她只能本能地抓住希格德莉法交給她的繩索爬上來，讓這個被控制的循環繼續迴轉，畢竟她對存活的希冀大於一切。

「那就好，」見布倫希爾德如自己所願，完全聽話，希格德莉法總算願意放開手。她右手一揮，綁住布倫希爾德的鎖鏈頓時全部解開，布倫希爾德一時沒反應過來，整個人重重掉落到地上，就像墜落的蝴蝶一樣，落在自己的血污之中，樣子好不狼狽。

希格德莉法緩緩降落到布倫希爾德身邊，並收起自己的羽翼。她看著眼前人那副隨時都要倒下，但堅持用雙手撐起身子的模樣，心裡舒暢得不得了，嘴角也不禁上揚。

「嗄……嗄……」布倫希爾德全身的劇痛一時間未有散去，全身仍在顫抖，沒有力氣站起來。她感到自己猶如死裡逃生，抬頭望向希格德莉法，她有點不敢置信，自己真的被她放過了。

「既然你請求了，那我就再給你最後一次機會。」希格德莉法的表情，從布倫希爾德的角度看，猶如特意破戒，施恩予罪人的女王。「最後一次。這次我一定要看到火龍小子葬身於此，明白了嗎？」

「是的。」布倫希爾德心頭一震，然後無力地點頭。

「如果你敢再留他一條生路，你知道下場如何吧。」希格德莉法再一次警告。

「知道。」布倫希爾德不論是眼神，還是聲線，都已是黯淡無光。她只能在心中淌淚，慨嘆自己的無力和軟弱。

「那好，」希格德莉法倒是十分滿意這樣的布倫希爾德。她轉過身去，似是要離開，並拋下一句吩咐：「回去吧，再一次寫信把他喚過來。信寄出去之前給我看一眼……不，信還是由我寫好了，這才更有樂趣。」

「明白，布……」

布倫希爾德才剛開口，還未說完，希格德莉法飛快轉身，眼神一瞬間變得凌厲：「你剛剛說了哪個名字？」

「不……」布倫希爾德這才意識到自己的過失。她正要解釋，但一枝粗大的冰矛突然從身前冒出，狠狠刺穿她的胸膛，並把她撞到不遠處的牆上。

「我不是說過，不能在嘴上提這個名字嗎？」希格德莉法一反平常的悠然，盛怒地質問。她拳頭一收，仍然插在布倫希爾德身上的冰矛瞬間化成萬千尖刺，從內部把她的上身刺穿洞孔。

「啊……不……」冰刺消失後，布倫希爾德無力地倒在自己的鮮血中。她想要解釋，但疼痛蓋過她的意志，能夠出口的就只有哀鳴和微弱的否定。

「不久前才覺得你變機靈了，怎麼突然又變得糊塗的呢？」希格德莉法走到布倫希爾德面前，踩著她的大腿，托起她的下巴，要她回答。

「不，夫人，我只是……」

「算了，我不要再聽，」希格德莉法知道自己會聽到甚麼，不給布倫希爾德說完的機會，把她的話打斷。她放開手，轉身的同時從手心變出一條水鞭，狠狠打在布倫希爾德胸膛的傷口上，讓她痛得發不出聲音。

「把你的僕人叫來，回房去，甚麼都不要做，靜待你鍾愛的人前來便行。」

布倫希爾德再一次無力地倒在地上，她想要用手支撐起上身，想要回話，但完全使不出力氣。

「乖乖地聽話，你便能夠活下去。」

話音落下，希格德莉法緩緩離開了大廳。布倫希爾德只能眼睜睜看著希格德莉法逐漸遠去，並眼前的視野慢慢被黑暗侵蝕。

她心深處仍在渴求光，但此刻就連要去抓住它的力氣都經已失去。

⚔

布倫希爾德再次睜眼，已經是幾天後的事。

在這幾天期間，希格德莉法早已寫好信件，並用布倫希爾德的名義寄出，以時間推測，應該經已送達到路易斯的手上。從莉諾蕾婭口中得知此事時，布倫希爾德只是長長地慨嘆了一口氣，躺在床上一動也不動，一言不發。

果然事情正如希格德莉法所吩咐的一樣發展，她感嘆道。正如希格德莉法所說的，自己甚麼都不用做，甚麼都不能做，只可以靜靜地躺在床上，然後等待路易斯的到來。

自己果然是無力的，布倫希爾德握緊拳頭，但很快便又放開。她甚麼都阻止不了，不論是自己的生命、記憶，甚至是珍重之人的性命，都只能眼睜睜看著它們在自己手上流逝，沒法、也不能出手改變甚麼。

她回來，是為了保護路易斯不被希格德莉法傷害，但到頭來還是會傷害到他。第一次是趁約會時暗殺，第二次是趁在森林散步時讓他迷失，天知道希格德莉法這次打的算盤是甚麼。布倫希爾德不想猜想，她不要，也不願想像自己如何被逼奪去心愛之人的生命。

在無止盡的內疚、自責、無力中，布倫希爾德實在受不了，她不理卡莉雅納莎的阻止，無視希格德莉法的命令，離開房間，離開溫蒂娜宮，獨自一人在精靈之森裡踱步。

她全身的皮膚光滑如雪，那些希格德莉法做成的傷口都不見痕跡，但其實只是表面而已，在皮膚底下，傷口們仍未癒合，因此布倫希爾德每走一步，全身各處都在發出不同的哀號，但她一概無視，即使自己腳步飄浮，隨時都能倒下來，也堅持要繼續走。

這種程度的疼痛，她早已習以為常，是家常便飯。希格德莉法給予的痛，讓布倫希爾德服從，布倫希爾德也需要痛，她需要藉由痛楚讓自己感覺到，自己正確實地活著。

布倫希爾德知道這樣的自己有多麼不堪和荒唐，但要是沒有痛的刺激，她會覺得自己在虛實中飄浮，無始也無終。她要活下去，要活，就要醒著。

但，她還能活多久？

布倫希爾德無奈地嘆了一口氣。

她的靈魂早已因多年來的「祈靈之儀」而殘缺不堪，現在就像是一塊將要分崩離析的玻璃一樣，剩下的碎片死命地互相維繫，但只要一股外力出現，輕輕一推，碎片們誓必立刻被分開，沒法再重組。

布倫希爾德本來以為，她回到安凡琳後就會迎來自己的死期，沒想到居然能夠活下來。希格德莉法的其中一位女僕帕諾佩也對她說，自己這次能夠活下來是一個奇蹟。帕諾佩還說，布倫希爾德應該要感謝希格德莉法的手下留情，並乖乖遵循她的意思行事，別再胡來。

你只是一枚棋子，別想些有的沒的，乖乖聽話便行——整個安凡琳上下，除了莉諾蕾婭，都是這樣想。每次布倫希爾德想要站起來，想要成為一個獨立的存在時，都是希格德莉法逼她跪下，狠狠地告訴她，自己只是一個附屬品。

就算她這次聽從希格德莉法的話行事，希格德莉法有能力延長自己的性命嗎？她不會的，她只是抓準了布倫希爾德的渴望和恐懼，並施以糖飴與鞭。

布倫希爾德清楚知道，如果這次再失敗，希格德莉法一定不會讓她活。就算不是直接殺了她，她的懲罰也一定會令自己喪命。一想到那全身被刺穿，整個人要撕裂開去的恐怖痛楚，與想像畫面一樣的劇痛登時跑遍全身。她全身顫抖，不慎絆倒腳邊的樹藤，一失足，整個人便狠狠掉落到地上。

地上盡是綠葉和樹藤，它們把布倫希爾德四肢的蒼白皮膚都割破，鮮紅的血液慢慢從大小缺口滲出，讓緋紅染在翠綠之上。

四周只有風的呼嘯聲，甚麼動靜都沒有，但布倫希爾德從風聲中隱約聽見靈體和仙子的嘲笑聲。在森林裡無處不在的他們彷彿在說，那個成為了我們女王的人，揚言要統領我們的存在，居然如此狼狽，如此虛弱，在大地面前如此不堪一擊。在這些如幻似真的笑聲當中，布倫希爾德感覺到自己是個異物，是不被接受的外族。

她想爬起來反駁，但無奈四肢都失去力氣；而就算她開口反駁了，她問自己，這又有甚麼用？

這些年間每次走進精靈之森，她都覺得自己是個異類。她是精靈們的女王，但這不過是表面的偽裝，自己整個人都是個謊言；她很想成為真實，但可惜沒法改變本質。

得到大地之母的恩惠，知悉世間一切的靈體和仙子，定必已經看破自己的真實。只是個謊言的她，甚麼都不是的她，在靈性的面前，只有卑微。

她的思緒回到「祈靈之儀」，以及希格德莉法身上，一道不甘登時浮上心頭。

就因為我是棋子，是虛假的，就甚麼都不能做，只能任人擺佈嗎？

這時，一道閃光引起她的注意。她沿著光的方向望去，目光落在自己左手中指的戒指上。

翠綠如葉的祖母綠在斑駁樹影中閃閃生輝，散發出生命的光輝，有幾分炙熱也有幾分深邃，正如齊格飛家血脈裡的火焰及其悠長的家族歷史。那是路易斯給她的訂婚戒指，對布倫希爾德來說，戒指除了是關係的證明，也象徵著她踏出的第一步。

與路易斯的認識和相交，每一步她都是被擺佈的。訂婚一事是被安排的，誓言和戒指都是他人準備好的，但她在舞會裡收起能夠殺人的元素術式，以及在月下剖白的那份心意，都是源於她的自身意志，真確無誤。她在那天，第一次以自身意志作出選擇，不跟從希格德莉法的命令，而是跟從自己的心行動。

「既然你鼓起勇氣選擇了我，那麼我也要下定決心，作出選擇。」——布倫希爾德很記得，當時自己對路易斯所說的，那句如同誓言的話。

她的目光隨著思緒，移到旁邊的無名指上。無名指上甚麼都沒有，但布倫希爾德沒有忘記那隻她親自製作，其中一隻交給了路易斯的戒指模樣。那戒指象徵著她踏出的第二步，不再是在被安排的一步裡作出微小的反抗，而是以自身意志選擇前進的方向，違背棋手的意志，以自己的能力和心意，選擇所渴求的事物。

她頓時想起來，自己的確軟弱，但並非完全的無力。雖然她一直都被希格德莉法箝制著，但並不是甚麼都不能做，而她確實已經反抗過了。

直到剛才為止，她的目光都像以往的自己一樣，落在最有可能的結果，也就是失敗上，是兩件珍重之寶提醒了她要轉移目光。

她很弱小，在希格德莉法面前毫無反抗之力，但就算是她仰慕的光，也有無力的時候。她看過路易斯無力的樣貌，親眼目睹他在自身的內疚面前黯淡無光的神情。他自責過，痛苦過，但還是跌跌撞撞爬起來了。他不過是軟弱的人類，但也是他，在身體和心靈上拯救了自己。

沒錯，她是虛假的，只是一個偽物，但路易斯依然選擇了這樣的她。

虛弱的手漸漸有了力量，布倫希爾德微微握緊左手拳頭，似是想要抓住那道耀目的閃光。她腦海浮現路易斯那哭完、發洩完後，鼓起勇氣、一步一步重新面對曾經害怕的事物的挺拔身影，那道身影令她動容，不單單是因為她喜歡，更因為她希望自己也能做到一樣的事。

既然路易斯做到了，那麼我也應該要嘗試，跨越自己的恐懼才對，布倫希爾德對自己說。

我之所以回來精靈之鄉，就是為了換取他安然無恙，那麼為甚麼現在他將要有危險時，我卻在害怕？

布倫希爾德不會忘記，自己曾經在路易斯面前起誓，就算身在何處，肉體化為灰燼，她都將會一直守護他。她當時說那句話，不單是因為精靈之間結合時會說出這句誓言，更因為她確確實實地想做到，想從被保護的一方變成守護別人的一方。

她的心越來越堅定，那些被希格德莉法鞭打做成的傷口仍然隱隱作痛，彷彿在勸說她退縮，但她無視這些痛楚，壓下身體的顫抖，用雙手支撐起身子，緩緩地站起來。

她的光三番四次拯救了她，那麼她也要做到一樣的事，才能夠回報他，並有資格與他並肩而行。布倫希爾德握緊拳頭，在心中暗暗決定。

就在她爬起來的時候，她突然看見在翠綠與深褐中，有一個突出的微小白色身影。好奇心驅使她上前，她緩緩走近，跪下細看，發現原來身影的真身是一朵雪花蓮。

雪花蓮花莖青綠如草，純白如雪的花苞徐徐往下垂，如同吊鐘，又像雪後要從樹幹上掉落的雪花。布倫希爾德往四周看去，發現原來這一帶長滿大大小小的雪花蓮。其餘的雪花蓮都已經開花，唯獨是那朵引起她注意的雪花蓮只長出了花苞，未有盛開。

那麼奇怪的？布倫希爾德心裡納悶。雪花蓮象徵春天的到來，是一年裡最早盛開的花朵之一。她們通常會在梅月時破土成長並盛開，很少到水仙月仍不盛放。

這棵雪花蓮沒有混在周遭的雪花蓮裡，只是單獨地、安靜地、孤獨地垂頭站著泥土之上。不知怎的，布倫希爾德覺得這朵雪花蓮跟自己有點相像，一直垂頭，被同族排斥，只能獨自在寒風中苦苦堅持。

縱使是異類，這朵雪花蓮總有一日會開花，終將會綻放她最優美的一面。

那麼我呢？

這時，微風一吹，吹得眼前雪花蓮的花苞不斷飄逸搖曳。布倫希爾德隨著風的方向望去，看到在茂密樹蔭的不遠處有一個似是出口的大空隙，那裡傳來源源不絕的水氣息，應該是大河流或湖泊。布倫希爾德有點驚訝，她知道那條河是蒂莉絲莎河，沒想到自己走著走著，居然走到那麼遠，走到了距離連接精靈之森和威芬娜海姆郡的通道不遠的地方。

可能只是臆想，但她總覺得是眼前的雪花蓮特意提醒她的。想到自己原來離精靈之森的出口那麼近，她心裡登時萌生出一點希望。

一個多星期前，她在森林的入口向路易斯道別時，之所以沒有在他面前承諾會回去威芬娜海姆，是因為她怕自己做不到，但她說「一定能再見」時，其實隱含著想要回去的意思。

她想回去，布倫希爾德心裡有一道聲音冒起。她想要跟自己敬愛的人一直在一起。

雪花蓮的身影點醒了，也鼓勵了她，自己還有辦法的。

就算成功的機會渺茫，但並不是完全絕望。正如這朵遲遲未開的雪花蓮一樣，她並不是絕對不會開花，只是日子未到而已。

希格德莉法確實老謀深算，但她在這盤博奕中也有掌握不到的事，布倫希爾德心想。就算她是我的操縱者，但我才是精靈女王，是四大精靈之首，才沒那麼容易被人擺佈。

比起自己的性命，路易斯的安危更為重要。布倫希爾德心裡堅決地說。

就算用盡最後一口氣，也絕對不能讓他倒在希格德莉法手上。

不知不覺地，風停了，霧也散了，布倫希爾德依然站在林中，身影雖輕柔，但不軟弱。她遠眺著威芬娜海姆的方向，雙手疊在胸前，右手則緊握著左手無名指，心中暗暗有了計劃。

2

在前往安凡琳的路上，路易斯一直握著手上的信件，一言不發，心情焦躁。手上的信件早已被他握得兩邊變皺，但他沒有在意，不時還加重力道，眉頭也在這些時候皺得更深了。

那信件不是來自別人，正是布倫希爾德派人送來的信。

幾天前，他在阿娜理晉見亞洛西斯後，第二天早上正要打算起程回去威芬娜海姆時，突然收到家中僕人急忙送來，來自布倫希爾德的信件。路易斯在離家前就有吩咐僕人，自己離家的這段時間如果收到來自安凡琳的信件，必須第一時間送到他手上，但他也沒想到這事真的會發生。

信件上的內容與前幾次的邀請信件相似，都是先訴以愛意，以文字傳達久久不能見面的掛念之情，然後邀請路易斯前來安凡琳相見。不論是筆跡，或是用字習慣，都跟布倫希爾德寫過的信一模一樣，換著是以前，路易斯不會懷疑太多，但經歷了近半個月來的事後，他有別的想法。

信件裡雖有提及近況，但只是簡單兩句，而且信中所提及的事件幾乎都是在路易斯偷偷把布倫希爾德帶離安凡琳之前發生的，只有約略提及她住在威芬娜海姆期間所發生的事，彷彿這兩個星期甚麼都沒有發生過一樣，又或者她完全忘了這回事。布倫希爾德本來住得好好的，突然提出要回去安凡琳，這事本身就有蹊蹺。就布倫希爾德在離去前的言行舉止所見，能看出她已預測到自己將會遇上危險，這樣本身就已經讓人擔憂。現在人回去了，不過一星期便送信邀約，而信的內容更是說得自己一點事也沒有，難免令人起疑。

路易斯猜想，這封信件會否是那個要對布倫希爾德不利的對象強逼她寫的，又或者因為信件會在寄出前被那人檢查，所以不能吐露真言，例如向自己求救之類的。不管如何，他的另一半在呼喚他，那麼他必須回應，前去見面。

路易斯本來想直接由阿娜理出發到安凡琳的，但考慮到亞洛西斯可能有派人暗中監視自己，為了不想讓他得悉自己要去找布倫希爾德，他選擇放棄最快的路途，不直接由阿娜理北上，穿越阿娜理郡和蒂莉絲莎璃郡後進入安凡琳郡，而是先回到威芬娜海姆郡，然後再進入安凡琳。這樣一繞，就多花了大半天的時間。路易斯全程一副焦急樣子，他不時會打開信件重閱，然後合上，並眉頭緊皺地苦惱，過了一陣子後又再打開信件，不停地重複。坐在他的旁邊，一直看著主子獨自擔憂的彼得森心情也好不到哪裡去。他固然擔心布倫希爾德的狀況，但他更擔心的，是路易斯的安危。

「真的不會是圈套嗎，路易斯大人，」在路易斯不知第四十二還是第四十三次收起信件後，彼得森終於忍不住開口。「總覺得事情真的有可疑的地方……」

彼得森比路易斯更熟悉布倫希爾德寫信的習慣，在他眼中，這次的信件跟以往布倫希爾德所寫的沒有任何分別，挺肯定是本人所寫，不是由他人代筆。他不是懷疑布倫希爾德，但是因為這封信不論是來到的時機和內容都太奇怪，所以他才更加擔心背後可能存在的陰謀。

「誰知道，現在不就是要去查明嗎，」路易斯回應得很不耐煩，他單手拿著信件，抱著胸望向窗外，一副無心對話的樣子。

「但一旦進了精靈之森，就回不了頭，」彼得森不理會主子的拒絕態度，繼續努力勸說。「大人請別忘記，『八劍之祭』下個月就要完結，剩下的舞者都會想在這個時間分出勝負，安凡琳女公爵在這個時間點再次邀請大人到安凡琳去，一定有原因的。」

「我當然知道，用不著你提醒。」路易斯的語氣更加煩躁。

彼得森知道路易斯不想聽自己的說話，但時間無多，他覺得自己就算被罵，也要儘快阻止主子：

「馬車還有一小段距離才會到達連接安凡琳郡的橋，趁現在可以轉向，我們還是回去吧，一定會有危險的……」

「不，繼續前進。」路易斯甚麼都沒有解釋，只是斬釘截鐵地回絕。

「路易斯大人，請聽我說……」

「我當然知道會有危險！」面對一而再再而三的勸止，路易斯終於忍不住，回頭怒吼。他舉起信，激動地揮動：「這封信怎麼看都是誘餌，可能我們進去精靈之森之後會立刻被土精靈暗殺，又或者進到安凡琳後會被布倫希爾德的那位姑母用不知甚麼方法困住不能動，誰都不知道會發生甚麼事。我也不想去安凡琳，但現在唯一可以確認布倫希爾德安全的方法，就是去見她！你明白嗎？」

彼得森一時間被嚇得語塞。路易斯很少會這麼激動，就算平時發脾氣也不會那麼焦躁。他這刻才明瞭主子決定背後的掙扎和糾結，對沒能留意到的自己感到愧疚。

「但……」他能明白主子心繫布倫希爾德的那份情，但還是覺得不應該進安凡琳，欲言又止。

「我答應了她，只要她聯絡我，便會立刻趕到。上一次我勉強趕上，這次要是不去，她有甚麼不測，那會是一輩子的遺憾。我已經錯了一次，不想再錯第二次。」說到後半，路易斯若有所思，頭稍微垂下，語調也慢慢沉了下來。

彼得森一聽，頓時便不再說下去。他知道路易斯所指的「第一次」是羅倫斯的事，即使路易斯現在已經振作起來，但他偶然還是會感傷，責怪是自己的猶豫導致羅倫斯離去。

路易斯已經失去了親人，再失去愛人的話，那打擊一定更大。一回想到幾星期前路易斯那行屍走肉的樣子，彼得森就感到心痛。

雖然保護主子安危是他的第一優先事項，但他的笑容和幸福也是他應該要守護的。既然主子決定了要冒險，那麼身為僕人的他，就要在旁陪同，在他長驅直進時當他身邊的第二對眼睛。

希望不會有意外，彼得森在心裡祈求。不論是路易斯，或是布倫希爾德，都希望能平安回來。路易斯跟彼得森一樣，也在心裡連連祈求。

車廂回到寂靜，主僕二人都靜下來，再沒有交談。不知不覺，連接到精靈之森的大橋漸漸在他們的前方出現。隨著大橋的景象越來越近，路易斯和彼得森都立刻坐正，全神貫注，提起警覺。

他們都知道，要開始了。

⚔

跟之前來安凡琳來時差不多，進入精靈之森後，不過一小時，路易斯一行人便穿過森林，進入萊茵娜湖中的安凡琳，並到達城堡的內庭。

主僕二人一路上都小心謹慎，聚精會神地留意周圍，完全不敢放鬆。

一如以往，迎接他們的都是凱姆，嘴巴不饒人的牠的視線跟路易斯對上時，便大聲揶揄為何他來得這麼頻密，表示換著是以前，數十年內都不會有一個人類進來精靈之鄉，現在同一個人居然隔一個月便來一兩次，傲慢的人類儼然已把精靈的國度當作後花園看待了。牠想要眼前這傻頭傻腦的人類反駁牠，然後自己乘勢再嘲笑，但出乎他意料之外，路易斯完全沒有要回應的意思。

路易斯全程沉默，一直托著腮注視車廂外面，彼得森則是把手疊著，望向另一邊的窗戶。凱姆有好幾次想要打開話題刺激路易斯，但都沒有人理會，彷彿對著石像說話似的，很是沒癮，最後牠幽幽地呢喃了句「多來了幾次便囂張了是嗎」，就沒有再說話。

路易斯看的，不是風景，而是那些在濃霧中自由飛翔的靈體和仙子。他想起布倫希爾德曾經說過，能夠看見靈體和仙子的人類少之又少，就算是擁有龍血的齊格飛家族族人，也不是人人都能看見，而能夠那麼清楚看到牠們的形態的人更是少之又少。布倫希爾德說，路易斯在這方面有特別的資質，註定他是要跟精靈拉上關係的人。

路易斯心裡納悶。他完全不知道這資質有甚麼用途，能夠看到精靈而已，又不是能操縱它們，那麼能見不能見並沒有甚麼分別吧。

這能力，若果他當上精靈的王，統治安凡琳的人，也許會派上用場吧。

哼，路易斯忍不住在心中嗤笑一聲。現在我就連能否活著離開也不知道啊。

想起操縱精靈，成為他們之上的人，路易斯的腦海突然浮現史卡蕾亞和諾凡蘭卡的身影。他清楚知道，這二人不會甘於服從人類，更何況她們與溫蒂娜家敵對，現在堅決站在布倫希爾德一方的自己反而是礙眼的存在。

眼前的濃密白霧勾起他上一次與二人見面時的回憶。路易斯突然靈光一閃，他想，上次跟史卡蕾亞和諾凡蘭卡見面時，她們在言語間暗示布倫希爾德有危險，而她確實出了事；他現在想盡快得知布倫希爾德的安危，那麼或許可以叫她們出來，詢問她們，從二人口中探出些消息嗎？

不，還是算了。沒過兩秒，他立刻打消念頭。

我在上次已經表明不會跟她們合作，關係早已決裂，而且請求的事項是告知與她們敵對的女王是否安全，她們想當然一定不願意協助。貿然對他人提出請求的話，只會欠下不必要的人情債，反正馬車快要到達萊茵娜湖畔，只要多忍耐一會，便能用自己雙眼尋得問題的答案。

他沉著氣，盡力不讓心中的焦慮浮於面。這種異樣的沉默一直到他下了馬車，進入熟悉的溫蒂娜宮大廳，才有些改變。

一樣的雪白大樓梯，一樣的群青地毯，所有的裝潢都沒有改變，彷彿時間一直停留在他初訪安凡琳城堡那天。路易斯抬頭望去，在大樓梯中間的分叉位台階，他朝思慕想的布倫希爾德就站在那裡。那把如同瀑布般清澈閃亮的淡藍長髮，那雙如寶石般美麗耀目的眼睛，那如同天仙般脫俗清純的面貌，全都是他所熟悉的模樣，沒有變改。

午後的陽光穿過窗戶灑在布倫希爾德身上，使她的身影增添一重高貴。明明是已經看習慣了的樣貌，但路易斯依然看得入迷。他呆愣地站著，心裡既有感嘆，也有歡喜。

「路易斯！」

路易斯還未開口，布倫希爾德已先打招呼。她快步從樓梯上走下來，路易斯這才回過神來，急忙上前，在樓梯口輕輕握起她的手，動作溫柔得猶如拿起一件珍貴的瓷器一樣，小心翼翼，生怕一不小心就把它跌破。

「終於又能見到你了。」布倫希爾德緊握著路易斯的手，眼神裡滿是掛念。

「你回來後一切安好？」感受手心傳來的溫暖，聽見耳旁傳來的熟悉聲音，路易斯心裡有些感觸。他沒有放開布倫希爾德的手，問出這條藏在心中許久的疑問。

「沒有大礙，要你擔心了。」布倫希爾德向路易斯投以微笑，著他放心。

「真的……沒事嗎？」路易斯還是不放心，他小心地望了望周圍，想了一會才擠出下一句。

他心裡其實想仔細地問候布倫希爾德的近況，但不知道要對她不利的人正潛伏在何處，可能正在某個角度偷聽二人對話，所以每句話都要小心選詞，不能鬆懈。

「沒事，休息了幾天，很快便復元了。」布倫希爾德似是感覺到路易斯的不安，她輕輕點頭，並輕輕撫摸他的掌心，為他的關懷表示感謝。

「那就好。」路易斯嘴上放心，心裡仍未放下疑慮。

「長途跋涉趕來，相信你一定很累了，讓我帶你們去客房休息一下吧。」互相問候完，布倫希爾德打量了一下路易斯疲累的神情，便向身後的卡莉雅納莎打眼色：「卡莉雅納莎，你和帕諾佩一起幫忙把行李從馬車拿下來吧。」

「好的……咦，莉諾蕾婭今天不在嗎？」路易斯本來不以為然，但聽到陌生的名字後頓時感到不妥。他立刻打量四周，這才發現平時經常跟在布倫希爾德背後的莉諾蕾婭，今天不見了蹤影。

彼得森早就察覺到這件事，他一直想開口，但礙於身份，只能靜待路易斯發現。

「威芬娜海姆公爵，莉諾蕾婭最近身體抱恙，正在休息。」卡莉雅納莎簡略解釋莉諾蕾婭不出現的原因。

在這個時候病了嗎？原來精靈也會病啊？路易斯心裡納悶，直覺覺得有些奇怪。他望向卡莉雅納莎的右邊，看見那裡站著一位樣貌似曾相識的水精靈，一時間記不起她是誰。

「那這位是……」路易斯遲疑地問道。

「我是帕諾佩，溫蒂娜夫人的貼身女僕，這段時間暫代莉諾蕾婭的工作。」名為帕諾佩，擁有一頭碧藍長髮的水精靈淡淡回應。路易斯記得之前在城堡裡與希格德莉法碰面時，她的身邊確實站著這樣一位水精靈。

回想起一個多月前後布倫希爾德幾乎一個模樣的希格德莉法共晉早餐，以及帕諾佩端上餐點的過去，路易斯突然想起當天布倫希爾德那坐在餐桌一角，驚慌得完全不敢動的樣子。她害怕的，應該是希格德莉法吧。雖然不知道因由，但既然會害怕，那麼背後一定有原因。

今天最貼身的莉諾蕾婭不在，身邊換上了一個希格德莉法的人，這怎麼看都是監視多於職務調動。路易斯和彼得森都感到不妥，他們交換眼色，提醒對方務必小心警惕。

卡莉雅納莎和帕諾佩聽令，走到大廳外幫忙把路易斯一行人的行李拿下來，而布倫希爾德則牽著路易斯的手，帶他到他的特設客房去。

如同錦緞般的緋紅牆紙、貼上了金箔的大小傢俱、美麗得如雕塑般的床鋪和書桌，房內的裝潢和物品都跟路易斯上次前來時一模一樣，就連擺放的位置都一模一樣，彷彿自他離去後，東西都沒有被動過。環視房間，路易斯不禁冒出一個想法，該不會整個房間的時間都在他離開後便靜止下來，直到他再來時才再開始流動吧。

他當然知道這不過是無聊的異想天開，因為有些傢俱明顯地有被擦亮的痕跡。路易斯心想，那些負責打掃這些傢俱的水精靈們，看到這些在他們眼中視為俗物的東西，並要為它們抹塵，不知會想些甚麼呢？

就在這時，右手被捏緊的痛覺令他回過神來。

想甚麼有的沒的，最重要的是現在當下啊。

路易斯沿著自己的右手望去，視線慢慢從房間轉到布倫希爾德身上。她從剛才開始就一直握著路易斯的手，不曾放開。路易斯對此感到些微驚訝，布倫希爾德很少會這麼主動，就算之前一起到威芬娜海姆遊逛時，也是帶點羞澀地握手，力道沒現在穩實。在驚喜之中，他的心裡有些竊喜。

近距離觀看，他發現布倫希爾德的樣子比兩星期前離別時更為有神，她的臉色沒那麼蒼白，身體雖然依舊瘦削，但整個人看起來精神不少。看來她回來安凡琳後得到了適當的休息，又或是精靈之鄉的環境令她能夠快速回復，應該是這樣吧？路易斯覺得這想法有些矛盾，但這一刻他也想不出更好的解釋。

「路易斯？」見路易斯一直瞪著自己不說話，布倫希爾德側頭望去，樣子有些疑惑。

「呃，不……」路易斯一時間反應不來，急忙轉頭望向兩邊，見周圍一個人也沒有，頓時醒過來，想起自己應該要做甚麼。

「布倫希爾德，你回來後有沒有發生甚麼事？」把布倫希爾德帶進房間後，路易斯直接便問。

「指的是甚麼事？」布倫希爾德似乎不太明白路易斯的意思。

「就是……」你回來後或者會遭遇不測的事，路易斯欲言又止，正要脫口而出時，他的視線落在布倫希爾德身上。布倫希爾德略為疑惑的神情令路易斯有些不知所措，他突然想到，所謂的遭遇不測從頭到尾不過是他的猜測，布倫希爾德沒有親口說過這樣的話。如果他這樣直接問，然後才發現原來自己一直以來誤解了她的意思，那不是令大家都尷尬嗎？

而且她現在這麼精神地站在自己跟前，那麼就是沒事了吧？

「不過是些小事，見你毫無大礙，那就放心了。」思索片刻，路易斯決定把話的後半段吞回肚中，換上一副笑容，沒再繼續說下去。

「不用擔心我的，我說過會沒事的，就會做到。」布倫希爾德也回以微笑，並微微握緊一下路易斯的手心，著他放鬆。

路易斯牽著布倫希爾德，引領她到房間的沙發坐下。坐下不久，空氣寂靜，他正在想著該從哪裡開始聊起，布倫希爾德在這時輕輕抬起路易斯的左手，溫柔地撫摸，並仔細地端詳他中指上的訂婚戒指。

「回想起來，還是覺得很不可思議呢，」布倫希爾德感嘆。「七歲時在你家與你相識，相隔十二年後，我們真的走在一起，互相許下共渡一生的承諾。」

「你記得嗎？時候我們一起玩的往事！在大水池那裡？」聽見布倫希爾德提起二人相識的時間，路易斯登時激動起來，語調頓時提高。

布倫希爾德點頭，嫣然一笑：「我當然記得，從未忘記。」

「太好了，我一直以為你已經忘記了呢……」路易斯很是感動。他一直以為只有自己像個傻瓜一樣記著這件看起來微不足道，但對他來說舉足輕重的回憶。

他猜測，可能之前自己提及此事時，因為表達得不清楚，所以布倫希爾德一時間記不起來。原來她一直記得此事，從未忘卻，得到布倫希爾德的親口確認，路易斯又驚又喜，像個小朋友一樣興奮。

「關於你的事，我都記得，」布倫希爾德補上一句。她仍舊平靜地握著路易斯的手，就在這時，其眼角餘光看到一些東西。「咦，這裡……」

「怎麼了？」她的一句在路易斯的興奮心情上澆了一盤冷水。路易斯心情瞬間平靜下來，循著布倫希爾德的視線望去，發現她正看著自己的無名指，那裡甚麼都沒有，就只有一條隱約的壓痕。

「你不久前有戴上些甚麼嗎？」布倫希爾德問，她低下頭，手指正輕輕撫摸著那條壓痕。

「呃，這個……」是你給我的結合戒指，路易斯想回答，但一時間害羞得說不出口。

那戒指一直被他戴著，時時刻刻都帶在身邊，是因為布倫希爾德曾經叮囑過他，不要在精靈之鄉戴著那隻戒指，所以他在馬車要進入精靈之森前才急急把戒指脫下，並收在大衣的口袋裡。

布倫希爾德似乎聽出路易斯想說的話，她沒有問下去，只是微微一笑，抬頭輕聲說：「很快便能在這裡為你戴上真正的戒指，真真正正確立我們的關係。」

路易斯心頭一震。他的其中一個希望就是可以對外公開和布倫希爾德的結合關係，聽見她這樣說，心裡登時有些感動。

「謝謝你。」路易斯回以滿是愛意的微笑。

二人四目交投，布倫希爾德臉頰紅潤，微微垂下頭，有些　腆。路易斯沒有放開被布倫希爾德緊握的左手，他把手轉了半圈，反握著布倫希爾德的右手，並在她抬頭時於其額頭輕輕留下一吻。

在房間外面，帕諾佩剛巧經過門口，目睹了這一幕。她看了房內的二人一眼，只是緩緩移開視線，一言不發地離去。

深夜，安凡琳萬籟俱寂。

本就安靜的安凡琳，在夜間更為幽靜。日間時，會聽到仙子和靈體在空中飛過時劃破空氣的微弱聲音，又或雀鳥和動物的叫聲，但在晚上，精靈們經已入寢，動植物也安眠，四周只剩微弱的風聲，彷彿世界回到未有生物誕生前的寧靜。

布倫希爾德正單獨走在城堡的走廊上。身穿一件淡藍絲綢睡衣的她腳步緩慢，走路如風般輕盈，幾乎沒有腳步聲，彷彿不想驚動他人似的。她一直走，從睡房走到下層，來到路易斯的客房門前後，便停下腳步。

雖然已經不是第一次在夜晚到路易斯的房間去，但畢竟在安凡琳城堡的話是第一次，而且這次她不肯定路易斯睡著了沒，因此有些緊張，心臟跳得很快。

房間的門緊閉著，裡面沒傳出甚麼聲音。布倫希爾德深了一口呼吸，冷靜下來後，她伸手，不是敲門，而是靜悄悄地推開門進去。

厚重的木門被推開時沒有傳出任何聲響，布倫希爾德小心翼翼往裡面探頭望去，眼前一片漆黑，甚麼都看不見。

今天是新月夜，沒有月光照到大地上，只餘微弱星光照亮夜空，加上房間早已關燈，所以內裡幾乎漆黑一片，伸手不見五指。

布倫希爾德沒有被眼前的黑暗嚇到，因為精靈的雙眼能夠在黑暗中清楚看到周圍。她輕手輕腳從門縫走進房間，並向著某個方向筆直走去，走了沒多久，便停下腳步。在她面前的不是其他，正是路易斯的床鋪。

空氣依然安靜，被窩有點拱起來，內裡似是有人。布倫希爾德思索片刻，她走到床頭的位置，小心翼翼地掀起棉被的一角——

沒有人。

被窩裡一個人影也沒有。

剛才要掀起棉被前，布倫希爾德就有留意到好像看不見被窩外有冒出的人頭，但她以為只是被拱起的棉被擋到視線，沒有細想。心怕驚動床上人，她沒有立刻翻開整張棉被，而是小心翼翼把棉被再掀高一點查看，並探頭查看，但就正如她剛才所見的，別說是人了，床上除了棉被和枕頭，甚麼都沒有。

怎會這樣的……

此情景出乎布倫希爾德的意料之外。她預計的，是自己會看見熟睡當中的路易斯，而不是空無一人的被窩。

路易斯在這個時候理應已經就寢，房暗的燈也關了，那麼為甚麼不在的？布倫希爾德疑惑。

他外出散步了嗎？還是……

「是誰？」

就在這時，一把戒備的聲音從不遠處傳來。布倫希爾德立刻放下棉被，依照聲音的方向抬頭望去，這才發現原來房間的露台大窗正打開著，而窗邊則有一個身影站著，面向她所在的方向。

「布倫希爾德？」

即使只剩微弱的星光，也足以令他的金髮在夜空下閃閃生輝，路易斯看著那個向自己走來的身影，很快便猜出來者是誰。

「原來你在這裡。」走到露台上，沐浴在冬日星光之中，布倫希爾德的水藍長髮亮麗如夜空下的湖水，與路易斯的金髮交相輝映。她微微垂下頭，笑得溫柔優雅。

「你進來了，我都沒留意到，」確認是布倫希爾德後，路易斯便卸下不久之前的戒備，語氣變回親切，臉上也重拾微笑。他問道：「有甚麼事嗎？」

「不，就是……」一被問及來意，布倫希爾德立刻羞澀地移開視線，說話吞吐，似是有點尷尬。

「我……有點睡不著，所以來找你，看看你睡著了沒有。」

路易斯輕輕一笑。他沒怎麼見過布倫希爾德因為尷尬而垂頭害羞的樣子，心裡覺得這一刻的她有點可愛。「我也一樣呢。來，一起坐下吧。」

布倫希爾德依照路易斯的意思，在露台的一張木椅上坐下。路易斯接著把另一張椅子拉過來，坐到她身邊，二人就這樣互相靠肩，在漫天星空下享受自然的寧靜。

「為甚麼睡不著？」過了一會，布倫希爾德輕聲問。

「可能是太高興了吧，所以一直在想事情。」路易斯回應的同時　腆一笑，他不會告訴眼前人，自己是因為在想她的事而睡不著。「你呢？」

「我……有點害怕。」一被問及，布倫希爾德登時垂下頭，雙手十指緊扣，樣子有些緊張。

「發生甚麼事了？」路易斯聽畢，心情登時由歡喜轉為擔憂。見布倫希爾德低頭不回應，他腦海裡立刻冒出不好的猜測：「日間時我已經覺得有點奇怪。果然是溫蒂娜夫人，她說了些甚麼，對吧？」

「不、不是的，夫人沒有……」見路易斯焦急起來，布倫希爾德急忙搖頭否認，但也沒有解釋自己害怕些甚麼。

「現在就只有我們二人，你告訴我吧？」路易斯把手疊在布倫希爾德的手上，懇求她說對自己坦誠。「是不是她知道了你離開安凡琳的事，她要對，不，你回來後她對你做了甚麼？」

路易斯記得，當時莉諾蕾婭拜託他帶走布倫希爾德時說過，如果布倫希爾德繼續留在安凡琳，她會因為對決落敗這一事實而死。再次想起這事，他立刻打了一個冷顫，猜想是不是事情敗露了，然後布倫希爾德被希格德莉法要求做些甚麼可怕的事。

正如他計劃失敗後被父親逼令當活祭品一樣，他猜想布倫希爾德可能也要受到相似程度的懲罰，又或者她已經被罰受傷，因而在黑暗中感到害怕而睡不著。現在夜幕低垂，他看不見周圍有任何精靈的身影，因此不再介懷，直接問出心中所憂慮的事。

「夫人事後的確有斥責數句，但不是甚麼大事，你太擔心了。」布倫希爾德擠出微笑想讓路易斯放心，但在他看來，那只是強顏歡笑。

「怎麼可能不擔心？」路易斯忍不住激動起來，把藏在心裡的話都傾瀉出來：「你總是一個人把事情扛下，之前決意要回來時也是這樣，我們問你甚麼，你都說不會有事，但表情和行為一一透露並不是這樣。雖然我只是普通的人類，但我也是你的未婚夫，你的事，就算力量有多微弱，我都希望能幫得上忙。所以，說出來吧，不說是我不會知道的。」

一口氣說完後，路易斯自己也怔住，嚇了一跳。他從未試過在布倫希爾德面前展露自己的脾氣，他對她有很多想說的話，但通常都會收在心裡，不輕易表露出來。一直不說，一來是因為不想布倫希爾德看到自己暴躁的這一面，二來是不想為她帶來負擔。可是現在，看著布倫希爾德嘴上說害怕但又不打算坦誠相告，他就忍不住了。

布倫希爾德甚麼也沒說，只是愣住不動，嘴巴略為張開。

「啊，我不是想……但是——」

「原來你一直都看在眼內，」路易斯正急忙解釋自己無意斥責，未等他說完，布倫希爾德以一個微笑，輕輕化解他的焦急。「我很高興。」

「謝謝……但現在不是說這個吧！」也許是剛才爆出來的氣仍未完全平息，這次路易斯沒被分散注意，順著已經開始的勢頭，很認真地想要跟布倫希爾德討論一次。「我就那麼的……不被信任嗎？」

「不、不是這樣的！」見路易斯露出沮喪之色，布倫希爾德急忙澄清。「我怎會不信任你？」

「那麼，為甚麼你不肯告訴我？」路易斯追問。

布倫希爾德總是說自己在支撐她，但路易斯一直覺得自己甚麼都沒做過，常常感到心虛。看著她獨自苦惱，那副裝作沒事但其實心裡無助的樣子，他很想當那個伸出援助之手的人，不忍心看到她受苦。

想到這樣，路易斯突然察覺，他在她身上看到自己——那個其實內心軟弱，想要求助，但總是一個人死撐著的自己。

他想向人伸出援手，是因為想自己也能幫助別人；對上一個向他伸出手的是布倫希爾德，那麼這次到他做一樣的事。

「我不想讓你有危險，請你明白，」布倫希爾德握緊路易斯的手，希望他明白自己的心意。「沒錯，我是害怕，因為一直都只有自己一人，形單影隻面對所有事。但現在有你在身邊，有你剛才的說話，就已經很足夠。」

「但……！」

「你的說話，我都會記在心裡。我也希望你能夠相信我有能力去面對。要是哪天我真的撐不住，需要幫忙，我一定會告訴你的。」

「真的嗎？」路易斯有些懷疑。

「真的，」布倫希爾德微笑點頭。「精靈的承諾從不虛假。」

路易斯還是半信半疑，還有很多想說的話，但既然布倫希爾德說到這個份上，他也不好意思再說甚麼。他對精靈世界的認識太少，貿然插手幫忙的話可能會對事情帶來反效果，甚至為自己帶來危險。

他希望布倫希爾德相信他，那麼，他也要相信她才對。

「說好了的，」路易斯握著布倫希爾德的手，五指緊握，一副不讓她反悔的意思。

二人一直緊握著手，頭互相靠著，寧靜地坐在椅子上，任由時間流逝。過了不知許久，布倫希爾德緩緩坐起來，忍不住掩嘴打了個小哈欠，看來是累了。

「累了嗎？不如我送你回房間休息吧。」說的同時，路易斯站起來，對布倫希爾德伸出手，想要扶她起來。「我也差不多要睡了。」

但布倫希爾德卻沒有要站起來的意思，她仍然坐著，柔聲提議道：「不如……我們一起睡吧？」

「甚……」路易斯登時吃驚得說不出話來。

「從這裡回房間的路有點遠，我有點累了，不想走那麼遠。」布倫希爾德解釋時微微垂下頭，樣子有點羞澀。「既然你也累了，不如一起休息吧。」

「這、這不行吧？」完全意料之外的展開讓路易斯情緒瞬間暴衝。他沒留意到自己的聲量提高了多少，更沒察覺自己的臉已經紅潤得不得了。

相比起路易斯的激動，布倫希爾德倒是很淡定：「為甚麼？我們都已經確立關係了……」

「這……」結合後的夫妻會睡在一起是很正常的事，路易斯登時覺得整件事好像有些道理。但下一秒他便清醒過來：「但這段關係還未公開，這樣在禮教上不太好吧？」

縱使我有期待過，但也不是現在！他體內的僅餘的理性不停地呼喊。

「禮教只是給人看的，現在只有我們二人——」

「可能真的有人看著呢！」路易斯立刻打住她的說話。

例如希格德莉法呢！他在心裡吶喊。「還有我還未準備好！」

「有甚麼要準備的？」

再這樣下去，事情會越來越失控。路易斯深了一口呼吸，逼自己冷靜下來，認真地問：「你有點奇怪耶，到底怎麼了？」

「……我有點怕，所以想留下來。」被問及後，布倫希爾德微微別開頭，有點不好意思地道出真心。

「原來是這樣，」路易斯頓時鬆了一口氣。原來不是甚麼突如其來的提議，而是她想要人陪伴，正如她睡不著過來找自己一樣。他著自己冷靜下來，換上一副微笑，保證道：「沒事的，正如我曾經承諾過，只要你呼喚，我便會到。現在我在這裡，不會有事的。」

說實話，路易斯是想把布倫希爾德留下的，但他沒有忘記自己正身處敵對舞者家族的根據地，也沒有忘記眼前人是與自己一樣的舞者。雖然他相信布倫希爾德不會加害自己，但二人在這個敏感的時間點同床共寢，直覺告訴他不是一個好決定。

要親近，之後有的是機會，不急於一時。

「嗯。」似乎是路易斯的話起了安撫的作用，布倫希爾德輕輕一笑，接受了他的決定。

「我陪你回去吧。」路易斯再次伸出手，這次布倫希爾德沒有猶豫，她輕輕把手疊在路易斯的手上，讓他牽著自己的手，陪她返回睡房。

路途上，二人一直牽著手不放，而在分別前，布倫希爾德輕輕在路易斯的臉頰上親了一下，這份難得的主動讓他心裡頓時甜滋滋的，又驚又喜。

回到睡房後，躺在床上，路易斯心裡仍是興奮不已。

他對天花板舉高右手，握緊拳頭，暗暗下了一個決定。

3

黑暗、空洞。

此處黯淡無光。沒有光能進來，就算它能夠幸運闖進，無盡的黑暗也能瞬間將之吞噬。

也許「黑暗」並非眼前所物的確切形容，因為有光才有暗，能完全吞噬光的黑，已經無法用「黑暗」相稱。它是虛無，是當光與暗仍為一體，未分裂開去之前的模樣。

虛無非空無一物，而是虛實同為一體，在無與有之間，無限重疊。它就像兩片鏡子相互對立一樣，鏡子上所映照的影像一直重疊、延伸，沒有盡頭。

少女知道，眼前的虛無是有盡頭的，但只有擁有引領明燈的存在才能找到那終點，其他低等的存在，如她，只能在虛實的夾縫中迷失。

她下意識向虛無伸手，一心想嘗試觸碰那未知的盡頭，可是手完全不聽指令，同時一道如針般的疼痛頓時傳遍全身。她忍不住喊叫出聲，意識也在這個時候終於甦醒，慢慢理解到自己的處境。

這樣子多久了？

她輕聲問，但正如她的喊叫聲一樣，落入空虛，沒有回音。

虛無當中並沒有時間的流逝，但她知道在盡頭的彼端並非如此。

他在這裡。

腦袋逐漸清醒，這一事實慢慢在少女的腦海浮現。

我必須要去找他。

少女想要往前，但一股拉扯力道把她的手臂往後拉。她想要掙脫，但虛弱的身體無法敵過那股力量，只能被逼返回原點。

不要阻住我……再不去便趕不及了！

她心裡焦急，想要與那力量對抗，但每當她努力從身體深處逼出力氣，那股力量往往都會以更強的力道阻止她。幾次爭扎過後，她明白了，沒法掙脫的原因不是因為自己虛弱，而是力量會因為她使出的力氣而調整相對抗的力道。

光與暗，虛與實，它們都在天秤的兩邊，互相平衡。她現在就站在天秤的一邊，而那力量，就是不讓天秤失衡而阻止自己離開的抑制。

沒有時間了……

少女急著想要突破當下局面，但她無從入手。本來就所剩無幾的體力更快流逝，她沒法再往前一步，但依然不願放棄，繼續嘗試。

我不能再停留於此！

她催谷潛藏身體深處的力量，默念咒語將之發射。沒想到在下一刻，無數的刀刃往她射來，幾乎要把她分割成碎片，並在她的四肢刻下深至骨髓的痛楚。

自己使出的術式居然會以倍數反彈回來，這超乎少女的意料。她在虛無中浮沉，熟悉的刺痛流竄全身，四肢都在哀慟，勸說少女就此投降。她只是眉頭一皺，用盡全力翻身，吃力地在無方向之中穩住身子，沒有要屈服的意思。

我再不離開這裡，路易斯會有危險！

少女對準其直覺所感覺到的終點所在，再一次呼喚術式。

⚔

風起雲湧的一天過去後，迎來的是平靜的第二天。

路易斯本來只打算在安凡琳逗留一晚，確認布倫希爾德安全後便在翌日早上起程回家，但一晚過後，卻改變了想法。

他認為，以往自己來安凡琳時都會逗留兩晚以上，這次那麼快便回家，跟上次偷偷帶走布倫希爾德差不多，也許會令希格德莉法起疑，加上不過是觀察了一天，未能完全確認布倫希爾德是否真的完全安全，因此改變計劃，決定多留兩天才回去。

決定延長逗留日子當然還有一個理由，就是他想和布倫希爾德多共渡一點時間。

得知主子的決定後，彼得森想當然地立刻出言勸止，但路易斯一概不聽。彼得森曾提出一系列如果留下來可能會發生的壞事，當中當然包括他們二人都命喪安凡琳，但這些事路易斯都已經考量過，因此無法動搖他。路易斯心意堅決，他明白彼得森的小心謹慎，也認同小心是好事，卻覺得有時候行事太過謹慎，反而會錯失本應到手的良機，所謂有危便有機。況且，當下的情勢並不明確，那麼與其離開，留下來觀察打探才是上策。

離開了，不等於能夠遠離危機。他是舞者，該來的，終究還是會找上門。

既然如此，留下的唯一一條路就是正面硬碰。

全身而退，不要錯過，不要留下遺憾。

路易斯在心中不停對自己重複這三個要點。他沒有把這些都告訴彼得森，只打算一人面對。

不管如何，主子二人是留下來了。路易斯一如往常，在飯廳與布倫希爾德一起共晉早餐。

餐桌上的二人都很安靜，如以往一樣坐在長桌的兩端，慢慢把碟上的食物吞嚥。昨晚的事彷彿只是一場夢，所有的驚喜、爭執，以及她主動送上的吻，不過是路易斯的臆想，但當他看見布倫希爾德因留意到自己的視線而投來的笑容，那柔軟的觸感頃刻在嘴唇上浮現，接吻時他所聞到的鈴蘭香氣也在鼻尖滑過。那些都是真的，路易斯確定。因為昨晚發生的事，跟他曾經想像過的畫面無法比擬。

在這段關係裡，他一直以來都是當主動的那一個，這當中有性格使然，也因為對方總是比較被動，自己不先行一步的話，事情必定不會有進展。投向湖中的石子終於盼到名為漣漪的回應，而且它超乎自己想像的規模，會驚喜、高興是必然的。

不知怎的，路易斯的思緒飄到在起始舞會上，與布倫希爾德共舞時的回憶。

當時令他迷上布倫希爾德的，除了有她的美貌和那溫文儒雅的高貴氣質，更甚的是那份藏在溫柔底下，脫俗的不羈。他喜歡有內涵的美麗，之前與布倫希爾德相處時，他看到的是一個在溫柔、羞澀下藏著決心的少女，而昨晚，他感覺自己重遇了最初令自己心動的那份瀟灑、奔放。

是因為關係更進一步、確立了身份，所以她才慢慢放下心中的桎梏，向自己展現心底的這一面嗎？路易斯也不清楚。他不敢問，也不打算問，因為他現在愛的是布倫希爾德整個人，不是特定的性格特質。即使答案是甚麼，都依然不會改變他的心意。

莉諾蕾婭依然不見蹤影，留守在布倫希爾德身邊的仍然是卡莉雅納莎和帕諾佩，但二人好像也沒有甚麼異樣。

早餐過後，路易斯和布倫希爾德便各自離去。布倫希爾德回到房間處理日常公務，路易斯也回到客房處理公文。因為公文是他在離家前帶出來的，而且只挑了最急需處理的，數量不多，所以不過半天的時間便完成了工作。距離晚飯時間還有幾個小時，他不願打擾布倫希爾德工作，又沒辦法在空間有限的客房練劍，思前想後，無所事事的他最後決定在完成每天的體能訓練後，一個人到內庭周圍散步，放鬆身體，順便再一次仔細認識這座城堡。

在第一次到訪安凡琳時，他不被允許隨意在城堡周圍走動，直到第二次到訪時才得到批准，但需要事先告知布倫希爾德一聲。現今他可以自由隨意探索，這個轉變證明精靈們對他的信任慢慢增長。

但，這也不一定代表是好事。

沐浴在安凡琳純淨輕柔的風中，路易斯整個人很是舒暢。雖然他家的空氣也很舒適，但安凡琳的空氣是截然不同。威芬娜海姆城堡的空氣是普通的高山空氣，但這裡的是「活」的空氣，只要閉上眼，靜心傾聽，便能輕易聽見靈體們在身邊擦過的聲音，聞到他們劃破空氣時所留下的淡淡香氣。這裡的大氣彷彿都是由精靈和他們的力量所組成的，身處其中，如同被某種無形活物包圍，而一呼，一吸，彷彿便可以把他們在大氣中留下的力量吸進身體，這種舒暢的感覺，路易斯十分喜歡。

他離開溫蒂娜宮不久，便在前方不遠處的一座建築停下腳步。他抬頭望去，這幢以雪白磚石建造的塔樓高聳入雲，高得難以看見頂部那蔚藍尖塔的頂點。

是以太塔，路易斯依照它的外貌立刻猜出。

布倫希爾德借住威芬娜海姆城堡時，就曾經告訴路易斯關於以太塔的事。以太塔是安凡琳城堡的最高建築物，代表曾經是精靈界王者的以太精靈一族。雖然建造安凡琳城堡時，以太精靈經已絕後，但萊茵娜女王還是堅持要建造一座代表他們的建築物，因為她相信以太精靈終有一日會回歸，而且溫蒂娜一族保管的寶物「精靈之冠」就是以太精靈製作出來的。四大精靈均需聽令於「精靈之冠」，因此以太塔比內庭四大建築都要高，而以太塔的雪白牆身和蔚藍尖塔，就是象徵這份絕對權力正掌握在溫蒂娜家手上。

路易斯對這種在建築上彰顯權力的做法沒甚麼感覺，畢竟他從小見得太多了，他感興趣的是，布倫希爾德曾提及以太塔的內部構造跟內庭其餘的建築物都不一樣，但沒說詳細。他走到一道相信是以太塔入口的木門前，伸手打算打開。

門鎖轉不動，轉不過半圈便被卡住了。路易斯貼到門前靜聽，確認聽不出聲音，才打消要繼續嘗試的念頭。

鎖上了，真可惜，他在心裡嘆氣。或者請布倫希爾德明天帶我來參觀一下吧。

轉身離開以太塔後，路易斯繼續在庭園漫步。下午的溫煦陽光從天上灑下，一座外牆跟泉水一樣翠綠的美麗建築慢慢吸引了他的注意。那是象徵風精靈一族的西爾雲莉觀景樓，路易斯這時想起這幢建築的特色是能夠遠眺整座安凡琳城堡的外庭。他心裡頓時萌生了興致，想要看看到底是怎樣的一個遠眺。

路易斯興致勃勃地走到觀景樓的大門，本來以為會跟剛才在以太塔前一樣，看見被緊緊關閉的大門，沒想到那道以玻璃建成的大門居然半開著。有人在裡面嗎？路易斯好奇地走到門框前，正在思考該否進去時，一陣輕盈的鈴蘭香氣在他的鼻尖擦過。

是布倫希爾德嗎？她在裡面？

同一種的鈴蘭香氣，他只曾在布倫希爾德身上聞到過，因此十分肯定這是她留下的氣味，而不是其他人。路易斯登時心安理得，他挺直胸膛推開大門，光明正大地走進這陌生的空間，期待與他的心上人相見。

不同於外面，觀景樓內部的光線十分昏暗，路易斯只能憑著門外照進來的光線，勉強判斷出自己所身處的應是一座寬敞大廳。隨著腳步深入，他眼前所見越來越黯淡，看不清周圍的事物，只能憑腳步聲的回音猜測，此處好像是個甚麼都沒有的空曠大廳。

貴為觀景樓，外表那麼華美，內裡居然空無一物？沒可能的。對了，能夠俯瞰庭園的位置，應該是在上層吧？布倫希爾德應該在那裡——

就在這時，一道凌厲的視線擦過路易斯的背後。他身子頓時顫動，立刻轉身望向背後。那裡漆黑一片，但他感覺到，有些東西正在接近。

「是誰？」

路易斯正要問出口時，不遠處的某把聲音先他一步大聲質問。他沒有回答，只是緊緊盯著前方。鞋跟敲在木板上的聲音在大廳迴盪，從黑暗中漸漸走出的，是一個淡藍的身影。

「布倫……夫人，日安。」

起初，路易斯以為眼前人是布倫希爾德，但一眨眼便發現了自己的錯誤。

二人的外貌幾乎一樣，但希格德莉法的氣場比布倫希爾德強烈，而且她的衣著風格也比布倫希爾德的來得較為華麗。雖然路易斯只見過希格德莉法一次，但記憶十分清晰，十分肯定自己沒有認錯。

他向希格德莉法微微點頭，嘴上微笑著，心裡卻是警戒。眼前的是也許對布倫希爾德不利的對象，現在二人獨處一室，他全身都在吶喊，要逃，而且要快。

「原來是威芬娜海姆公爵，日安。你怎麼會來到這裡的？」希格德莉法些微吃驚，但很快便收起表情，有禮地向路易斯投向詢問。

她仍站在樓梯上，與路易斯相隔數米，但其聲線清澈而有力，回音令其柔和下藏著的氣魄表露無違。

「我看見布倫希爾德好像進來了，便跟著進來看看……她在這裡嗎？」被發現擅自進入別人家的地方，路易斯登時有些心虛，但很快便回復過來，鎮定地解釋。

「不，她不在，」希格德莉法輕輕搖頭。「應該是在房間裡休息吧。」

那麼怎會有鈴蘭香氣的，難道是我的錯覺？路易斯心裡困惑。「是嗎。抱歉擅闖了，我先回去──」

既然她不在，那麼快點走，免得多生事端──

「既然剛巧碰面，我的僕人剛好在上面備了茶，不如我們坐下來聊兩句吧？」就在路易斯點頭，要轉身離去時，希格德莉法從後拋出一句，打住他的腳步。

路易斯回頭婉拒：「感謝溫蒂娜夫人的邀請，但時候不早，我差不多時候要回去繼續工作……」

「會在晚飯前出來散步，也就表示工作已經完成了。」未等他說完，希格德莉法插話道。

路易斯心頭一顫，但依然堅持：「不，我真的還有……」

「你有事情想對我說，不是嗎？」這時，希格德莉法問道。

「甚麼意思？」路易斯的語調頓時冷下來。

「就是字面的意思。威芬娜海姆公爵，你有事要找我，對吧？」希格德莉法對著路易斯投向微笑，微弱的光線下，那笑容明明溫柔，但卻銳利如劍，直刺路易斯的心臟。

被看穿了，路易斯覺得此刻的自己猶如赤裸地站在希格德莉法前面。他心裡確實有很多想要問希格德莉法的，自己大可以堅持離去，但屆時希格德莉法就會像上次見面邀請他共晉早餐時一樣，不停地說服他，直到他答應為止。

「那麼，請上來吧。」見路易斯僵在原地沒有反應，希格德莉法轉身並伸手指向上方，示意路易斯可以跟她上去。

自己已身陷眼前人的牢網，既然逃不掉，那就唯有順著她的意思行事。路易斯沒有再說甚麼，安靜地跟了上去。通過樓梯到達二樓後，二人穿過數間同樣昏暗的房間，在走廊盡頭的某個房間停下腳步。

這所房間幾乎甚麼都沒有，裝飾一切從簡，最搶眼的是所有窗戶都是直達地面的巨型玻璃，令房間乍眼看起來跟溫室有幾分像。夕陽的陽光從四方八面灑進房間，把無色的房間染成一片橙黃，路易斯放眼望去，這個幾乎沒有甚麼傢俱的房間只在窗邊有一張小圓桌，以及兩張木椅。希格德莉法正站在那裡，以眼神喚他過去。

「相信布倫希爾德經已向你介紹，這裡是西爾雲莉觀景樓，從這裡遠眺，會看到城堡的外庭。」路易斯坐下後，希格德莉法便向他介紹。

路易斯轉過頭去，望向外邊，那是一片一望無際的樹林。他能夠清楚看見那個他曾經和布倫希爾德一起遊訪過的湖，湖的右邊不遠處有一個小平地，那裡樹的顏色和跟其他地方的都不一樣，而且有些疏落。是那天布倫希爾德和愛德華對決的位置吧，他立刻想起。

果然，這裡可以遠眺園林的任何一處，路易斯心裡雖喜，但也暗暗打了一個顫抖。

他的一舉一動都被別人看在眼內，應該早一點察覺的。

這時，身邊傳來清脆的瓷器聲響，路易斯回頭一看，原來是一位水精靈把茶杯放在他身旁的桌上。他不太記得眼前這位水精靈的名字，但依稀記得她是帕諾佩以外，跟隨希格德莉法的另一位女僕。

「請慢用。」為他倒好茶後，水精靈——亞娜莎便退後。她的說話恭敬，但語氣卻是沒有感情。

「公爵一直在看外面呢，在想些甚麼？」在路易斯小口品嚐杯中的黎明安凡琳時，希格德莉法輕聲地問。

「呃，沒有，只是再一次覺得夫人跟布倫希爾德十分相像而已。」慢慢喝完茶後，路易斯隨便拋出了一句搪塞過去。

近距離坐在希格德莉法前方，路易斯聞到她身上一樣有鈴蘭的香氣，但希格德莉法的鈴蘭香氣比較濃烈，而布倫希爾德的則比較清淡。

「原來，」希格德莉法似乎不太在意這件事。她喝了一口茶後，輕聲嘆氣：「我聽說了你父親的事，十分抱歉。」

「有心，已經慢慢適應了。」我也已經習慣要回答這類客套說話，路易斯心想。

「我未曾有機會見過齊格飛公爵，只在妹妹的口中聽說過一些事。她說他曾經在你家跟公爵見過面，覺得他是個有修養和智慧的人類。」希格德莉法接下去。路易斯猜得到，那一次見面是指他和布倫希爾德邂逅的一晚。她的話彷彿是在給予他確認，那一晚是真實存在的。

「謝謝。」

「那麼，請問公爵為甚麼會進來觀景樓？」希格德莉法轉移話題，輕鬆地問道。

「正如剛才所說，我在附近散步時，看見這裡的門開著，就想著布倫希爾德是否在裡面，便走進來了。」路易斯沒有慌張，重複一次自己說過的話。

「你在大廳裡，有看到甚麼嗎？」希格德莉法放下茶杯，注視著路易斯。

「沒有甚麼特別的，大廳光線很暗，幾乎甚麼都看不見，」路易斯想了想，直接回答。

「也是呢，大廳只依靠自然照明，下午時光照方向在另一邊，所以通常都照不進去。」希格德莉法輕輕一笑，雙手收起來疊在膝上，左手手掌蓋著右手，右手的食指悄悄指向路易斯的方向，指尖暗地裡聚集起無形的力量。

「原來如此。我就在想，為甚麼這裡跟其餘幾座建築不一樣，有點空曠。」路易斯留意不到希格德莉法的異樣，托著下巴點頭。

「因為這裡平時都只用來觀景，所以便一切從簡了。」希格德莉法尷尬地一笑，但放在桌下的手沒有移走，無形的力量也沒有消散。「但也不是沒有任何裝飾，例如公爵剛才踏著的地板，是使用風精靈領地才有的石頭製作，跟普通的石頭不一樣，會微弱透出翠綠光芒，就算在黑暗中也能夠看見。」

「是嗎，」路易斯又喝了一口茶。「我沒留意太多，剛進來不久便遇見夫人。」

他隱隱感覺到希格德莉法正在引導自己說出甚麼，那笑容底下藏著一份可怕的冷酷。他不知道希格德莉法想聽的是甚麼，只知道每句出口的話都要小心。

「是這樣啊，」希格德莉法輕輕一笑。

「剛才夫人說我有事想問，但現在看來，倒是覺得夫人有事想要問我呢。」趁希格德莉法沒有問下去，路易斯抓住機會轉換話題。不給希格德莉法婉轉回答，他立刻加上一句：「不知道是甚麼事呢？」

希格德莉法遲疑了一會，從桌下伸出手，拿起茶杯的同時說：「沒有甚麼特別，只是有點想知道，公爵想交付給神的願望是甚麼？」

「這個……」這個提問出乎路易斯意料。

「齊格飛家仍然希望要讓龍族再次興盛嗎？」希格德莉法再問。

「是的，身為家族後人，這是必定要做的事。」路易斯心裡呼了一口氣，鎮定地回應。

經歷了一連串的事，家族的夙願於現在的路易斯來說其實已經不太重要，但他不會把這份心聲說出口。在人面前，他仍然是稱職的、忠心的齊格飛家當主。

「那麼布倫希爾德呢？」希格德莉法關心地追問，彷彿她很關心自己姪女的性命似的。「如果公爵的願望實現了，精靈之國誓必陷入戰火之中，還有要實現願望，就意味著你必須勝過她。」

「我會許一個願望，顧全家族和布倫希爾德兩邊。」路易斯眼神堅定，這句出自他真心，是這段時間不停思考後得出的結論。「布倫希爾德是我最重要的人，我想牽著她的手一直走下去。」

「人類總是很容易許下承諾，但又總是會違背自己所說的。」希格德莉法聲東擊西地提出質疑。

「我不敢說自己一定會成功，但會盡全力做到。」路易斯當然明白她的意思——人類跟精靈不一樣，不會重視自己許下的承諾。他不敢說剛才所說的是承諾，但他會以此為目標努力。

「既然如此，那麼我便安心了。」希格德莉法呼了一口氣。「可以安心把布倫希爾德交給你了。」

「夫人所指的是甚麼意思？」路易斯有些疑惑。

「我知道布倫希爾德想與你早日結合，看來公爵也有一樣的意思，對吧。」希格德莉法微微一笑。「你剛才的話讓我放心，可以把她交給你了。」

結合的事，布倫希爾德告訴了希格德莉法嗎？她不是說這不能說的嗎？不，還是我們之間的心意被她猜出來了？

眼前的進展遠遠超出路易斯預期，他登時怔住，一時間反應不來。

「但，這……」良久，路易斯終於開口，但腦袋仍然混亂，一時間不知道該說甚麼。

「我明白公爵的顧慮，但既然二人都有意，那麼早日把事情決定下來也是好事。」希格德莉法十分淡定，彷彿一早就準備好把這決定告訴路易斯。「我的最大願望是布倫希爾德能夠開心，所以她想做的，我都會支持。」

聽到這裡，路易斯疑惑了。

他一直以為對布倫希爾德不利的是希格德莉法，但現在希格德莉法又說會照著布倫希爾德的意思達成其心願，到底希格德莉法在打甚麼算盤？

難道是他誤會了？

他望向希格德莉法，那清澈的藍瞳如同深不見底的湖水，表面美麗，但看不到藏在湖底裡的是甚麼。

「怎樣，公爵有別的考量嗎？」見路易斯一直不說話，只盯著她，希格德莉法拋出一句。

「不，既然夫人願意支持，我當然願意接受。」路易斯立刻回過神來，裝作沒事。「只是我想提出一個要求，就是我想在結合後，把布倫希爾德接到威芬娜海姆居住。」

他昨晚在床上暗暗決定的就是這件事。看見布倫希爾德每時每刻都身處恐懼之中，但總是要裝作沒事，他就心痛，覺得要帶她遠離精靈們的暗箭，這樣她才能真正地做自己，不用每天擔驚受怕。他本來苦惱於要如何付諸實行，覺得可能最後只會淪為空談，但現在希格德莉法的提議給了他一個機會，他還可以藉機打探一下，作為計劃最大障礙的希格德莉法口風。

「當然可以，她也應該要多見識外面的世界。」路易斯本來以為會需要一番唇舌說服，沒想到希格德莉法居然一口答應。

「真的沒問題嗎？不是……」事情太順利，反而令路易斯感到憂慮。他開始擔心，自己這樣魯莽提出後會否為布倫希爾德帶來甚麼不好的事，心裡的熱情頓時冷卻下來，漸漸被恐懼取代。

希格德莉法見路易斯突然變得語塞，疑惑地追問道：「難道威芬娜海姆公爵有甚麼顧慮嗎？」

「呃，不……」

「等你的願望達成後，再詳談這事吧。」

希格德莉法此句一出，路易斯頓時鬆了口氣。他想收回自己說過的話，但轉頭又想，既然話已出口，沒法改變，希格德莉法也開口表示這不會是即時的事，那麼應該不會有甚麼大問題吧。

雖然只是一陣子，但同席交流過後，路易斯對希格德莉法的敵意減低了些許。他雖然仍然對她的態度抱有疑惑，但心裡少了些重擔，而且希格德莉法同意了結合的事，令路易斯對她增加了些好感度。眼見時間不早，太陽快要下山，他便告辭，回房間休息。

希格德莉法沒有再出言留人，任由他離去。她沒有與路易斯一同離開，而是繼續坐在窗邊，默默注視著橙紅的天幕漸漸被黑暗吞噬，嘴角微微上揚。

「亞娜莎，」良久，月亮升上半空之時，她終於站起來離開座位，輕輕呼喚自己的女僕。「有事交給你去辦。」

4

又過了多久？

少女再次睜眼，迷糊地想要回溯之前的記憶。她不太記得自己為何昏倒，在凌散的碎片中，最後記得的是自己對著眼前的黑暗，射出不知第幾次的元素術式。

那是多久前的事呢？一小時？一日？幾天？一年？

不，不可能是幾天、一年，也不可以是。要是這樣，他早就死了，這不會發生的，我也不能接受。

為甚麼要昏倒呢，為甚麼那麼虛弱，現在連外面的時間也沒法計算得到了。

少女在心中埋怨自己，她想要前進，但連四肢也傳出哀慟。那些無形的力量想要拉住她，但在這之前，她已經不支倒下，綁住她的虛無，反而成為護著她不向深淵墜落的力量。

身體比之前沉重許多，不論是身體，還是靈魂，都像是快要分裂成碎片一樣，只靠僅餘的接合勉強連接著。少女歪歪斜斜地「站」起來，她甚至不知道自己有沒有真的如願站起來，因為四肢經已麻木，她幾乎感覺不到自己。

但她還是咬著牙，用盡全力撐起身子。

為甚麼還要掙扎呢？

她的腦海響起一把清澈卻無比冷酷，熟悉的聲音。

你為何還要堅持呢，是因為他嗎？

那些聲音如夢似幻，到底這些都是記憶，還是自己的臆想？少女無從而知。聲音迴響時，那人的樣貌也浮現在少女面前。她的嘴角每一刻都在嘲笑少女，嘲笑少女空殼的內在，嘲笑少女的愚蠢，嘲笑少女心中抱有的那份愛。

但路易斯背叛你了。他愛的並不是你。

那人在少女面前，以溫柔的聲線，說出殘酷的話句。

那人好像還說了不少話，她責怪少女說了不該說的話，責難她背著自己做了不應該做的事，但那些話語都糊在一起，少女沒法分清真實與虛幻。

在半睡半醒之間，少女聽見過路易斯的聲音。他好像曾經在附近，那動聽的聲音十分遙遠，也很微弱，似有似無，到底只是夢境裡的幻影，還是真實的聲音，少女不清楚。她唯一很肯定的是，他在的。不管是夢，還是現實，他都存在。

他不會背叛我的。

少女的心沒有被那人的說話動搖。

他是我的光，如同太陽一樣，永恆不變、始終如一。
少女伸手，抓住也許就在遠方的光——
不，我不是要抓住光。
她突然醒覺，並立刻收起向前伸出的手。
不能再像以前一樣依賴著光。我不是要抓著它，抓著它讓自己活下去，而是抓住它，並好好保護它。
堅定的想法瞬間化為熱流，流遍全身，給予少女再次站起來的力量。無形的力量再一次把她向後拉，虛無的力量如之前一樣把她投出去的術式悉數反彈，但每一次，她都蹣跚地站起來，繼續向前前進。
時間一點一滴流逝，但少女和黑暗的角力卻沒有任何進展。她突然想起，每次自己受虐受苦，在惡夢中爭戰時，都有一個人陪伴著她，扶持著她。
「莉……莉諾蕾婭！」她呼喊自己最信任的僕人名字，想要尋到她。
聲音在空間迴盪，沒有得到回應。
「莉諾蕾婭！」少女知道她在的，再一次呼喊，但仍然得不到回應。
那人說過，她把莉諾蕾婭也關了進來。
她說她把二人關在絕對接觸不到的兩個地方，那麼莉諾蕾婭到底在哪裡？
心裡冒起一陣焦躁，她想要前去尋找莉諾蕾婭，但力量再一次把少女的手臂扯後。她咬緊唇角不叫出聲，一手按著另一隻手臂，想把手從黑暗中拉走。痛楚把身體深處的力量催谷出來，全身彷彿都在燃燒，但手臂依然絲毫不動。

少女沒有因此放棄，她繼續堅持，黑暗越是阻礙她，她的意志越是堅定。

我不是天秤的一邊，而是凌駕天秤的存在。

眼見扯出手臂這招沒有效果，少女轉換方法，她把體內的力量匯聚在胸前，化為利刃，同時斬向綁住四肢的黑暗。它們斷裂開去，就在少女要往前一踏，它們又再把她往回扯，宣告她的失敗。

我是四大精靈之首，凌駕四大元素的精靈女王，一定擁有能夠打破平衡的力量。

那一瞬間的斷裂向少女證明，眼前的虛無不是能把她困住的桎梏，應該是她能夠操控的力量才是。

少女閉上眼，不再反抗，而是聚精會神，注意全身的感官。她知道自己一定擁有能夠逃脫的力量，只是自己不察覺而已。

大地之母、諸多靈體，請引導孩子……

她在努力感知，同時在心中誠懇祈求。

我知道我有的，一定有的……

一次就好，請協助我，請告訴我，從虛無逃脫的方法！

坐在溫蒂娜宮的宴會廳裡，路易斯緊張莫名，坐立不安，有點不知所措。

以往在安凡琳逗留時，路易斯的一天三餐都是在飯廳進餐，前兩天也一樣無異。但今天下午他卻收到邀請，請他今晚到溫蒂娜宮六樓的宴會廳出席晚宴。

邀請是卡莉雅納莎轉達的，她說那是來自布倫希爾德的邀請。卡莉雅納莎沒有說明宴會的用意，也沒有交待會客身份，只告知路易斯和彼得森準時到宴會廳去，並請他們盛裝出席。

為甚麼是晚宴？還要盛裝？是離開前的餞別，還是有別的重要事？

路易斯百思不得其解，他想找布倫希爾德詢問，卻找不到人。他有一刻想起希格德莉法昨天那個關於結合的承諾，猜想晚宴會否跟此事有關，他甚至想過，晚宴是否也邀請了火精靈和土精靈的族長前來，而目的就是在眾精靈面前正式宣告他和布倫希爾德結合。

應該不會吧，路易斯心裡有過一刻的歡喜，但下一刻便狠狠抹去此美好幻想。

太快了，快得沒可能發生。就算希格德莉法口頭答應了，她理應不會那麼快便付諸行動才是。路易斯質疑，如果希格德莉法允許他們二人在現在這個時間點正式結合，她就不會怕他轉頭以舞者的身份殺死布倫希爾德，並違反婚後各自管理家族的領地的約定，強行奪去精靈之國的統治權嗎？

當然，布倫希爾德也可以對他辦到一樣的事，路易斯頃刻間便想到反駁自己的話。

希格德莉法再好人，也不會好人到這一個地步，而且其他精靈也不一定會那麼快承認二人結合吧。路易斯覺得，一直站在溫蒂娜一家那邊的土精靈族長緹拉婭，那位慈祥的智者未必會有意見，但火精靈的族長，也就是史卡蕾亞，就一定不會被輕易說服。
談到史卡蕾亞，路易斯頓時想起每次她望向自己時，那雙凌厲而不屑的眼神。她嘴上說著想與他合作，但注視他時的眼神卻像俯視等級低於自己的生物，真正的心思顯而易見。站在諾凡蘭卡一邊的她，說過「事物必須分別開去」的她，怎會突然站在自己，而且是與他們有長年紛爭的齊格飛家族人一邊。她應該會用盡辦法拖延結合的事，不會讓它輕易成事才對，路易斯肯定。
幾次的自我反駁如同冷水，澆在路易斯的心頭上，讓他的熱情全消，他越來越肯定這次宴會不可能跟結合一事有關，它或許不過是一個比較盛大的晚餐而已。一方面，他叫自己放下期望，但在心底，依然有一團名為期待的小火苗在燃燒。
那是他的願望，不是幾句理性的反駁和理據可以澆熄的。
他身上所穿的是這次所帶的行李裡唯一一套稱得上是「盛裝」的衣服——鮮紅羊毛大衣、淡金色馬甲背心、純白襯衫和黑色長褲，這套衣裝的華麗程度雖然完全比不上他以前在起始舞會上，以至訂婚當天舞會上所穿的衣裝，但只要保持俊朗的儀容，即使是相對簡樸的打扮也能為他更添上一份成熟穩重的感覺。他不再是用奢華的華衣美服讓自己看起來更像公爵的火龍小子，而是可以用自己的氣場彰顯自己威芬娜海姆公爵的身份。
其實，他的行李裡還有一件平常愛穿的高領鮮紅軍服，是他覲見亞洛西斯時所穿的。彼得森曾建議路易斯穿上那件軍服赴宴，畢竟它更為華美，而且比起西裝，軍服更能突顯路易斯的凜然神態，但被路易斯否決了。
以前路易斯常穿軍服，是因為軍服代表齊格飛家，他想向全世界展示自己的身份，也想彰顯心裡那份對家族的自豪，但喚龍儀式過後，他卻開始改變，把軍服收了起來，就連覲見亞洛西斯時也想過只穿西裝，跟以往的他截然不同。他看清了，自己不過是想藉著軍服炫耀自己的身份，讓一無是處的自己能在他人面前得到敬畏和愛戴。他不想再擁抱這些醜陋的虛榮，也沒法再欺騙自己，無法再像以前一樣對家族抱有絕對的自豪。他依然認同自己是齊格飛家的人，只是現在想卸下偽裝，不依靠外在，踏實地以「路易斯」的樣貌示人。

溫蒂娜宮的宴會廳跟飯廳截然不同，飯廳以石為主要建材，以白為主色，但宴會廳卻以木為主要建材，在燭光的映照下，反射出溫煦的褐色。路易斯抬頭望去，梯形的天花板以胡桃木建成，幾座巨大的玻璃吊燈從最頂端的位置吊下來。他再打量四周，看見宴會廳兩邊有幾座足足有整個人那麼高的黃金燭台，而高大的牆上都貼有安凡琳郡風景的壁畫，畫內的風景栩栩如生，看得出是出自名家手筆。

若說飯廳的裝潢是優雅，那麼宴會廳的就是莊嚴。沒想到在溫蒂娜宮的最頂層原來有這麼一個地方，他之前完全沒來過，也少有在布倫希爾德口中聽說過關於宴會廳的事。

路易斯坐在宴會廳中央的長飯桌旁，看著四周的傢俱發呆。不久前卡莉雅納莎把二人帶到宴會廳後，只是請他們在此靜心等待，然後便不見了蹤影。現在整個宴會廳就只有他和彼得森二人，一個溫蒂娜家的僕人也沒有，場面空虛得很。

「是發生了甚麼事嗎？」路易斯仰後問彼得森。他已經壓低聲線，但無奈空間空曠，再小的聲音都能擴為大聲音。「我們有沒有等了半小時？」

「差不多十五分鐘，」彼得森取出口袋裡的懷錶查看，並回應。

「怎麼我覺得好像過了很久似的？」路易斯有點不耐煩。

「可能安凡琳女公爵需要時間準備，大人請耐心等待，應該差不多的了。」彼得森也覺得奇怪，溫蒂娜家很少讓人等那麼久的，不會是有甚麼不好的事吧？他想叫路易斯提防，但恐怕自己的聲音會傳遍整個宴會廳，因此只能請路易斯忍耐，意思是要他提高警覺。

路易斯沒有回應，他只是站起來，走到窗邊想要眺望景色，但外面漆黑一片，幾乎甚麼都看不見。他湊近窗戶仔細看了看，問道：「咦，開始下雪了？」

「怎會的？今午天氣明明仍然晴朗，」彼得森好奇地上前一看，果然，在烏黑中有一些微弱的白點劃過，除了雪，應該不會是別的東西。「而且風勢也挺強的。」

「希望這場雪不會影響明天的回程吧。」路易斯說。他已經決定明天一早便會啟程回去威芬娜海姆，這次不會再改變心意。「但，要回去了呢……」

把手放在窗戶上，冰冷的空氣滲入手套，傳入皮膚。路易斯不禁陷入沉思，他希望的，是在離開時一併把布倫希爾德帶回家，但希格德莉法一定不會允許，如果直接問布倫希爾德呢？她會願意嗎？

「只要是布倫希爾德想做的，我都會支持。」

「人類總是很容易許下承諾，但又總是會違背自己所說的。」

他的耳邊響起希格德莉法的兩句話。

她想做的事，跟我的希望一樣嗎？

我帶她走，嘴上說想保護她，說了想牽著她的手一直走下去，但又真的可以做到嗎？

路易斯的心開始動搖，開始懷疑自己。

彼得森在旁看著路易斯一臉苦惱，想要替他排憂，但又不知道該說些甚麼。就在他要開口轉移主子的視線時，走廊傳來一陣清脆的「噠噠」聲，二人不約而同望向宴會廳的大門，果然，沒過幾秒，一個身影便緩緩從門框後冒出。

那水藍的身影，路易斯熟悉得不能再熟悉了。水藍的頭髮今天一如以往如水般清澈，如河流般有生命，有兩條麻花辮從她的額後束到後腦，令其一雙尖長的耳朵清楚暴露在空氣之中。耳垂上的藍寶石吊墜隨著她的步伐微微擺動，路易斯不期然把視線滑落到她白皙的頸項上，胸口頓時一縮，想要移開視線卻又忍不住停留。

布倫希爾德很美，早在邂逅之時他就已經如此認為，但每次看見她，每次她以華美之姿出現在他面前時，他還是會目瞪口呆，心裡小鹿亂撞，腦內充滿著讚美。

穿著一身冰藍長裙的她緩緩向路易斯走去。她長裙的裙擺上有一層薄紗，鋪在柔滑的絲綢之上，裙擺邊都繡有樣式複雜華麗的蕾絲，而其頸項上則戴著在訂婚典禮舞會上也曾佩戴的藍寶石項鏈。

「要你久等了，路易斯。」路易斯也緩緩地向著她走去。二人在半途相遇，雙目交投，布倫希爾德微微垂頭，在橙黃燭光下能夠隱隱看到她的臉頰慢慢變得紅潤。

「布倫希爾德，你……今天很美。」路易斯一時愣住，過了幾秒才能組織出言語回應。

布倫希爾德的身姿，令路易斯不期然回憶起訂婚典禮慶祝舞會時的她。她的身影跟當天幾乎一樣，只有一點不同——她現在頭上所戴的不是寶石冠飾，而是那個由茉莉、白玫瑰，以及其他路易斯叫不出名字的花朵編織而成的百花冠。

「這個冠冕……」

路易斯記得，這個百花冠冕是屬於精靈女王的王冠，布倫希爾德只曾在訂婚儀式上佩戴。路易斯隱隱感覺到她此舉的用意，想確認，但又吞吐，怕自己一廂情願地猜錯。

「嗯。」布倫希爾德好像知道路易斯想問甚麼似的，她沒有直接回應，只是輕輕點頭。感覺是得到了布倫希爾德的確定，路易斯感激一笑，輕輕握著布倫希爾德的雙手，並在她的臉頰輕輕吻了一下。

鈴蘭的香氣。他在輕吻的時候聞到。

比她平時的鈴蘭香氣要略為濃郁……可能是因為靠得很近，才會覺得氣味變濃了吧。路易斯沒想太多，很快便拋開了疑惑。

「布倫希爾德，為甚麼……」

「不如我們先坐下吧。」

路易斯微微往後一退，正打算問這場晚宴的用意，布倫希爾德卻在幾乎同一時間開口，轉過頭去，並伸手指向宴會廳，路易斯這才發現不經不覺間，木桌上已經放置好食物。布倫希爾德牽著他的手走到桌前，他一看，發現碟上放著的是自己熟悉的露滴璃餅。

「這個紅球是？」路易斯認識的露滴璃餅是完全透明，不會看得見混合在內的材料，但眼前這份露滴璃餅裡卻有一個紅黃色的球和幾片綠葉。那球外形跟蒲公英一樣細小，花瓣跟菊花一樣扁長，外層是紅，內層是黃，看起來就像一團火焰，在綠葉的包圍下燃燒。

「這是焰鞠花，有開胃的效果，是我特意加進去的，」布倫希爾德解釋。「我見你喜歡吃露滴璃餅，所以特意做的。」

「這是……你親手做的？」路易斯驚呼。

「嗯。」布倫希爾德立刻羞澀地移開視線，很小聲地給予肯定。

「天啊，這……這怎好意思呢？」路易斯高興得不知道自己在說甚麼。

布倫希爾德只是輕輕一笑：「你先嚐嚐看吧。」

能夠嚐到布倫希爾德親手做的食物，這實在是天大的驚喜。路易斯立刻坐下，急不及待地開始吃起來，三兩口便把水球吞下肚子。彼得森本來想提醒主子吃慢一點，但他完全跟不上路易斯的速度。

幾個小時前，是路易斯自己說要小心提防，不打算在晚宴上吃太多東西，但現在他好像已經忘記了自己說過些甚麼。布倫希爾德的身邊還有卡莉雅納莎和帕諾佩，在她們面前貿然出言提醒只會令人起疑，彼得森心裡嘆了口氣，他唯一可以做的，就是打醒十二分精神留意周圍。

收起盛著露滴璃餅的瓷碟後，卡莉雅納莎便端上主菜。

「這是碧菊華果，是長在萊茵娜湖底的稀有果實，」她指著瓷碟中間介紹道。碟上盛著一個有著如同水晶一樣透徹的冰藍色外皮，大小跟橙一樣大，但形狀類似花蕊的果實。路易斯正想問更多，這時卡莉雅納莎手指在空氣輕輕一撥，果實便像花朵一樣綻開，露出內裡透明的果肉。她再指向圍繞著碧菊華果，一些外型酷似藍莓的銀白色莓果，說道：「旁邊的則是白月莓，是精靈之森西邊特有的水果。」

「白月莓長年沐浴在月光之下，吸收許多月光精華，因此外表變得銀白。它和碧菊華果都是我們水精靈領地裡特有的稀有食材，通常在慶祝時才會出現在桌上。」當路易斯正在品嚐時，布倫希爾德補充道。「代表水的碧菊華果和代表月的白月莓，我們相識時就在月下的水泉，所以特意用此當作紀念。」

「慶祝……布倫希爾德，你今天把我叫到這裡來，是有用意的吧。」一聽到慶祝一詞，路易斯便知道是機會。他緩緩放下刀叉，轉向布倫希爾德，眼神認真地凝視她：「可以告訴我，是甚麼事嗎？」

布倫希爾德沒有回應，她只是向身後的帕諾佩打了個眼色。帕諾佩離去，不久後便拿著一個小軟枕回來，回到布倫希爾德身邊。

「我想把這個交給你。」布倫希爾德著路易斯望向枕上。那裡躺著一顆藍寶石戒指，寶石的靛藍深邃如海洋，卻又清澈，它上方有六條白線，白線在寶石中央交滙，看起來就像一顆亮麗的六芒星。

「難道這就是……」路易斯止不住驚訝，目瞪口呆。

「對，我一直都想把它交給你，現在終於可以了。」布倫希爾德以微笑肯定了路易斯的猜測。

「夫人她同意了嗎？」路易斯訝異地問，她不敢相信希格德莉法昨天的承諾是認真的。

布倫希爾德輕輕點頭：「她今早把戒指交給我的，為的是讓我能夠在你離開前進行結合儀式。」說完，她便站起來，走到宴會廳盡頭的一個小台階上，暗示路易斯跟上。路易斯望了望四周，見布倫希爾德站在台階上不動，有點疑惑。「之前你不是說過，結合儀式一般都會在神湖——萊茵娜湖中進行的嗎？」

「是的，但並不是必要，只要是在大地之母的見證下便可以。有時候我們也會在這個天鵝廳舉行結合儀式，例如我的雙親就是在這裡許下誓言的。」布倫希爾德解釋，並喚道：「過來吧。」

路易斯緩緩走上台階，但站到布倫希爾德前面時，他突然想起一件事：「我、我沒把家傳的結婚戒指帶來……」

「不要緊，我先把它給你，你之後再給我便好。」布倫希爾德只是輕輕搖頭，說出跟當天她在赫瓦爾紗湖裡把自己製作的戒指交給路易斯時，幾乎一樣的說話。「最重要是把這枚戒指交給你。」

她接過路易斯伸出的手，手指輕輕滑過無名指，突然在根部停下動作。

「咦，你這裡之前是不是戴過戒指？」她問。

路易斯輕輕點頭：「就是你給我的那隻。」

它正在我的外衣口袋裡，一直隨身戴著，他心裡回應。

「你不是正把它戴著嗎？」布倫希爾德卻望向路易斯手上的訂婚戒指，似是誤會了路易斯口中所指的是訂婚戒指。「但不要緊，現在我就把它戴上。」

布倫希爾德低頭，緩緩把代表溫蒂娜家的戒指推進路易斯的左手無名指裡。就在戒指快要到達手指根部時，一陣電擊般的感覺突然從指環傳出，布倫希爾德頓時感到一陣刺痛，而路易斯也叫出了聲。

「路易斯，你沒事嗎？」布倫希爾德立刻拔出戒指，飛快地放回到小枕頭上，並焦急地關心。

「路易斯大人，你沒有事嗎？」彼得森也立刻衝到台階前，一副想要上前檢查路易斯的手指的模樣。

「我沒事，只是一陣刺痛而已。」路易斯輕輕搖頭，並伸出右手，阻止彼得森踏上台階。

感到刺痛怎會可能沒事！彼得森差點衝口而出，但他知道自己現在不能亂說話，在最後一刻硬是壓下來。「請問有哪裡受傷嗎？」

「沒事，一點事也沒有。」路易斯說完，把左手收回並舉起，打量的同時也是給彼得森查看。他的無名指皮膚依舊白皙，別說是傷痕，一點劃痕也沒有。他望向布倫希爾德，問道：「布倫希爾德，你剛才也有感覺到嗎？」

剛才感到刺痛時，他留意到布倫希爾德眉頭皺了一下。

「嗯，但只是小刺痛，我沒事的。」布倫希爾德輕輕搖頭。

「戒指裡有甚麼東西嗎？」路易斯疑惑地問。

「我想，應該是藏在戒指裡的立約術式對你起了反應。可能因為這戒指很久沒有被人類戴上，誤把你當作外人，所以才出現抗拒反應。」布倫希爾德解釋。「事前沒有留意到，真的很抱歉。」

「不要緊的，」路易斯露出微笑，表示沒有介意。但他的思緒很快被布倫希爾德剛才說的話吸引：「不過你說很久……難道以前也有人類戴過這隻戒指嗎？」

「上一位擁有它的人類，是萊茵娜女王的伴侶。」布倫希爾德回應。

「但他不是被殺死了嗎？」路易斯一聽，立刻驚呼。

他想起史卡蕾亞曾經說過，萊茵娜親手殺死了自己第一個孩子的父親，而這位父親是一位人類。

「他的確是死於非命，」布倫希爾德沒有否認，但她反而好奇另一件事。「你是怎樣知道的？」

「呃，這個……」路易斯這時才發現自己一時焦急，說錯了話，頓時支吾以對。就算現在他有多信任布倫希爾德，但仍然不打算讓她知道自己曾跟史卡蕾亞和諾凡蘭卡私下見面的事。他思考了幾秒，急忙編出一個解釋：「我是從書上看回來的，不知道可不可信。」

「人類的書籍居然有記載這些小事，我還是第一次知道呢，」布倫希爾德說出這句時，路易斯心虛地打了個冷顫。「我不知道那本書是怎樣講述這件事的，但既然你問及，我覺得你應該要知道真相。那位伴侶死於非命的原因，是他被萊茵娜女王親手殺死。」

果然，史卡蕾亞沒有騙我，路易斯的心登時涼了一截。

「萊茵娜女王深愛他，甚至為了他而甘願打破精靈界的最大禁忌，生下屬於他的孩子，但那人後來卻狠狠背叛了她，甚至投靠與溫蒂娜家敵對的一方，威脅到她的女王地位。在絕望之中，萊茵娜女王只能選擇親自手刃曾經所愛之人。」布倫希爾德繼續解釋，她的表情隨著自己所說的話慢慢變得憂傷。「至於那個孩子，因為他是半精靈，注定會被精靈們排斥，為了不讓他受苦，萊茵娜決定也奪去剛出生不久的他的性命。」

宴會廳的氣氛頓時變得冰冷。明明是別人的故事，但路易斯卻覺得每字每句都是暗示，指向現在及將來可能的自己。

「萊茵娜女王有她的無奈，有她的選擇。我們也一樣，有我們的選擇，」留意到路易斯逐漸僵硬的神情，布倫希爾德緊緊握著他的手，凝視著他，要他望向自己。「你不會背叛我的，對吧？」

「當然，」路易斯一時跟不上，回過神來後很快地點了點頭，還加上一句：「絕對不會。」

「那就好，」聽到這句，布倫希爾德的表情頓時放鬆下來。「我愛你，不會傷害你，不會背叛你，也相信你絕對不會背叛我。以前的事經已過去，只要我們一直在對方身邊，同樣的事就不會再發生。」

布倫希爾德的話令路易斯陷入沉思。的確，萊茵娜伴侶的故事十分嚇人，但他認同她所說的，一切已成過去。

他們在這幾個月之間經歷許多事情，由互相猜忌慢慢轉為信任對方，一步一步得以走到今天。他愛她，願意為她付出一切；既然愛她，那麼就要相信她。

還有，既然他早就決定好要選她，並且已經在湖裡起過一次誓，那麼現在還要懷疑甚麼呢？

「你願意相信我嗎？」見路易斯沒有反應，布倫希爾德問道。

「我願意。當然願意。」路易斯肯定地點頭，不再畏懼。

「我也是，」布倫希爾德再一次從帕諾佩手上接過戒指，深了一口呼吸。「今天我在大地之母面前起誓，我，布倫希爾德，願意一生愛護、尊敬、保護你。你所在之處必有我的存在，我的靈魂與你永在。交換誓約，等同獻上自身一切。」

「我也在此承諾，一生與你同在，絕不離棄。」

布倫希爾德再一次把戒指套到路易斯手上，這次指環再沒有發出電擊般的感覺，戒指被順利地推到指根。二人四目交投，輕輕互吻，以一瞬間的親密作為永恆承諾的盟證。

回到飯桌，他們繼續未完的晚餐。整輩子最大的願望終於達成，路易斯心情很好，他很快把碧菊華果都吃完，還接連喝了幾杯精靈們端上的果酒。主菜端走後，卡莉雅納莎便端上今天的甜點——一株鈴蘭花。

「鈴蘭不是全株有毒嗎？」路易斯問。他喜愛布倫希爾德身邊的鈴蘭香氣，但也十分清楚鈴蘭的毒性。

「這是一個有著鈴蘭外表，用茉莉花做的蛋糕，沒有鈴蘭在裡面的。」說的同時，布倫希爾德用叉輕輕把她面前的鈴蘭花切開，一陣淡淡的茉莉花頓時飄出，證實她所言非虛。

見布倫希爾德開始吃了，路易斯也就拋開懷疑。正當他要切開蛋糕時，突然感到一陣暈眩，手中的刀叉頓時滑落到瓷碟上，發出刺耳的聲響。

「路易斯，你怎樣了？」布倫希爾德見他臉色不對，立刻放下刀叉，走到他身邊關心。

「我沒甚麼事……」路易斯托著頭，勉強擠出一個笑容。他想轉過頭來望向布倫希爾德，但這時身子一軟，整個人往桌面倒去。

「小心！」在快要撞上桌面的最後一刻，布倫希爾德急忙拉起他，讓他靠在椅背上。「這怎樣會是沒事？」

「哈哈，可能是剛才喝得太多了。」路易斯尷尬地笑了笑。

奇怪，平時我喝這個量的酒是不會醉的，路易斯頭腦雖然有些混亂，但仍尚算清醒。

但這個頭重腳輕的感覺，除了是酒醉，不會是別的吧。可能是今天有點太高興，喝多了幾杯也不為意。

「不如我送你回房間吧。」布倫希爾德提出。

「不用了，我請彼得森幫忙便好，」路易斯輕輕揮手婉拒，並一手扶著椅背站起來。「彼得森，扶我回房間休息……彼得森？」

他呼喚自己僕人的名字，但久久得不到回應。

感到疑惑的路易斯轉向身後，想要找到彼得森，但就在這時，一陣強烈的暈眩襲來，他全身一震，頓時頭痛欲裂。暈眩久久不散，他想要扶著椅背站直，但手臂卻擠不出力量，雙腿也乏力，穩不住身子，只能放任整個人軟倒在地。

「布倫……」

路易斯迷糊地向布倫希爾德的方向伸出手。他的視野逐漸被黑暗侵蝕，意識所剩無幾。

完全墮入黑暗前，他最後看到的，是布倫希爾德擔憂的表情。

5

「……易斯……」

是誰？

「……到我……路……」

聲音很遙遠，路易斯聽不清聲音在說甚麼，但這聲線卻給他一種熟悉的感覺。他想要睜開眼睛，但眼皮有如千斤重，總是想墜下，不讓他張開眼來。他整個人感覺迷迷糊糊的，頭很重，全身懶洋洋的，不想醒來。

「……醒……易斯……」

就在他要回到沉睡時，聲音再一次傳來。路易斯努力抵抗意志勉強張開雙眼，他向聲音的方向伸出手，但這時發覺全身正躺在泥濘當中，四肢都被泥漿覆蓋，有如千斤重，難以舉起。

既然疲累，那麼不用掙扎，留在此地安眠便好。一把溫柔的聲音在他耳邊響起。

不……我不能再繼續睡……

路易斯下一秒狠狠拒絕了這甜美的誘惑。他想爬起來，但身體不聽使喚，完全使不出力氣，只能繼續倒在泥濘上。

「……路易斯……」

呼喚再一次傳來。從模糊的話語裡，路易斯感覺到呼喚而來的力量，硬是強逼自己站了起來。他想要往聲音的方向走去，但沒走兩步，便踏中看不見的深淵，整個人失足往下沉去。他想要浮上去，但無法與強勁的水壓對抗，空氣漸漸從肺部流失，他失去最後一絲力量，只能任由自己墜落到無底深淵。

對不起，真的不行了，我很抱歉……

「路易斯，拜託你醒醒！」

就在他要閉上眼的一刻，一陣電流流過全身，令他頓時驚醒過來。他迷糊地睜開眼，首先映入眼簾的，是一抹模糊的水藍。

「布倫……希爾德？」他下意識地問。

「太好了！你終於醒過來了！」

熟悉的聲線化為引子，把路易斯完全從迷霧拉出。他發現布倫希爾德望向他的眼神滿是感激，雙眼眼角含著淚珠，眼眶和鼻子都紅紅的，看起來像是剛剛哭過。看見他完全醒過來，布倫希爾德二話不說便緊緊擁抱他，口裡不停重複一句精靈語。路易斯聽不明白那句話的意思，但憑感覺，他覺得她應該是在向某種崇高的對象表達感謝。
「幸好及時趕上，不然一切就沒有用了……」感謝過後，布倫希爾德在路易斯耳邊低聲呢喃。
「我到底……咦？」路易斯一時間跟不上事情的發展，待布倫希爾德放開他後，他便發現到不對勁。「布倫希爾德你……到底怎樣了？」
他依然身處宴會廳，廳內燈光依舊光猛，一切彷彿沒有變改，但人就只剩下他和布倫希爾德二人。布倫希爾德身上華衣不再，長裙和寶石都不見縱影，只剩下一條破爛的白裙，以及背在身後的「精靈髓液」。那白裙上有許多乾涸了的血跡，在破洞下隱約露出的皮膚都有大小傷痕。不只是衣裝，她的頭髮也凌亂不堪，而且正赤足站著，整個人看起來像是受到可怕的對待，好不容易才狼狽逃出。
路易斯滿腦子都是疑惑。記憶裡的最後片段裡，布倫希爾德是那位高貴華麗的精靈女王，怎麼一個切換，她就變成衣衫破爛、全身是傷的少女。依照周圍環境來看，時間應該沒有過去很久，這個變化也太大了吧？到底發生了甚麼事？
「沒時間解釋，快，我們要走了。」布倫希爾德沒有回答，她只是向路易斯伸出手，想要扶他起來。
「走？要去哪裡？為甚麼要走？」但路易斯沒有接過布倫希爾德的手，他想要先得到解答。
「你剛才被夫人下毒，差點便丟了性命，」布倫希爾德簡單扼要地說出原因。「我們現在要趁她不留意時逃出精靈之森，不然一定會被她殺死。」
「下毒？」路易斯大聲驚呼。「但我剛才明明沒有見到她，一直只跟你在一起……」

希格德莉法要下毒，最有可能的方法是經由食物下手，但如果是這樣，剛才和自己一起共晉晚餐的布倫希爾德沒可能不知道這件事，她還招待自己吃那些食物，那麼……

「我待會再跟你解釋，現在逃走要緊。」就在疑團和不信漸漸在路易斯心中增長時，布倫希爾德俐落的一句打斷了他的思緒。她二話不說，把路易斯拉起來，想要扶著他一起走。

「戒指！」左手被拉起來時，路易斯發現本來在無名指上的星光藍寶石戒指不見了，取而代之的是一直放在他大衣的口袋裡，布倫希爾德所贈的海藍寶石戒指。他煞停了腳步，焦急地張望：「那隻藍寶石戒指呢？」

「它……我來到時，它已經不見了蹤影，不要找它了。」布倫希爾德有些吞吐，她拉了拉路易斯的手，示意不能再浪費時間。

「對了，彼得森，還有他！」路易斯這時想起自己的忠僕，整個宴會廳裡都沒有他的身影。「他在哪裡？」

「放心，莉諾蕾婭已經把他帶走，現在他很安全。」布倫希爾德說完，路易斯頓時鬆了一口氣。他本來還想問更多，但手掌傳來被捏緊的感覺提醒他現在不是時候。

布倫希爾德牽著路易斯的手，站在宴會廳中央不動。一吸，一呼，她的蝴蝶雙翼瞬間在背後出現。她閉上眼，向前伸出左手，努力調順因緊張而紊亂的呼吸。

我可以做到的，她在心中不停地對自己說：一定可以把他救走。

就像那朵在雪地中要掙扎開花的雪花蓮，無論有多困難，我都要成功。

布倫希爾德猛然睜開眼，她默念一句風元素術式，微風立刻把路易斯輕輕吹起，緩緩落到她的雙臂上。她緊抱著他，毫不猶豫地往前一踏、一躍，口中唸出一個直到不久前為止還很陌生的咒語。

「『Ios』。」

⚔

請協助我，請告訴我，從虛無逃脫的方法！

少女聚精會神，向她一直信仰的大地之母，以及一直共存的眾多靈體苦苦祈求。她緊閉雙眼，不停默念，希望得到回應。

求求你們，一次就好，無論是任何代價，我都願意付上！

孩子啊，你為何要祈求呢？

就在少女急得快要哭出來時，一把陌生但又莫名親切的聲音突然在她的腦內深處響起。

你的力量，本來就在你的身體裡。

少女還未搞清楚發生甚麼事，一股力量突然從她的身體深處湧現，並充滿全身，本來綁著其四肢的黑暗頃刻被力量驅趕，消失無蹤。她跌坐在理應空無一物的虛無中，看著自己雙手，十分驚訝。

這到底是……

這份要滿溢出來的力量不是她熟悉的四大元素，反而跟周遭的虛無感覺相似。她感到疑惑，為何這份力量會在自己身體裡，而且似曾相識，就在這時，彷彿是要回應她的疑問，她的腦海頃刻有大量記憶片段湧現，像飛片一樣在同一時間飛過她腦海。她就像旁觀者一樣，注視片段裡那個跟自己一樣的身影，做著自己完全沒有記憶的事。

片段裡的她，全身都是傷痕和血跡，張開代表精靈女王的雙翼，單手拿著「精靈髓液」，向著那個略有印象的靛藍色身影拋去一個又一個的無形彈。那些白光、以光形成的尖劍，以及把樹林都消滅殆盡的元素術式，都是她未曾聽聞的術式，但在看到的瞬間，她的腦海卻本能地浮現相應的咒語，彷彿早就認識它們。她起初對此感到懼怕，但身體浮現的舒暢令她很快理解——

對，這是我本來的力量，只是我一直忘卻而已。

一直扣在身上的桎梏終於被解開，少女抬頭一看，發現眼前的虛無不再是無盡的黑暗。四周依舊漆黑一片，但此刻她的眼卻能在虛無中看到光明。在她眼前的，是往四邊延伸，扭曲、重疊的樓梯和道路，錯綜複雜，如同一個又一個重疊的空間，她沒有被這個看似無盡的迷宮嚇怕，只是安心邁步向前。

她知道正確的路，突破虛實夾縫的明燈就在她心裡，體內的力量以及意志，能夠引領她前往想到的目的地。

「莉諾蕾婭！」

跑過好一段路，少女很快便看到她最信任的女僕身影。那藍綠色的身影滿身傷痕，被某種無形的力量綁在半空中。她一揮手，力量就如不久前綁著她的黑暗一樣退去，她趕緊詠唱喚來微風，把要墜下的女僕穩妥接住。

「莉諾蕾婭！你聽得見我嗎？」少女撤去微風，用雙手抱著女僕，焦急地呼喚她的名字。

「小姐？」女僕的眼皮抖動，她微微張開眼，起初一臉茫然，但當她的視線落到眼前那片熟悉的水藍上後，赫然驚醒，頓時驚呼。

「你沒事嗎？還能動嗎？」見莉諾蕾婭醒來，少女——布倫希爾德關切地問。

莉諾蕾婭很驚訝，她看了看周圍，再回頭望向布倫希爾德，欲言又止：「小姐，你為甚麼會……」

「沒有時間解釋了，」說完，布倫希爾德放開其中一隻手，讓莉諾蕾婭扶著她站起來。「聽好了，時間無多，夫人恐怕快要下手，可能已經下了手也不定，但不管那麼多了。待會我們離開以太塔後，你立刻回到我的房間取走『精靈髓液』，把它帶來給我，然後我們一起帶路易斯和他的隨從離開精靈之森，回去威芬娜海姆。明白了嗎？」

「那麼小姐你呢？」布倫希爾德正要起行，但莉諾蕾婭發現到不妥，立刻追問。「你要去哪裡？」

「我要用戒指確認路易斯的位置，直接確認他的安危。」布倫希爾德回頭，堅定地回應。

「如果齊格飛公爵在宴會廳，夫人有機會也會在那裡吧？如果不幸地遇上她，小姐會有危險的，」莉諾蕾婭驚呼。布倫希爾德靈魂所剩無幾，而且沒有「精靈髓液」的話不能使用元素術式，要是與夫人正面對上，一定會兇多吉少。「還是一起行動吧！」

「不，照著我的意思行事便可，我有辦法。」布倫希爾德罕有地擺出堅決的眼神。她向莉諾蕾婭伸出手，命令道：「抓緊我的手，不要放開！」

莉諾蕾婭想要反駁些甚麼，但當她的視線落到布倫希爾德伸來的手上，似是看到甚麼，便改變心意，把要說的話吞到肚裡，讓主子帶領自己離開眼前這無盡黑暗。

布倫希爾德牽著莉諾蕾婭有目的地在黑暗裡四處奔走，每一步都沒有猶豫。突然，前者停下腳步，空間傳出門鎖解開的聲音，下一刻，一道刺眼的白光照進黑暗，到莉諾蕾婭再次睜開眼，她便發現自己已經離開虛實不分的空間，回到安凡琳的內庭。

布倫希爾德鬆開手，抓緊無名指上的戒指，感應與它相連的另一半來確定路易斯的位置，確認他正在宴會廳。

「在宴會廳，快！」

莉諾蕾婭聞言拔腿就跑，布倫希爾德不假思索，立刻張開雙翼，一個起跳，便飛到溫蒂娜宮六樓窗外。

「『Jual』（風刃）！」

以風形成的刀刃瞬間把窗戶破壞，布倫希爾德俐落地跳進宴會廳，落地後發現卡莉雅納莎和帕諾佩正瞪著自己，她們的臉上滿是驚慌之色。

「小……你不是在以太塔的嗎？怎麼會……！」

「沒有『精靈髓液』，你怎麼能用……！」

「『Iaq』（隔絕）、『Ilua』（光劍）。」

她們仍在驚訝，未及詠唱術式對付布倫希爾德，下一刻便被強大的無形力量撞到牆上，並被兩把耀目的光之劍刺穿腹腔，倒在地上，失去了意識。

抱歉。看著昏迷的卡莉雅納莎和帕諾佩，布倫希爾德心頭冒起一陣歉意，但僅此而已。她快速環望四周，確認希格德莉法不在後，便立刻衝向長桌並跪下，抱起那個倒在地上，夢繞魂牽的身影。

「路易斯！你醒醒！」

路易斯雙眼緊閉，他雖然仍有呼吸，但臉色蒼白，額上還冒著冷汗，不論布倫希爾德如何呼喚，他都沒有反應。布倫希爾德望向不遠處，彼得森就倒在那裡，雖然仍未醒來，但她感覺到他的氣息比路易斯平穩許多，猜測他應該是被卡莉雅納莎或帕諾佩用元素術式弄昏而已，沒有大礙。

到底是甚麼令路易斯昏迷？元素術式？不，他的樣子那麼痛苦，氣息那麼紊亂，應該不是術式做成的。她把手放在路易斯額上，仔細感應，沒過幾秒便發覺到甚麼，全身一震。

是中毒。

到底是甚麼導致的？

一陣熟悉的氣味這時引起布倫希爾德的注意，她小心翼翼地把路易斯放下，站起來，看見桌上擺放的食物後，登時皺起眉頭。

瓷碟上放著一個切開了的蛋糕，樣子完整，應該未被吃下口；布倫希爾德拿起旁邊的酒杯，用手指勾起一滴水滴，淺嚐一口，眉頭頓時皺得更緊。

那蛋糕不只是外型酷似鈴蘭，內裡也確實混有鈴蘭；酒杯裡的酒雖然是果酒，但有混入焰鞠花；

空氣裡有一陣微弱的氛芳，是碧菊華果切開後才會散發的香氣，應該不久前有人在這裡吃過碧菊華果。布倫希爾德往右一看，發現長叉上殘留了一些透明果肉，從這一點來看，吃碧菊華果的人到底是誰，呼之欲出。

碧菊華果本身無毒，焰鞠花也是，但兩者混合食用的話會因為成分相沖而產生毒素，令人麻痺昏迷；鈴蘭更不用說，本身整株有毒，而且混進蛋糕內的鈴蘭分量不輕，吃進肚的話會立刻中毒，加上本身混在體內的毒素，應該會命喪當場。

「這就是她想做的事嗎！」把線索組合在一起，推測出希格德莉法的目的，布倫希爾德忍不住激動驚呼。

她記得希格德莉法曾經說過，要讓路易斯在痛苦中死去，沒想到居然是指毒殺。想到希格德莉法計劃用這麼恐怖的手法奪去路易斯的性命，布倫希爾德咬緊嘴唇，怒火在心裡熊熊燃燒。

她低頭望向路易斯，看著他那雖然不穩定但有起伏的胸膛，突然覺得安心。

希格德莉法的計劃是恐怖的，但並不完全，差了一步。

現在路易斯還活著，那麼事情就還有轉機。

「小姐，我把『精靈髓液』帶來了！」

就在布倫希爾德跪下，要抱起路易斯為他解毒時，莉諾蕾婭急促的腳步聲隨著她的話語傳來，響徹整個宴會廳。她走到布倫希爾德身邊前經過卡莉雅納莎和帕諾佩，但只是斜睨了一眼，便轉身離去。

「謝謝，把劍放在這裡就可以了，」布倫希爾德用眼神示意莉諾蕾婭把劍放在自己身旁的地上。

她問：「你來的途中，有看見夫人的身影嗎？」

莉諾蕾婭搖頭：「連她的氣息也感覺不到。」

「這就奇怪了，她到底到哪裡去了呢？」布倫希爾德感到疑惑。

她猜想，路易斯毒發時，希格德莉法應該是在旁的，但她居然拋下自己的珍貴獵物不管，不見了蹤影，這不是她一貫的行動方式。她絕對不會無故離開，一定有縝密的打算才對，那麼她到底是想做些甚麼？

算了，管不了那麼多，她隨時都有可能回來，現在還是爭取時間，先把二人帶走再算！

「齊格飛公爵和彼得森先生，他們……」莉諾蕾婭走到彼得森身邊，雙手抱起仍未醒過來的他，同時問道。

「都被下手了，」布倫希爾德簡潔地回答重點，不願花時間解釋詳細。「那位隨從沒有大礙，施個甦醒術式應該便會醒來了吧，但路易斯中了毒，棘手許多。你現在立刻帶隨從先生離開，記緊往北方走，這樣才能分散夫人的注意。」

「那麼小姐你呢？」莉諾蕾婭擔心地問道。

「我把毒從路易斯的體內吸出之後便會起行，往南方走。別理會我，快點離去！」說時，布倫希爾德想起那朵雪地裡的雪花蓮，她要越過那朵花，到光芒彼方的自由之地去。

「但……」

「快去！」布倫希爾德急促地命令，但沒過兩秒，她好像想到甚麼似的，收起嚴厲神情，換上一副微笑，帶些歉意地望向莉諾蕾婭：「拜託了。」

莉諾蕾婭仍然一臉擔憂地望著布倫希爾德，沒有離去，但後者只是以一個堅定而銳利的眼神命令前者立刻起行。主子的命令是絕對，莉諾蕾婭不能選擇，唯有離去，走的時候不停回望布倫希爾德，樣子很是擔心。

待莉諾蕾婭離開後，布倫希爾德立刻把手放到路易斯的胸前，準備聚精會神用元素術式把毒吸走。正要開始前，一道微弱的藍光吸引到她的注意，她握起路易斯的左手，目光一凝，赫然發現在無名指上面的不是她做的海藍寶石戒指，而是一直被希格德莉法珍重保管的家傳星光藍寶石戒指。

這……！一定是夫人做的！

猜到希格德莉法做了些甚麼，布倫希爾德眉頭一蹙，二話不說便把戒指拔下，拋到一邊去。接著她憑感應，從路易斯的外衣裡找到真正屬於二人的戒指，立刻替他戴上。

「『Ulya』（吸收）。」

她深了一口呼吸，開始用水元素術式把毒取走。就在這時，心口突然傳來一陣絞痛，手突然一麻，打斷了施法。

是將毒吸進身體的影響嗎？

不……是身體在對我說，不能再施行術式了。

布倫希爾德眉頭一皺，強行把痛楚壓下，她無視身體的警示，繼續從路易斯的身體吸出毒素。對，我的力量已經所剩無幾，但只要還有一口氣，我都會不惜一切地堅持下去。她在心中對自己說。

無論如何，我都一定會保護他，保護他的安全。這是承諾！

「『Ios』（空間轉移）。」

一句陌生但充滿力量的語句在耳邊響起，路易斯只見眼前的世界突然漆黑一片，聲音完全消失，如被黑暗吸走，但一眨眼，聲音和光線便頃刻粗暴地闖回來，彷彿剛才的漆黑只是一瞬間的錯覺。他疑惑地抬頭，看見頭上樹影婆娑，重重的樹影彼方是被銀白月光照亮的夜空。一陣刺骨寒風倏地吹過，他忍不住打冷顫的同時，一件重物擊中他的肩膀，接著一陣濕潤從擊中的位置擴散開去。

雪。路易斯想起一段時間前，他曾在宴會廳內看到外面下雪。

我到了城堡外面嗎？但到底是怎樣……不，現在是甚麼時候？

他正要問布倫希爾德時，包裹著全身的微風突然消失，身體急速下墜。路易斯以為自己要整個人撞到地面，但就在撞上地面前的一刻，一雙手從下方稍微抱起了他，讓他不至受傷。

「布倫希爾德！你沒事嗎？」路易斯驚呼，那雙手的主人不是他人，正是不久前抱著他的布倫希爾德。

「我沒事……」布倫希爾德淡淡一笑。「抱歉，一時控制不住力量，要你受驚了。」

她想要抱起路易斯站起來，但雙手傳來一陣刺痛，完全使不出力氣，路易斯見狀，立刻站起來伸手扶起她。她嘗試站起來，但就在雙腿要伸直的一刻，突然整個人被掏空似的，全身軟掉，正想用力抓住路易斯的手從他手掌上如絲綢一樣滑落，整個人不受控制地跌到地上。

為甚麼……

在千鈞一髮之間，布倫希爾德用雙手撐起上半身，才不至於整個人撞到地上。感覺著四肢的顫抖，以及體內空無一物的空虛感，她震驚，也沮喪。

這就是現在我能夠轉移的距離極限嗎？她問自己。

我剛才在腦海中想的，是直接轉移到威芬娜海姆的森林去，術式發動了，卻只轉移到精靈之森。就算得到了以太的力量，但依然無法改變經已殘缺不堪的靈魂嗎？

那股陌生又熟悉的力量是以太元素，是布倫希爾德依照力量的特性推測出來的。凌駕在四大元素之上，能夠操縱四大元素以外，包括光、暗、空間、時間等力量，就只有理應已經隨著以太精靈絕種而消聲匿跡的以太元素。她不明白為何這個失落的元素會出現在自己身上，但既然祈求得到了回應，她有能力救出路易斯，其他事就暫時不在意。

布倫希爾德嘗試展開雙翼，翼是展開了，卻若隱若現，像是快要消失似的。她知道這是靈魂所剩無幾的表現，就算自己想飛，在現時這個狀態下也應該不能飛太遠。在漆黑的夜空下，她無法確認自己的確實位置，只能藉助感知，大概知道自己在精靈之森的中央，距離南方的威芬娜海姆郡入口還有很長的一段距離。

夫人應該差不多察覺到我們已經逃走，開始行動了吧。以她操縱元素的能力，應該很快便能追上來，可能是十五分鐘，也可能一眨眼便會出現在眼前，攔住她們的去路。

「我親愛的小仙子，你絕對不能逃的。」

希格德莉法那溫和卻恐怖的聲音頓時在布倫希爾德的耳邊響起，彷彿前者已經來到後者的身邊，想要用她修長的手指勒緊布倫希爾德瘦骨嶙峋的頸項。布倫希爾德下意識地打了個冷顫，但下一刻，她咬緊牙關，將這把聲音趕出腦海。

我不會放棄的！無論如何，都要帶路易斯離開！

她一鼓作氣站起來，抓緊路易斯的手，二話不說便牽著他往前方跑。平時她走在森林裡，傳入耳中的都是嘲笑自己的聲音，但此時此刻，靈體和仙子們都紛紛化為引路的明光，它們都恭敬地跪在叢林裡、道路的兩邊，為布倫希爾德指引前路。漫天森林裡有許多聲音迴盪著，但它們所說的都是兩句話——

「我們的女王」。

「真正的女王」。

為甚麼靈體和仙子們對自己的態度會有那麼大的轉變？布倫希爾德心裡疑惑，但時間的緊迫不由得她花時間思考。她知道自己體力剩餘無幾，跑步並不是一個好選擇，但在不能使用那空間轉移術式、沒有足夠力量飛翔，並且體內力量所剩無幾的現在，要盡可能與希格德莉法所在的安凡琳拉開距離，這是唯一的辦法。

「布倫……布倫希爾德！可以停一會嗎？」正當布倫希爾德在腦內計算需要多久的時間才能離開森林，路易斯突然一下拉扯令她回過神來。她回過頭去，看見路易斯停下了腳步，喘著氣的臉上滿是焦急和疑惑：「你可以解釋一下……到底都發生了甚麼事？」

路易斯的腦袋依然很混亂，他仍然不明白，怎麼前一刻自己還在和布倫希爾德共晉晚餐，下一刻就在逃命。布倫希爾德口中所說的下毒、危險，他一個都聽不明白，也不明白為何自己前一刻還在城堡，一眨眼便身處森林。太多事情在同一時間發生，他需要有人給他一個解釋，那怕只是一句也好。

「夫人想奪去你的性命，如果現在我們不逃出精靈之鄉，下場只會是一起被殺。」布倫希爾德再一次解釋，說完，她握緊路易斯的手，示意沒有時間再逗留。

「你剛才說她想下毒害我，但明明在宴會廳的就只有你，也只有你請我吃那些食物……」但路易斯卻沒有要動的意思。他的思緒依然停留在那輝煌、親密又幸福的晚宴，要是布倫希爾德所說的下毒之事為實，他唯一想到的下毒途徑，就是宴會上的食物。那些精靈界的美食，都是布倫希爾德請她吃的，而她也有一起享用，如果食物被希格德莉法下了毒，布倫希爾德沒理由不知道。她沒有事前通知自己注意，事後又沒有立刻撇清關係，怎樣想都覺得奇怪。

「我……之後會向你詳細解釋的，請你相信我。」布倫希爾德從路易斯那閃縮的眼神中察覺到不對，頃刻便猜到他在想甚麼。她想開口解釋，但想到某些事後又決定打住，沒有說下去。

「我當然相信你，但你甚麼也不說，我怎樣知道你會否……」說著說著，路易斯的腦海冒出一個可怕的猜想，他知道是不可能的，但心裡沒法完全把想法抹去，從中萌生的內疚感令他潛意識壓下聲線，低聲呢喃：「其實是同謀……」

「我真的不是！」布倫希爾德立刻否認。她想開口解釋，但想了想，轉換了想法：「只是說來話長，現在需要爭分奪秒，待我們離開森林，回到威芬娜海姆後，我會一五一十解釋的，可以嗎？」

她說的時候胸口揪緊，有點害怕，但硬是把感情壓下來。

路易斯半信半疑地望向布倫希爾德，那雙眼睛裡有渴求，也有堅定。他忽然想起，二人在威芬娜海姆分別前也進行過類似的對話，當時她有口難言，沒法仔細解釋，只懇切請求他相信自己。

他的視線循著手臂，落到自己無名指上的指環。

寶石的藍光把他的思緒帶回赫瓦爾紗湖中。路易斯問自己，他當時在湖中，是怎樣回應布倫希爾德的？是選擇相信她。既然如此，現在不也應該做一樣的事嗎？

「嗯，」他點了點頭，雖還未有完全釋除疑慮，但選擇先相信下去，以後再算。

布倫希爾德感激一笑，她輕輕一唸，一陣溫柔的風便包圍路易斯，讓他像離開城堡時一樣浮在布倫希爾德的雙臂上。

「這樣子一起走吧，會快一點。」近距離望見布倫希爾德猶如湖水般的雙眼，以及她的臉容，路易斯有點害羞，但布倫希爾德只是淡淡一笑，然後喚出另一風元素術式，讓自己乘著疾風前進。

她在心裡不停地請求，希望四周的靈體們能夠助她一臂之力，本來猶如空殼的身軀開始積聚了一些力量，令她可以維持元素術式，彷彿是靈體們給予的回應。隨著距離安凡琳越來越遠，布倫希爾德的心慢慢變得踏實，感知到自己已經走了一半以上的路程，森林的出口經已不遠，她決定再一次嘗試空間轉移，賭一把，掏空全身的所有力量，轉移過去。

「『I……』」

「颼」。

就在詠唱要開始時，一道令人顫慄的寒氣劃破空氣。

布倫希爾德急忙往一旁閃開，下一刻，一個巨大的冰鐮刀在她身邊擦過，狠狠地斬斷本來在她身前的大樹。

是她，她來了。

布倫希爾德不假思索，抱著路易斯立刻乘著疾風逃離。令人悚慄的攻擊不斷從她身後打來，又是風刃，又是火矢，她左右閃避，並嘗試加快速度逃離，但攻擊實在太頻密，她無法擺脫攻擊者的跟隨，找不到詠唱的空隙。

她想要一鼓作氣往前加速，但就在這時，前方的地面突然冒出一堆藤蔓，她急忙喚出風刃把它們切斷，但就在要跨過藤蔓之時，幾杖冰錐從她頭頂上滑過。她仰後避開，但因此失去了平衡，整個人因此滑落到地上，在撞上一棵老樹前停了下來。

「我可愛的小仙子，你以為真的能逃掉嗎？」

一把令人不寒而慄的笑聲在林間迴盪。

「敢違抗我的命令，還把火龍小子帶走，你何時變得那麼有膽量的？」

果然事情不會如祈願般順利，希格德莉法還是追上來了。她拉著路易斯躲進路旁有整個人那麼高的草叢裡，小心地四周張望，看不見附近有希格德莉法的身影，她嘗試循著聲音尋找希格德莉法的所在位置，但不果。

「雖然我不知道你是怎樣從以太塔裡逃出來的，但既然你做到了，就給你一個讚賞吧。」

話音一落，一條粗大的藤蔓立刻往布倫希爾德的方向刺去。她立刻拉著路易斯往前避開，然後拔出身後的「精靈髓液」，以風刃把藤蔓一分為二。

「逃出來？她是甚麼意思？」路易斯壓下聲線問道。

「我待會再跟你解釋，拜託了。」布倫希爾德面有難色，再一次請求。

「不錯，不經不覺間已經可以自由使出水以外的元素術式，進步了呢，」希格德莉法拍了兩下手掌，但下一刻語氣突然改變，冷酷地命令：「但你還是放棄吧，把火龍小子交出來。」

「不要！我不會！」布倫希爾德立刻大喊，並站在路易斯身前護著他。「絕對不會把他交給你！」

「交出來的話，我還可以留你一條性命，不然的話，你很清楚會怎樣的。」希格德莉法輕笑兩聲。

布倫希爾德全身立刻浮現被希格德莉法虐待時所感受過的痛楚，但她緊皺眉頭，用意志把痛楚全都壓下去，反駁：「我……不再是你的扯線木偶！」

「是嗎，」面對布倫希爾德的決意，希格德莉法只是冷笑。「看來與火龍小子的相處令你忘記了呢，你的一切都是我給予的。」

「『Ulrem』（霧蓋）。」知道希格德莉法要繼續動手，布倫希爾德握緊路易斯的手，小聲詠唱，水霧頓時包圍著二人，將他們的身影隱藏，不讓希格德莉法看見他們。她拉著路易斯急步逃離，雖然心裡知道希格德莉法一定有辦法找到她，但仍然想盡力反抗。

「從一開始，你的一切都是我的，都是屬於我的，就連與火龍小子的相識也是我所賜予的，沒有我，你只會是個空殼，甚麼都不是。」希格德莉法繼續從四方追擊布倫希爾德，但不知是探知不到她的位置，還是她有心為之，攻擊偶然會擦過布倫希爾德身邊，但沒有一次能打中她。

不是的！

布倫希爾德急著想開口反駁，但一想到這樣會暴露位置，正中希格德莉法下懷，便強行把說話都壓進肚裡。

她想再一次使用空間轉移術式，但每次要聚精會神時，希格德莉法的攻擊都會出現阻撓，因此只能帶著路易斯四處逃竄，嘗試找出那一瞬間的機會。

「你可以離去的，但就算你成功逃離，也改變不到你是一個謊言的這個事實。」無論布倫希爾德跑多快，希格德莉法的聲音都如影隨形。聽見後半句，布倫希爾德頃刻心頭一震，但很快回過神來，裝作聽不見。

「無論付出任何努力，謊言都無法成為真實，」彷彿探知到布倫希爾德的心思，希格德莉法繼續說下去。「他並不知道你最真實的一面吧。要是他知悉真正的你，還會選擇你嗎？還會愛你嗎？」

不要，你不要說！

布倫希爾德想起希格德莉法對上一次說這番話時的模樣。她心裡吶喊，不想路易斯聽到這些話，也不敢回頭面對他。

「沒可能吧。」看穿布倫希爾德所想，希格德莉法的自答如箭般擊穿布倫希爾德的心。她此刻的表情經由聲音在布倫希爾德面前浮現，那滿足、享受的笑容令她驚恐。「你以為他選擇了你，也是你選擇了他嗎？不，是因為我選擇了你，你才能遇上他。而他從一開始選擇的，根本不是你。」

「別再說了！『Ios』（空間轉移）！」布倫希爾德崩潰地大喊，她不顧一切，唸出空間轉移的元素術式，腦子裡只有一個想法，就是不讓路易斯再聽見希格德莉法的說話，直到自己重重跌落到地上，才回過神來，醒覺自己一時衝動，都做了些甚麼。

她抬頭，看見眼前地上是一片雪白，清淡的花香乘著微風飄散，四周十分寧靜，除了不遠處傳來的淙淙水聲，就再沒有其他聲音。這裡就是那朵未盛開的雪花蓮所在地，她心裡登時閃過一陣感動，因為這意味著前面不遠處就是進入威芬娜海姆郡的通道。

布倫希爾德立刻用力撐起身子站起來，雖然腳步虛浮，但身體還剩餘一些力氣，可以多撐一陣子。她轉身向路易斯伸手，打算趁希格德莉法追到前盡快逃走，但沒想到路易斯把手收起，還後退了兩步。

「路易斯？」布倫希爾德疑惑地上前，但路易斯卻再一次後退。

「剛才希格德莉法的說話……到底是甚麼意思？」路易斯的臉上寫滿懷疑二字。

他知道自己要相信布倫希爾德，只是疑慮一直在心中未解，再加上希格德莉法充滿暗示的話語，使他的信心動搖。剛剛布倫希爾德的焦躁和衝動形同心虛，他想要知道事情的來龍去脈，不再想聽到敷衍的說話，處於不知就裡的狀態。

布倫希爾德焦急地勸說：「她快要追上來了，現在不是說這個的時……」

「真正的你到底是甚麼意思？」但路易斯激動的一句打斷了她的話，他追問：「你到底有甚麼瞞著我？」

「離開這裡後，我會解釋一切的，所以……」

「不，我要現在知道，不然不會跟你走。」路易斯說得十分決絕。

布倫希爾德踏前一步，但路易斯立刻後踏，一步不讓，十分堅決。她心裡掙扎得很，那個真相，她知道總有一日要坦承的，只是一直未能跨過這個心理關口，也沒想到要在這個場面下坦白。

她心知時間無多，必須盡快說出來，那怕一句也好，但就是開不了口。

「其實，我……」

就在布倫希爾德終於要開口時，突然，一道寒氣從身邊傳來，她立刻轉身拔劍，俐落地把飛來的冰錐格開。

她還是追上來了嗎……不。

正當她朝向冰錐飛來的方向，戒備將要出現的身影時，眼角一瞄，看見一道寒光在路易斯背後出現，正飛快地朝他飛去——

「危險！」

6

異樣的風聲劃破天空，爾後陷入嚇人的寧靜。

象徵春天來臨，但孤獨地豎立在泥土上的雪花蓮，掙脫了柔軟白雪的覆蓋，在寒風下緩緩綻放細小但純潔的雪白花蕾。其狀如吊鐘的花蕾像在傳達春天來臨的歌聲，聽者雖然在它身旁，但她似乎聽不見這段美妙福音。

她無力地躺在白雪上，皮膚的顏色跟白雪相似得快要融為一體，但其身上正不斷地流出溫熱的鮮血，把周圍的白雪都染成一片華麗的緋紅。

雪花蓮下垂的花蕾一直注視著在下面的她，鮮血漸漸把它的根莖染成緋紅，但她雙眼仍然閉上，像在沉睡，沒有反應。

空氣依然寧靜，但這刻，卻讓人感到無比絕望。

「布倫希爾德！」

看見倒在地上，鮮血淋漓的布倫希爾德，路易斯忍不住尖叫，驚慌不已。

他完全跟不上現況。前一刻，布倫希爾德突然撲上來，大力地把他推開，他後腦撞上大樹，一時間暈了過去，到他再睜開眼時，便看到她倒在血泊中，心口正插著「精靈髓液」，一動也不動。此情此景，他突然想起羅倫斯被劍插中的回憶，心頭登時閃過一陣驚恐，呼吸頓時急促起來。

不，別這樣，同樣的事不要再發生——

「你醒醒，布倫希爾德！」無視後腦的疼痛，他立刻飛奔到布倫希爾德身邊抱起她，強烈地搖晃她，並不停地呼喚她的名字。

在路易斯的不停呼喚下，布倫希爾德的眼皮抖動了幾下，緩緩地張開眼睛。

「為甚麼……為甚麼你要這樣做……」

布倫希爾德沒留意路易斯的抽泣，她只感到身體輕飄飄的，意識有點迷糊，頭要往一邊滑落時，一道雪白映入她的眼簾，是那朵她十分熟悉的雪花蓮。

「啊……」看見雪花蓮那些盛開的花瓣，她不禁感嘆，聲音小得幾乎聽不見：「終於開花了呢。」

它終於開花了，但我卻倒在這裡，她心裡說。

我終究……還是不能越過它嗎？

不能越過它，離開精靈之森嗎？

不，只有我尚存一口氣，就依然仍有機會。

燃燒起來的意志令布倫希爾德頓時回復清醒，她把頭轉回來，想要查看傷口，低頭一看，不禁驚訝地張開了口。

插在她胸口上的，是「精靈髓液」。

她記得剛才自己推開路易斯前，明明把「精靈髓液」拋了在地上，怎麼它現在會插在自己身上的？

她想要移動身子，這時手一滑，手掌撞到一件硬物，清脆的金屬聲和銳利的觸感吸引了她的注意。她往右一看，驚覺躺在地上的硬物不是其他東西，正是「精靈髓液」。

「咦，為甚麼……」她一看仍在胸前的「精靈髓液」，再望向地上那一把，十分驚訝。

兩把「精靈髓液」？為甚麼？

「真是的，為甚麼你總是要破壞我的事呢。」

就在這時，一把優雅的聲音突然出現，未等二人回過神來，一條水鞭向他們衝去，緊緊綁住布倫希爾德胸前那一把「精靈髓液」的劍柄，並把劍粗魯地拔出。布倫希爾德痛苦地慘叫一聲，鮮血瞬間把她的胸膛染紅，她只能眼睜睜地看著長劍飛快地劃過半空，並在某棵大樹後失去了蹤影。

看著不停流出的鮮紅，路易斯想要止血，他大力按著布倫希爾德的傷口，但沒有甚麼效用。

「血止不住……有甚麼辦法可以——」

「只是一隻棋子，居然斗膽一次又一次壞我的大事。我是覺得你有趣才留在身邊的，但看來一切都到此為止了。」

就在他焦急的同時，那把冷血的聲音再次出現。說完，她還冷哼了一聲。

「希格德莉法！」路易斯認得聲音的主人，他頃刻暴怒，向著前方大吼。「你為甚麼要這樣做？」

「嗯？你在叫誰的名字？」希格德莉法反問。

路易斯正要開口反駁，這時，一個黑影在「精靈髓液」消失的那棵樹後緩緩現身，打住了他要說的話。他知道那人是希格德莉法，但當她走到銀光下，他看清其模樣時，卻震驚得懷疑自己是否看錯了甚麼。

眼前的人一身水藍，那束到後腦的麻花辮、微捲的半透明長髮、有著華麗蕾絲的冰藍長裙、頸項上的藍寶石項鏈，不論是裝扮或是模樣，都跟他今晚在宴會廳所見的布倫希爾德一模一樣。他明明知道眼前人是布倫希爾德的姑姐，也知道希格德莉法和布倫希爾德外貌幾近一樣，但凝視著此刻的希格德莉法，卻有種看著布倫希爾德的錯覺。路易斯低頭一瞧懷中半睜著眼的布倫希爾德，再望向眼前的希格德莉法，他的思緒亂作一團，不知該由何處開始思考。

「晚安，路易斯，又見面了呢。」希格德莉法的聲音和語氣，也跟路易斯今晚共處的布倫希爾德一模一樣。

「你為甚麼要故意穿著成這樣？」路易斯咬牙切齒地質問。

「不是故意的，我今天本來就是這樣穿的。」希格德莉法手持著那把染有布倫希爾德鮮血的「精靈髓液」，輕笑回應。這時，一陣狂風吹過，路易斯嗅到風中混有鈴蘭的香氣，跟他在宴會廳時從布倫希爾德身上嗅到的味道一模一樣，略為濃郁。

「你……剛才在晚宴時假扮布倫希爾德嗎？」把這幾小時以來所經歷的矛盾，再跟當下所見，以及希格德莉法的說話組合起來，路易斯得出一個可怕的猜測。他質問：「裝扮成布倫希爾德，騙我許下結合的承諾，並向我下毒，一切都是你為了騙我而做的圈套？」

「不，我並沒有騙你。」希格德莉法輕輕搖頭，她伸出手指，指向布倫希爾德，冷冷地說：「而且，假扮布倫希爾德的不是我，是她。」

「甚麼意思？」路易斯嘴上忿怒，但唇瓣卻在顫抖。他想要知道，卻又害怕。時間彷彿停頓下來，他凝視著希格德莉法張開口，每一分秒都長若年月。

「布倫希爾德・漢娜・瑪格麗特・溫蒂娜，是現在站在你面前的這一位，而在你懷中的，只是一個沒有名字的偽物而已。」

希格德莉法掛著冰冷的微笑，緩緩說道。

空氣瞬間凍結，路易斯狠狠瞬著眼前這個一直以來在他心中有著負面印象的對象，全身都在震顫。

「騙人的！你明明是布倫希爾德的姑姐，沒可能是布倫……不是這樣的！」他怒吼，用盡全力否定希格德莉法的話。

「姑姐的身份只是我說的，是你選擇相信而已。」希格德莉法卻一臉輕鬆，把過錯都怪在路易斯頭上。「那天在樓梯上遇見你們，是我意料之外，當時事情只進展到一半，就地揭曉真相的話會壞了整件事，所以就暫稱是姑姐，改變一下發展，沒想到你真的完全相信呢。」

「……不，這不可能的，不可能是這樣！」路易斯繼續否定。

沒可能是這樣的，這不過是希格德莉法要動搖我的手段而已！他在心裡吶喊。

如果這是真的，那不就等於我從一開始就一直被蒙騙嗎？

那些愛慕，那些承諾，不都變得毫無意義？

他別開視線，很想拿雙手掩著雙耳，甚麼都不想聽。

「既然你不信，不如你問問她吧？看她怎樣說？」縱使路易斯不想聽，但希格德莉法優雅柔和的聲音還是闖進了他的心裡。見他望向自己，希格德莉法立刻把視線投向布倫希爾德，樣子得意。

路易斯立刻低頭望向懷中的布倫希爾德，想要聽到她的否認，但她只是抿緊嘴唇，頓時別過頭去。

「對不起……」少女小聲呢喃，間接承認了事實。

「為甚麼……要一直瞞著我？」路易斯問，他心裡有忿怒，但更多的是不解。與眼前人相處了數個月的時間，雖然有事相瞞，但他感覺到她對自己是感情是真心的。難道這一切都是演戲嗎？都是為了騙取自己的信任而裝出來的嗎？

我一直相信的，到底都是甚麼？

那些在腦內縈迴，本身充滿愛意的話語，此刻都化為背叛的劍刃，狠狠刺進他的心。

「我一直都想對你坦白的，只是……」她弓起身子，比起身體的疼痛，更像是心痛；口上想要解釋，但欲言又止，掙扎數秒後，只能吐出一詞：「對不起。」

她的眼角流下兩行淚水，閉上雙眼，像是在等待來自路易斯的審判。他想要斥責，想要質問，但看到她的表情時，卻說不出口。

他曾經對自己說，他不是因為少女的身份而愛上她，他愛慕的、選擇的，都是眼前的她，但現在自己心中的憤怒，源頭不就因為她不是布倫希爾德•溫蒂娜嗎？到頭來，他還是會介懷身份啊。

他想要開口，這時目光落在她無名指的指環上，頓時怔住。

她對自己的信心是如此強大而堅固，排除萬難選擇了他，向自己許下重量跟性命一樣的承諾，把性命交託在他手中，但他呢？他都做了些甚麼？

路易斯心裡五味雜陳，心思都扭作一團，對她的怒氣，漸漸轉化為對自己無力和軟弱的怪責。

她有想要坦白的意思的，但我卻因為他人的兩三句話而起疑心，結果連累她為了保護自己，而被刺中受傷。

她全心相信我，我卻辜負了她。

他一拳打在地上，用痛楚發洩心中之情，也用痛楚責備自己。

「看來接受了呢。」希格德莉法——布倫希爾德看見路易斯的反應，輕輕滿意一笑。

「既然你是布倫希爾德，那麼她呢？她是誰？為甚麼會跟你的外貌一模一樣？」被她的話刺激，路易斯立刻把剩餘的怒氣都發洩到她身上，激動地要問出真相。

「我就說了，她是個偽物，」布倫希爾德淡然地重複。「只是被我找到，被我撿回來，披著精靈外表的人類而已。」

「人類？」路易斯大吃一驚。他猜想懷中的少女可能是布倫希爾德的親戚，又或是同族的水精靈，沒想到人類這個可能性。「你胡說，她可以使用元素術式，也有水精靈的水狀長髮和精靈長耳，還有代表精靈女王的雙翼，怎麼可能是人類？」

「那是因為我長年用元素術式對她進行改造，令她的身體變得跟精靈一樣，」布倫希爾德說的時候面不改容，彷彿這些都是平常事，吃驚的人才是奇怪。

「沒可能！人類跟精靈是兩個種族，這種事怎麼可能做到？」路易斯立刻提出質疑。

「雖然『大地之子』和『大地之實』的起源不同，但同樣是生在世間之物，構造上有共通之處。只要掌握到這些共通點，再加以改寫，自然就可以做到。」布倫希爾德解釋，她直接用精靈語說出「大地之子」和「大地之實」二詞，沒理會路易斯能否聽明白。「不過當年在森林遇上她時，我也是嚇了一跳，居然有人類跟我長得幾乎一模一樣，而且對精靈的改造適性那麼高，彷彿是大地之母特意安排給我的，最佳棋子。」

「森林？遇上？這是甚麼意思？」路易斯聽出奇怪的地方，立刻追問。

「就是字面的意思，」布倫希爾德的笑容，彷彿暗示她是故意誘導路易斯對此產生好奇心。「距離現在十二年前，我在精靈之森散步時，偶然發現了迷失路向，而且失去記憶的她。她不記得自己是從哪裡來的，也不記得自己是誰，但居然跟我的樣貌完全一樣，就連聲線也幾乎一模一樣。這麼特別的存在，實在太有趣了，當然要好好研究和利用一番，所以我把她帶了回去，將她變成水精靈，讓她成為另一個我，我美好的小仙子。」

「十二年前？難道……」這個時間點頓時挑起路易斯的神經。

他和布倫希爾德的邂逅就是在十二年前，路易斯頃刻猜想，難道那一天他遇到的，他喜歡上的，並不是布倫希爾德本人，而是懷中的少女？

不，不可能的，時間上說不過去，改造應該不能很快便快完成吧，但她剛才說了「改造適性很高」，那麼仍然有可能發生？

布倫希爾德不改面上的微笑，靜靜地看著他，沒有回話，彷彿在肯定他的猜測，又像在享受他深受打擊的反應。

「為甚麼你要這樣做？」路易斯越想，越是搞不明白布倫希爾德的意圖。「為了取得我的信任，玩弄我，在祭典期間取去我的性命，你便計劃好這一切的？一切一切，都是為了摧毀我這個人？」

「摧毀？怎會呢，我是真心喜歡你的啊，路易斯，」布倫希爾德以甜美的嗓音回應道，猶如愛人間的細語。「從與你相遇的第一天開始。」

「你……！」

「已經足夠了吧，」路易斯正要動怒時，一把虛弱的聲音打斷了二人的對話。

他低頭望去，只見懷中少女不知何時睜開了雙眼，輕輕按著自己的胸口，像是叫他冷靜下來。她緩緩坐起來，望向布倫希爾德。

「夫人，不，布倫希爾德大人，現在我終於可以這樣叫你吧。」

一直以來，布倫希爾德都要求少女以「夫人」稱呼她，每次少女差點說出她的名字，都會被她施以虐刑。現在她終於可以把這個名字完整地說出，感覺像是把不屬於自己的東西歸還回去，也像是把真正、完整的自我取回來。

「呵，被這東西插中後，你居然還留有一絲氣息呢。」布倫希爾德舉起手上的「精靈髓液」，略為驚奇。「真有趣，果然你是特別的。」

「為甚麼……『精靈髓液』會有兩把？」少女沒有理會布倫希爾德的話，只是瞪著她手上的劍，咬著牙，用盡氣力吐出每一隻字。

「很簡單的理由吧，你身邊的那把是仿製品。」布倫希爾德爽快地回答。

少女頓時吃驚：「仿……製品？」

「我的小仙子，這麼重要的物件，有一把外型一樣的仿製品，是十分合理的事吧。」聽見「小仙子」一詞時，少女忍不住顫抖，但沒有別開視線。「我早就猜到你會為了反抗，嘗試擅自取走『精靈髓液』，所以很早以前就已經把萊茵娜女王為了以防萬一而製作的仿製品安置在你身邊。當然，你不會知道仿製品的存在，也不需要知道，而你也不會知道到底哪些時候在你身邊的『精靈髓液』是真的，何時是假的。虛假的你與虛假的『精靈髓液』，真是匹配，不覺得嗎。」

「哼，果然是你，把我們都玩得團團轉，一切都盡在你的掌握之中。」少女忍不住讚嘆，佩服於布倫希爾德算謀之仔細。

她總是計算仔細，讓一切都向她所期望的方向發展，但少女清楚，不是所有事都在她的掌握之中。

「仿製的『精靈髓液』不能用來使出四大元素術式，我是不知道你如何領悟到使出水以外元素術式的方法，也不知道你用了甚麼方法逃出只有用『精靈之冠』才能找到出路的以太塔，但都這些已經不重要。」正如少女猜測，她的出逃和元素術式都是布倫希爾德意料之外的事。「現在真相經已揭開，你就再沒有利用價值，不，就算你再有價值，也沒法再撐多久吧。」

布倫希爾德舉起「精靈髓液」，劍尖指向少女的胸口，輕輕冷笑。少女低頭望去，明明距離被刺中經已過去一段時間，但傷口只是些微縮小，沒有癒合。她頓時明白，那不只是因為自己剩下的力量不足以自癒，更因為「精靈之冠」的力量正在阻撓自己復元。

在完全的精靈冠冕面前，偽物只能被壓制，沒有反抗的餘地。少女輕笑，很快便接受了現實。

但即使這樣，我也不會屈服。

「你能夠逃到這裡，值得一讚，但到此為止了，」看到少女那放棄了般的微笑，布倫希爾德放下劍，笑容不變，慢慢走上前來。「我不會讓你走出森林的，路易斯也是。謝謝你提供給我的樂趣，但是時候道別了。」

她在距離少女和路易斯十步的位置停下腳步，正要舉劍使出元素術式，但下一刻，一枝冰柱往她的臉飛去，她急忙側頭閃避，但還是被擦到，溫熱的鮮血頃刻從臉頰滑落，無瑕的白頓時被紅破壞。

「你在做甚麼？」布倫希爾德的語氣和眼神立刻變得冰冷，她望向少女，只見她拾起了身旁仿製的「精靈髓液」，插在地上，用它當作支撐，搖搖晃晃地站起來。

「你說得沒錯，我只是偽物，整個人是一個謊言，」縱使氣弱浮絲，但少女的眼神堅定不移。她用力穩定身子，不讓自己倒下。「但我並不是一無所有，仍有可做的事。」

「甚麼？」布倫希爾德眉頭一皺，猜不透只剩下一口氣的少女接下來要做甚麼。

少女用力拔起了劍，在身前架著，劍尖指著布倫希爾德。「我許下的誓言沒有一絲虛假，就算他不再選擇我，也不會對我的決定有所影響。」

布倫希爾德一見她要與自己刀劍相向，立刻笑出了聲。「哈，你要跟我打嗎？你的力量已經所剩無幾，不論做甚麼都是無謂的。」

「不，我沒可能勝過你，當然沒可能，」少女自嘲地一笑，但一眨眼，她換上一副充滿信心的眼神，雙眼裡閃爍著不可動搖的堅定。「但我可以保護他，讓他全身而退。」

她呼一口氣，幾枝冰柱頃刻出現在身前，飛快地向布倫希爾德射去。布倫希爾德立刻揮舞「精靈髓液」，一一斬碎冰柱，但當她斬碎最後一枝冰柱，正打算上前時，一道黑影重重插進她的左肩，全身瞬間被劇痛掩埋。她忍痛睜眼斜睨，發現插在肩上的，居然是那把仿製的「精靈髓液」。

「你！」布倫希爾德怒吼。

「『Ios』（空間轉移）！」

布倫希爾德正要拔出仿製的「精靈髓液」，少女抓緊機會，立刻唸出空間轉移的詠唱。冰藍的劍刃發出耀目的白光，一眨眼，布倫希爾德便消失不見。

成功了……

少女喘著氣，不敢相信自己的計策真的成功了。

剛才她把自己的血塗在仿製的「精靈髓液」上，將體內類近「虛無」的力量附加在劍身上，再把它擲向布倫希爾德，隔空發動元素術式，把她轉移到別的地方。

她不知道布倫希爾德被轉移到甚麼地方去，可能是安凡琳，可能只是附近不遠處，但無論如何，只要把她轉移了，就能爭取到逃離的機會。

終於有一次……成功傷到她了……

少女忍不住滿足地一笑。這些年，她一直都想反制布倫希爾德，那怕只有一次，也想在她手上取得一丁點成功。很多日子裡，她都懷疑自己不會有能力做到這件事，但今天證明了，她其實是有能力的。

套在心靈上的枷鎖終於解開，她鬆了一口氣，頓時眼前一黑，身子一軟，整個人往後倒去——

「你！」一道尖叫和剎住墜落的碰撞喚回她的意識，少女睜開眼，在迷糊間看見眼前有一道金黃，微微張開了嘴。

「路易斯……」

金黃的光在她的眼前搖曳，她伸出手想要抓住它，但它慢慢飄遠，漸漸要被黑暗蓋過——

「別！眼睛盯著我……別閉上眼！」突然，手傳來被甚麼緊抓住的痛楚。少女驚醒過來，發現路易斯焦急的面容就在自己面前，掌心傳來的是屬於他的溫暖。他不停地呼喚她，讓她漸漸回神。

少女有些驚訝，她沙啞地開口：「你……不會怪我嗎？」

「怎會呢，」路易斯輕輕搖頭，他緊緊抱著少女，跪坐在地上。「都是我的錯，我不應該懷疑你的。要不是我剛才提出質疑，你就不會……」

他說著說著，淚珠慢慢從雙眼流出，潸然淚下。

經過羅倫斯的事後，路易斯不斷告誡自己，不能重複犯同樣的錯誤，但結果他還是出錯了。因為自己一時猶豫，連累了他人，而且是自己最愛的人。

為甚麼？為甚麼我要一次又一次辜負他人對我的期望？一次又一次地失敗？果然，我是個沒用的——

「沒關係的，」路易斯在自責的漩渦之中越陷越深時，少女伸出手，輕輕抹去他眼角的淚珠，溫柔把他從無止盡的自責迴圈拉回來，打斷他的思緒。「是我不好，應該一早坦白的，只是我很害怕，害怕說出真相後會失去你。」

她的手微微發抖，除了是因為身體的虛弱，也因為心裡浮現的那份恐懼。

「正如布倫希爾德大人所說，我擁有的愛和關係都源起自她，沒有她，我甚麼都不是，甚麼都沒有。你的愛意，是從布倫希爾德大人，而不是由我身上開始的，我只是想讓你知道，縱使一開始有的都是謊言，但現在我的心意是真實的。」

有許多日子，尤其是住在威芬娜海姆的期間，少女都曾想過向路易斯表明真相，但她很害怕，懼於被拋棄，不想回歸一無所有，因此選擇依附於謊言之上。終於把藏於心底的話語說出，此刻她感到心頭輕飄飄的，心中十分平靜，即使接下來等待自己的是拒絕，她都不會後悔。

看到少女面無血色的臉上，那溫柔、坦然的笑容，路易斯愣住，淚水登時如潰堤般流下。

「也許我邂逅的是布倫希爾德，但我愛的，託付的，都是……」

「希格德莉法，」察覺到路易斯為何停頓，少女輕聲回應。她淡笑：「這是我的名字。」

路易斯吃驚：「這不是……」

「那是布倫希爾德大人為我取的名字，之前不巧被她拿去蒙騙你，但都不要緊了。」少女回想起，當天看著布倫希爾德挪用自己的名字向路易斯打招呼時，心裡燃燒的怒火，但現在她覺得這事是過眼雲煙，不重要了。「我只是想讓你知道，這是真正的我。」

「希格德莉法，」路易斯輕聲喚出這個在他心中曾經連結著怒火的名字，剛說出口時，他有點不習慣，但低頭看見少女感激的微笑，心中的不安漸漸化解。「你不會恨嗎？要不是因為布倫希爾德，沒有『八劍之祭』，還有我，你就不會遭受這些事……」

希格德莉法輕輕搖頭，打斷路易斯的自責：「我曾經對夫人所做的事感到憤怒，痛恨被她改造為精靈，被她百般利用，受盡各種痛苦，覺得自己是不幸的，但現在，我有點慶幸當年被她帶回城堡，因為這樣，我才能遇上你。」

縱使身體正慢慢被掏空似的，生命力正慢慢流失，但希格德莉法此刻的心卻充實得很。她輕輕撥開路易斯亂掉的瀏海，直視他那雙如水的雙瞳。

「是你，讓我認識了世界的美好。」

她用手撐起上身，嘗試要站起來，但全身不聽使喚，擠不出任何力氣，好不容易撐起丁點後，又再倒回路易斯的懷中。

「真的……到最後了呢。」她感慨地嘆氣。

「可惡，如果莉諾蕾婭在的話，便可以幫你治療……」鮮血幾乎沒有再從她的胸襟的傷口流出，看似是止了血，但路易斯知道，那是因為血都幾乎不再流動，或是流乾了。他又再焦急起來，四處張望，想要找到莉諾蕾婭。

「沒用的，」希格德莉法只是輕輕眨眼，叫住了路易斯，現在的她連搖頭的力氣也沒有了。「『精靈之冠』的力量是絕對的，況且就算沒有被它傷到，我也剩下不多時間，結果終究是一樣的，只是早遲的問題。」

曾經，她很害怕死亡，但當死亡就在眼前時，她反而感到豁然開朗。

希格德莉法的微笑登時令路易斯回想起羅倫斯，他離去前也掛著一樣的虛弱笑容。他的眼眶又再泛淚，但強忍著，不流出來。

「路易斯，我可以提出一個請求嗎？」希格德莉法的聲音越來越虛弱，她把視線投向路易斯身後的森林，問道：「你可以抱起我，一起離開精靈之森嗎？」

「當然可以，只要是你想的，都可以。」路易斯立刻抹走眼角的眼淚，二話不說便抱著希格德莉法站起來，依著她所指的方向往前走。

「我本來想牽著你的手，一起踏出精靈的土地的，但現在已經走不動了。」伏在路易斯的胸膛上，感受彷彿能令人融化的溫暖，雖然嘴上訴說著遺憾，但希格德莉法卻釋懷地笑了。

「不要緊，你走不動的話，我抱著你走；只要你想去哪裡，我都可以帶你去。」路易斯一聽，頓時抽搭起來。他抬著頭往前看，故意不低頭望向希格德莉法，想要擠出笑容，但流下來的卻是淚珠。

「我們是一起的……一直都是。」

希格德莉法甚麼也沒說，只是輕輕閉上眼，讓溫熱的淚珠滑落臉頰。

沒過多久，路易斯便帶著希格德莉法來到森林的出口。離開茂密樹林，白光刺進眼的一刻，希格德莉法張大雙眼，眼淚不住地流下來。

寬闊而奔放的河流，河對岸高聳而連綿的山脈，在腦海裡浮現無數次的影像，終於出現在她的眼前。夜幕不經不覺間已經退去，天空呈現一片淡青色，遠方地平線露出的魚肚白，令希格德莉法不期然地想起那朵雪花蓮。

成功了，希格德莉法心裡動容。

正如那朵孤獨的雪花蓮終於能夠開花一樣，她也真的越過了它，到達光芒彼方的自由之地。

「吶，路易斯。」路易斯抱著她走過石橋，走到一半時，希格德莉法輕聲呼喚他。

「甚麼事？」路易斯停下腳步。

「請你一定要活下去。」希格德莉法微微抬頭，請求道。

路易斯心頭一震，眼淚撲簌而下。「不、不要這樣……」

「不論前方發生何事，都請你一定要堅持下去。」

希格德莉法已經看不清楚路易斯的樣子，但她還是伸出手，想要觸摸他的臉頰。路易斯立刻握緊她的手，把手貼緊自己臉頰，彷彿在說：我在這裡，你不要走。

「對不起，我沒法伴你一起走下去，」希格德莉法虛弱地、帶歉意地淡笑。「但就算我的肉體化為灰燼，只剩靈魂，我都會一直在你身邊，守護你，直到永遠。」

由人類化為精靈的她，到底死後會否跟四大精靈一樣，肉體腐化，但靈魂仍殘留在世間？希格德莉法不知道，她只希望大地之母能夠再一次賜她恩惠，讓她可以多待一會，那怕只是一天、幾小時，她都想守在路易斯身邊，默默地守護著他，讓他能夠平安渡過接下來的路。

「精靈的承諾是永遠的，即使我是個半吊水的偽物，承諾依然不變。」說完，她的手像斷了線的木偶一樣軟掉，緩緩滑落。

「希格德莉法！」路易斯急呼，他知道接下來等著他的是甚麼。

但希格德莉法只是很平靜，她微弱地一笑，輕聲吐出：「遇上你，我很幸福。」

眼前的景象越來越模糊，色彩漸漸消失，但就在漆黑要取代一切之時，一道曙光吸引了希格德莉法的注意。她迷糊地睜開眼，放眼望去，只見清晨的第一道陽光緩緩從地平線上出現，輕輕灑在她身上。

她心裡登時感慨萬千。總是追逐著光，覺得自己不配與光並肩的她，在最後終於能夠沐浴在晨光之中，被光所接受。

躺在路易斯的懷中，她感到很溫暖。除了因為晨光和體溫，更因為她心裡的那道光，就在她的身邊。

溫暖的、溫柔的金黃之光，永存心中。

終於，我不用抓住光，可以成為光了。
希格德莉法滿足地一笑，安心地闔上雙眼。

第二十六迴－Sechsunzwanzig－

薔薇－HACIENDA－

1

當路易斯還在安凡琳城堡的客房裡處理公文時，另一邊廂的愛德華，正身處冬鈴城堡的走廊上，注視窗外的庭園，一臉凝重地沉思著。

今天是水仙月二十日，春分已過，用時間算的話，理應已踏入春天，但庭園的大樹們仍是光禿禿一片，只有枯枝，未長出葉子，不過地上的野草已經開始發芽，代表春天到來的雪花蓮也早在庭園一角盛開。一切看起來似是很正常，只是這些日子的天色一直陰暗，藍天幾乎不見蹤影；天氣仍然寒冷，每天狂風大作，仍會下雪和落雹，氣溫沒有要回暖的意思，跟以往的水仙月天氣很不一樣。

縱使愛德華沒有住在安納黎北方的經驗，對這一帶的四季變化不是很熟悉，但他仍很清楚知道，眼前的景況是不正常的。

就算是北方，踏入春分後理應會因為日照時間變長，氣溫會漸漸變暖，但他眼前所見的景色，跟過往一個多月幾乎一樣。他聽過城堡裡的僕人就此事竊竊私語，說今天的水仙月天氣異常，花草都比以往遲了盛開。住在冬鈴城多年的人也這樣說了，那一定是異常沒錯。

這也是「八劍之祭」的影響嗎？愛德華在心裡問道。

因為祭典未完結，神為了促使國家的人繼續信仰祂，不離棄與祂的契約，因而操縱天氣，令它顯得不正常嗎？

他不期然想起亞美尼美斯在這期間的侵略，安納黎每次都處於劣勢，但最後都能反勝，這難道都是神的安排嗎？

那天在睡房裡，諾娃在眾人面前講述的祭典真相，當時的畫面頓時在他的腦海裡浮現。思緒回到那個眾人聚在自己床前凝重討論事情的過去，奈特的身影在他的眼前瞬間出現。與回憶中他的視線對上一刻，那冷酷的眼神，頓時令愛德華想起對決時那些冰冷的銀光。劍與劍的鏗鏘聲在他耳邊響起，白劍斬來的一刻，胸口霎時傳來一陣痲痛，彷彿再次被刺穿。愛德華登時驚醒過來，急忙抹去額上的冷汗，調整呼吸，冷靜下來。

不經不覺，在那場對決過後，已經過了兩個星期，他心想。

這兩星期間，經過長時間的休息和諾娃的悉心照顧，他身上的傷經已痊癒，體力也恢復了九成。那次對決做成的大部分傷口早在對決過後兩三天已被治好，唯獨胸口的刺傷花了一星期，皮膚深層和內臟才完全癒合。

愛德華呼了一口氣。這次，他又很幸運地撿回了一條命，要不是諾娃取回所有的記憶，回復全部力量，並及時為他止血，他應該會就此長眠，甚麼都不知道便離去。

他總是依靠著她，但也是他，令她將要失去性命。

「咦，你在看風景嗎？」這時，一把聲音令愛德華回過神來。他轉頭望去，看見諾娃正在自己身後不遠處，她緩緩走過來，站在他身邊。

「嗯，順道休息一下。」愛德華點頭，看起來沒甚麼心情。

「外面的風很猛，站在這裡會著涼的，不如回房間休息吧。」諾娃擔憂地提議。

愛德華無奈地嘆了一口氣，他早就猜到諾娃是來勸他回房間的，同樣的說話，他已經聽了差不多有一星期之久。「我的傷都已經痊癒，你也太擔心了。」

「沒錯，傷口是好了，但你之前流了太多血，體力不是一朝一夕便能回復的，」諾娃臉上的擔憂沒有退去，她堅持道：「還是多休息一點比較好。」

「已經休息了差不多兩星期，再躺著的話我都要變石頭了，」說時，愛德華向諾娃投去一個不滿的眼神，彷彿在嫌她囉嗦。「我明白你擔心我，但我真的沒事了。」

諾娃望向愛德華，正想說些甚麼，這時他收起不滿，向她投來一個微笑，彷彿是在道謝。她一時覺得害羞，把視線往一旁移開，不經覺望向他的腰邊，這時才發覺不知不覺間，他已經不需用手杖支撐著走路了。

或許真的是自己太擔心了，諾娃心想。她收起想要說的話，見愛德華望向窗外，也一同跟隨。

「你在想事情嗎？」短暫的安靜過後，她輕聲問道。

「嗯。」愛德華點頭。

「關於……奈特的事嗎？」諾娃猜想。

愛德華沒有回話，只是點頭默認。

「他的事……你怎樣看？」諾娃眼神閃縮問道，她小心地把頭轉向，查看愛德華的反應。

「我還在整理思緒，心情很複雜。」愛德華繼續望著窗外，故意避開諾娃的視線。「沒想到自己一直以來認識的自己，原來並不是全貌。」

用了兩星期的時間消化，雖然仍然覺得有些不習慣，但愛德華總算接受了奈特是另一個自己。

一直以來，他都覺得奈特很神秘，只知道他對自己的行事和思考都很有意見，處處針對，而且想取自己的性命，但沒想到他居然就是自己，而且是一個月後的自己。

奈特所說的話，所作的事，在得知其身份的真相後，愛德華對這些都感到五味雜陳、百感交集。他一直認為自己是一個總是理性思考的人，所有事都三思而後行，沒想到原來自己也會有那麼不顧後果、情感先於理性地行事的一面。他也沒想到自己可以為了達成一個目的，不惜一切，甚至利用他人也在所不辭。

最初遇上諾娃時，他曾考慮過收起所有感情，只把她當作可利用的對象對待，但後來因為一段時間相處下來，慢慢磨合，一同經歷了生死，覺得利用他人很冷酷無情，不是自己希冀的做法，便收起這個想法。奈特與莫諾黑瓏之間的關係讓他看到，自己到底可以冷血到甚麼地步，可以為了達成自己的目的，毫不猶豫地利用他人的感情。愛德華理解奈特為何要做到這個地步，但同時，也因為這份理解，令他對自己更加感到不了解。

「看著他，我感到害怕。」良久的沉默後，愛德華低聲吐出一句。

「害怕？」諾娃心裡驚訝，那個一直勇往直接，彷彿無畏無懼的愛德華居然會說出「害怕」二字。她問道：「為甚麼？」

「他的一舉一動，就是鏡子的倒映，照出自己一直不為人知的另一面，」一陣沉默過後，愛德華開口，吐出兩星期以來一直積壓在心中，未曾傾訴的心聲。「聽奈特敘述時，我心想，他行事也太衝動，甚麼都沒問就直接向神許願，但之後想了想，如果我在那個危急的情景下，也許會下那樣的決定。我知道自己為人執著，但不敢想像原來自己可以執著得為了改變已定的事實，不惜一切，許願回到過去，肆意利用他人，不惜一切達到目的。他的冷血我很陌生，不，我其實是知道的，只是當真要面對自己的這一面時，卻對它感到不認識，就是這份感覺，令我更感懼怕。」

愛德華想起，他曾在布倫希爾德面前說過，自己為了勝出，會不惜一切達到目的。當時他說那句，只是為了裝作一個不擇手段的狂人，但心裡其實並不同意「不惜一切」的概念。但現在回想，他當時所謂的假裝，可能不經意地把心底那不為人知的一面流露了出來，而不自知。

諾娃低頭一看，看見愛德華正握著拳頭，手微微抖著。

「一直以來，我相信自己很了解自己，但原來不是的。我覺得奈特的行動冷血、衝動的那一瞬間，其實也是在說，我覺得自己也是如此。」說完，愛德華忍不住嗤笑一聲。

諾娃看著很心疼，「別這樣說，他是他，你是你，怎會是一樣……」

「不，都一樣的，畢竟他就是我將要成為的模樣啊，」她還未說完，愛德華便反駁，不讓她安慰自己。「我以為把雜念放開，不想許願的事，一心專注在『成為最強』一事上便可，但沒留意到自己在過程中到底牽扯了多少人和事。奈特說得對，我是無知，所謂的理想根本無謂。」

這些日子以來，奈特那些叱責的話一直在愛德華耳邊盤繞。愛德華想要否定那些說話，想要相信自己並非無知，所行的路並不空洞，但每一次，他都被奈特述說的那些事實擊倒，無法反擊。

他所決定的目標，得不到任何結果之餘，而且會牽連到諾娃，奈特的存在就是活生生的血證。真的，一切都錯了嗎？到底是哪裡出錯了？是事嗎？還是人嗎？

「越是去想，我越是搞不清到底自己是個怎樣的人。」愛德華無力地嘆氣。

「人怎會完全清楚自己的全貌呢，」諾娃勸解，但說完，她若有所思似地垂下了頭。「我不也一樣。」

愛德華一頓，立刻猜到她在想甚麼。

「莫諾黑瓏，」這名字被提及時，諾娃的身體輕輕一抖。「你不怪她嗎？」

「我沒法怪責莫蘭娜，要怪的話，就只能怪自己。」諾娃嘆氣，繼續垂下頭。「誰叫我一直沒留意到她所思所想，只顧著自己的事，沒留意到自己所做的事會傷害到她。」

莫諾黑瓏歇斯底里的吶喊頓時在諾娃耳邊響起。那些指責都如針般扎痛她的心，雖然夏絲妲曾叫她不用太在意，說莫諾黑瓏也有責任，但諾娃就是沒法不去怪責自己。一切都是她害的，不只是莫蘭娜，還有愛德華，以及奈特，要不是因為她，都不會被拖下水。

「你不會感到害怕嗎？」愛德華轉頭，望看諾娃。「知道了真相以後。」

「比起害怕，心裡有的，更多的是憤怒吧，」諾娃靜默了一會，回應道。「之前記憶未完全回復時，隱隱約約猜到真相的一部分，我感到過恐懼；而現在，記憶完全回來後，我的心多了一份憤怒，對神的，也是對自己的。」

「諾娃……」

「祂不只玩弄我，也玩弄了莫蘭娜，就連你、奈特，都在祂的掌心中，而一切一切，都因我而起。」說著說著，諾娃本來平靜的心情開始起了波動。「要是我當年沒有走去查探祭典的真相，那麼莫蘭娜就不會被拖下水，而你和奈特也不會被捲進來。這些日子我會問自己，為甚麼當時要去好奇呢，為甚麼要去質疑呢？質疑了，查到祭典的真相了，那麼我得到甚麼？我死了，把唯一的妹妹拖累進來，而現在我倆都成為了祂的玩具，成為祂的爪牙，讓更多的人受影響。我所做的事終究沒有意義，唯一的意義就是滿足了一己私欲，僅此而已。」

「不要這樣想，你當時盡了力在自己認為對的路上行走，只是對方太強大，讓你沒法成功貫徹始終罷了。」愛德華把手放在諾娃的肩膀上，勸她不要太自責。

「你也是。」諾娃疲憊地一笑，把手疊在愛德華的手上。「一樣盡力了。」

「不，不一樣，你的路是追求真相，而我的只是一己私欲，」愛德華立刻把手縮走，垂頭嘆氣。「奈特……我的路，要得到的結果都是自己招來的，而且仍能夠有所改變。」

「愛德華，難道你……！」諾娃頓時察覺到不妙。

「我應該繼續嗎？應該繼續向著已定的目標前進嗎？」愛德華喃喃自語。「如果我堅持繼續往前走，能做的就只有在祭典中取勝，那麼就會落得跟奈特一樣的下場，會令你丟掉性命。」

這些日子以來，他都十分迷惘，不停質問自己，到底他自己一直以來堅持的，好不容易決定下來的目標，依然是錯誤的嗎？「成為最強」的目標真的過於理想，脫離了現實嗎？

不只是奈特，以往夏絲妲批評其理想的說法也不停在愛德華耳邊盤繞。他忍不住在心裡自嘲，她果然說得沒錯，自己的目標的確只是一個虛無縹緲的夢，所追隨的只不過是一個幻想。

「我不想他人因為自己的理想而死，但事到如今，沒有其他解決方法。既然如此，那麼不如敗下——」

就在愛德華要說下去時，他的右手突然被捏緊，痛楚使他停了下來。他睜大雙眼，略為驚訝地望向諾娃，只見諾娃輕輕搖頭，眼神堅定。

「你的目標是好的，一定要堅持下去。」她用眼神使愛德華望向她，並緊緊盯著他，想除去他心中的動搖。

「好？哪裡好了，再這樣下去，你將要再一次因為我而死去啊？你不會怕嗎？」但愛德華卻沒有從諾娃堅定的眼神中尋回信心，相反，他更為激動。

「雖然取回了生前的記憶，但我已經不是『人』，所以不會在意生死了。」諾娃說得平靜，眼神沒有飄移開去。

「不是這樣的！」愛德華不同意。「不是這樣計算的！」

於他，即使已經成為人型劍鞘，脫離了「人」的範疇，但諾娃是有性格、靈魂、記憶的，那麼就算是活著。但就算撇開活著的定義，撇開她是人還是劍鞘，不論如何，她都是他的同伴、最珍重的人，為了一己目標而要親手把這麼獨特唯一的存在葬送，他做不到。

就算是奈特，也無法如此冷血，不然他就不會回到過去，想要改變未來。

「不要忘記，我們立過約的，」諾娃仍然很冷靜，彷彿她早已看透一切，在這事上立下了決心。「我會陪伴你到最後，那麼就算最後等待我的是被神回收，只要你贏了，一切都值得。」

「不！」愛德華高聲否定，並快速把手縮走。「事情不該是這樣……我知道你想我安心，但不用裝作沒事的，有意見的，想要抱怨的，要批評的，就直說吧！」

安慰的確甜美，但也是毒藥，一直在自責中打轉的他寧願被罵，這樣會好受一點。

「我不會批評，因為你的路的確沒有錯，錯並不在你身上。」諾娃靜靜地伸手，想要再一次握著愛德華的手。他立刻後退半步，縮了一下，但她沒有要放棄的意思，向他投往微笑，在他遲疑的一瞬間把手握住，拉到自己身前，把另一隻手疊上去，輕輕撫摸。「你的願望是對的，目標也是對的，問題只是出在那個以玩弄人心為樂的最高者而已。」

這種事，愛德華當然知道。「但祂的旨意我們無法改變，那麼唯一能改變的就是自己……」

「對，是改變，但不是屈服。」諾娃停下動作，一語中的。「知道了將要發生的事難以解決，對自己既有的目標做成衝擊，就想放棄，屈服於現實，這是我認識的愛德華・基斯杜化・雷文嗎？」

冷不防被叫全名，愛德華嚇了一跳。諾娃剛才問時的語氣溫柔，沒有責備的意思，但他卻從話裡感到一陣重壓，驅使他從自責中站出來，再一次從旁審視自己。

放棄？屈服？我嗎？他問自己。

愛德華覺得這樣的自己很陌生，同時，他的心裡正有一團火慢慢燃起。

「一直勇往直前，為著自己相信的事物無懼無悔，這樣的你我很喜歡。只是一個挫敗，你就怕了嗎？」見愛德華沉默不語，諾娃再拋出一句，後半語氣嚴厲了些。

「……誰說我怕了？」被質疑的當下，愛德華立刻反射性地回嗆。

這正中諾娃的下懷，她伸手指向愛德華的臉，微笑地說：「正是，這才是我認識的愛德華。」

愛德華這才發現自己說了些甚麼，他微微張口想要辯解，但想了想自己衝口而出的背後原因後，似乎明白了甚麼，把話都吞回肚中。

「我們以前不是說好了嗎，『你的勝利將與我同在，而我的性命則永隨你旁』，互相陪伴大家一起面對一切。」看見愛德華悄悄把口合上，露出恍然大悟的表情，諾娃就知道他似乎想通了。「現在距離祭典結束還有時間，既然知道了問題所在，我們可以找出解決的方法的，一定可以。」

「為甚麼你能夠那麼堅定？」愛德華有點好奇。

「因為在這裡動搖的話，就正中祂的下懷。也許踏前一步並不會得到甚麼，但停滯不前的話就一定會甚麼都沒有。」諾娃直白地回答，這是她思考了兩星期後得出的結論——不能動搖。「而且我相信你，你在這裡煩惱，就是想前進，只是找不到適合方法而已。」

「『行動代表你的心』嗎，真佩服你，總是能夠站穩住腳，」愛德華想起以前諾娃曾經用來鼓勵他的說話，總算擠出一個微笑。

他記得諾娃曾經說過，那句是以前的自己常說的話。起初，他覺得那是沒頭沒腦、過分樂觀的一句話，但現在知道她的過去後再一次想起這句話，就感覺到當中所含的重量。

不要過分思考，依照自己相信的方向前進就對了，諾娃生前的行動實證了這一句話。愛德華同意諾娃的話，他的確是想繼續前進，只是眼前難關太多，雙眼一時被蒙蔽而已。多虧她的提醒，愛德華的眼睛總算明亮起來，理清自己的本心。

「你也可以的，給自己多一點信心，」諾娃莞然一笑。「相信自己，拿出你的信心，也要相信那個相信你的我。」

愛德華猛然想起，上一次自己為了目標而沮喪時，夏絲妲也對他說過類似的話。每次遇到挫敗時，自己總是會回到自我質疑的原點，這缺點一直都改不掉呢，他忍不住自嘲地一笑。雖然心裡仍有懷疑，對前路仍充滿質疑和不安，但在諾娃開解過後，他的心現在安定了些。

「嗯，再一起想辦法吧。」愛德華在諾娃的額上輕輕一吻，表示感謝。

2

到底有甚麼方法可以幫助愛德華？

次日下午，諾娃一個人坐在房間桌前，她皺著眉頭，愁眉深鎖，心事重重。

由僕人準備的下午茶正放在她的面前。長長的桌子上全都是琳瑯滿目、美味可口的甜點，除了不同口味的蛋糕、巧克力，還有她最愛的馬卡龍，全都是由冬鈴城堡的廚師製作。平時諾娃都會大快朵頤，把一半以上的甜點都吃完，但今天她卻完全提不起勁，沒有想要吃的意思，只是拿著叉子，凝視著窗外那灰暗的天空，坐著發呆。

自從昨天和愛德華聊過後，她就一直苦苦思索，自己可以用甚麼方式幫助他，令他可以在「八劍之祭」勝出的同時，不需要再一次目送自己「死去」。

要思考解決方法，首先要拆解現有的問題。根據奈特的說法，如果愛德華在祭典裡勝出，在許願之前，「虛空」會先被神收回，被放進一個應該跟熔爐一樣，能夠把劍和劍鞘完全分解的火湖裡去。愛德華勝出了，「虛空」就會被分解，那麼如果他在祭典期間落敗，「虛空」會有甚麼下場？

作為契約物，諾娃十分清楚，如果愛德華落敗，二人之間的契約便會自動解除，她會成為自由身。雖然此舉能夠讓她脫離再死一次的未來，但這不過是把問題擱置，問題本身並沒有解決。她依然是「虛空」的劍鞘，只要遇上下一位契約者，與他一起再一次參加「八劍之祭」並勝出，那麼她還是要被火湖分解，終究逃不掉這命運。

「虛空」的擁有者只要碰上「八劍之祭」舉行的日子，必會被選上參加，這是神製作「虛空」時便已烙印在劍上的規定，也刻了在作為劍鞘的她的深層意識裡。諾娃初遇愛德華時，之所以能夠預言他會被選上為舞者，就是因為如此。

落敗能夠延長死期，也許愛德華會感到吸引吧，但諾娃卻不這樣認為。她一個人活下來，但愛德華不在旁邊，那根本沒有意義，跟死了沒兩樣。

如果他勝出會導向不幸，落敗會直指向死亡，那麼中途棄權呢？

不行，沒過兩秒，諾娃便立刻在心裡否決了這個猜想。

「八劍之祭」沒有棄權的選項，只要被選上了，就一定要參戰。她很清楚，神想要看到的，就是八個人互相撕殺，最後只剩一人站著的場面。想要從神所準備的舞台上離去，唯一的方法是輸掉對決，而輸掉對決的話，唯一的結果是被殺。

諾娃正在用小叉把蛋糕切開一小片，想到此處，忍不住長長嘆了一口氣，手頓在原地，沒有心情拿起叉來，把切好的小份放進嘴裡。

也就是說，終究還是只有「勝出」和「落敗」兩個選項，問題又回到了原點，仍是沒有解決。

如果愛德華勝出，她就會死，這樣的話，他大概會想辦法再一次重來吧，諾娃猜想。奈特本人證明了有「回到過去，改變未來」這個選項，而且愛德華不是那種證明了方法沒用便會舉手投降的人，雖然奈特失敗了——以現況來判斷可以這樣說，但他有留下自己的經歷，既然如此，那麼愛德華便可以將之吸收，再一次回到過去時便迴避那些出了問題的地方，提高成功機率，達成改變未來的目標，做到另一個自己所做不到的事。在成功之前，他大概會不斷嘗試吧，這樣一來，迴圈只會永遠不會繼續下去，他會在痛苦和自責中一直輪轉，直到破解為止。

在祭典裡的勝出失敗問題無法解決，那麼換個思考角度，解決祭典本身呢？諾娃自問。

歸根究底，一切的問題都源於祭典，如果把祭典中止，或者把它終結，沒有勝者敗者，愛德華就不用被殺，她也不用被神收回，問題不就解決了嗎？

聽起來是個不錯的想法，可是「八劍之祭」連繫著安納黎的命脈，貿然中止的話不知道會帶來甚麼可怕的後果。而且跟神定契約的是康茜緹塔家，不論是持續還是終結，都不由得作為舞者和契約物的他們二人決定。

無論有多少新想法，最後還是會回到同一絕境。諾娃越想越苦惱，我不想愛德華因為自己而棄權，也不想看到他落敗，但現在又找不到解決的方法，到底該怎麼辦？

夏絲妲！這時，她靈機一閃，想起那個可靠女劍士的身影。

她的話，一定能知道些方法吧？

諾娃雙眼頓時變得閃亮，多了幾分期待，正想要站起來找她，但突然想起她已經不在城堡裡，整個人頃刻頓住，然後垂頭喪氣地坐回椅子上。

為甚麼她偏偏在這個時候不在呢？

如果有她一起討論，現在或許已經想出解決的方法吧？

想及她，夏絲妲臨別前的微笑瞬間浮上心頭，她當時留下的話也頃刻在諾娃耳邊響起。

「人不能停下自己的腳步，他是，我也是。如今我要再次起程，他也一樣。」

諾娃頓時驚醒，果然是太過依賴她了嗎？與她共處太久，有甚麼事都會找她，差點忘了其實她也是舞者，是敵對的。

正如夏絲妲所說，她和愛德華需要走各自的路。但諾娃懷疑，這真的可能嗎？

雖然愛德華嘴上一直沒有抱怨，或者表達甚麼，但諾娃很記得，他發現夏絲妲悄悄離開了城堡後，那略為惱怒，爾後轉為無奈失落的神情。他很仰慕她，視她為目標，也很重視她，要與這樣一個在心目中有重要地位的人別離，且再次刀劍相見，真的可以做到嗎？

這時，一陣清脆的敲門聲傳來，打斷了諾娃的思緒。她憑敲門的節奏，就猜到來者是貼身女僕海莉塔。

她是來收拾盤碟嗎？但平時她會在一小時後才會過來啊？諾娃心裡納悶。

「小姐，有一封給你的信件。」

海莉塔進門後，走到諾娃身邊，有禮地遞上一個小銀盤。諾娃低頭一看，看見盤上躺著一封小信件。

「給我的？不是給愛德華的？」諾娃疑惑，她來到冬鈴城堡後，從來都沒有收過信件，像她這種沒有地位的普通人，也不會有人寄信給她。

「送信的人表示，是指名給諾娃小姐的。」海莉塔回應。

諾娃瞥了一眼，信件上的確用墨水寫著自己的名字，字體十分優美，筆劃都俐落而有力，看起來總覺得有些眼熟。她拿起信翻到背後，赫然發現那裡貼著一片紅花瓣，剛巧一陣寒風從窗外吹來，把花瓣緩緩吹落到地上。

這片花瓣分明是玫瑰的花瓣，顏色她也不可能記錯。難道是……！

「小姐？」留意到諾娃睜大的雙眼，海莉塔問道。

諾娃立刻收起驚訝之色，換上平時的微笑：「沒事，謝謝你，你先出去吧。」

她向海莉塔打了個眼色，後者立刻識趣地離去。確認海莉塔離開，房內沒有其他人後，諾娃立刻跑到書桌前，用開信刀打開信件，細閱裡面的內容。

⚔

午夜二時，冬鈴城一片漆黑。

街道上的火燈早已熄滅，兩邊的樓房只透出稀疏的燈光，倘若沒有天上明月灑下的銀光，以及微弱星光的照耀，根本沒法看清前路，只能摸黑前進。

街道上一個人影也沒有，不論是日間嘈雜擠擁的冬鈴大道，或是一些只有在夜間營業的酒館和提供特別服務小店的小巷，此刻都杳無人煙。時間之晚固然是一個原因，但最近天氣異常寒冷，入春後卻仍然下雪也是一大原因。因為外面實在太冷，冬鈴城的人在入夜後都選擇留在家中，早早入睡。

而在鴉雀無聲的街道上，有一個烏黑的人影，正形單影隻地走著。

他身型嬌小，從骨架看起來像是女性，其身上披著及膝的厚重斗篷，頭也用斗篷的帽子遮掩，完全看不到其樣貌。「她」乍看起來是一位旅行者，但身上不但沒有背包或麻袋等像是行李的東西，那烏黑斗篷也看得出價值不菲，比起旅行者，更像是一位連夜趕路的小姐。

小姐手上拿著一張有明顯摺痕的紙張，她在街巷間穿插，不時打量周圍，再低頭看一眼紙張，很清楚自己要前往的地方，很快地，她離開了冬鈴城的中心，來到城市西北方的一條小村莊。

這條小村莊坐落在一條小河川的兩岸，以一條橫跨河川的石橋連繫著左右兩邊。房屋們都是平房，它們用石頭砌成，樣式古舊，在銀白夜光下細看，能夠看見石縫之間都長滿了野草，有些野草更茂盛得從縫隙間長出來，依附在石牆上，長成更高的植物。銀光灑下，這裡完全沒有人的氣息，也看不見有人在這裡居住的痕跡，皆因村莊早已荒廢，很多年前已經沒有人在這裡居住。

小姐站在橋上，脫下帽子，任由呼嘯狂風拍打她的臉頰，其亮麗的烏黑長髮頃刻暴露在月光下，鮮紅的雙瞳閃爍著深邃的光芒。她——諾娃凝望著眼前的景色，忽然覺得這村莊跟數月前，夏絲妲和愛德華對決的那個村落有點相似。

她是故意選這個地方見面的嗎？諾娃在心裡猜測。

她再一次攤開手上的紙張細看，上面除了有幾行字句，剩下的就是一幅手繪簡易地圖。地圖上簡單地畫出了河川和石橋，在石橋的左右兩邊畫了幾個代表平房的正方框，而最左上方的正方框，則有一個箭咀指著。

「一、二、三……五，是那所房子嗎？」諾娃伸出手，指著河岸左邊的平房們，逐間逐間地往遠方數，很快便找到地圖上標示的那所房子。那平房沒有被月光照到，它的後方便是茂密的樹林，不仔細看的話完全不會留意到它的存在，十分適合用來當藏身處。

夏絲妲特意把我叫來這種地方，到底是為了甚麼？諾娃納悶。

今午，她突然收到一封神秘的信件，寄件者不是他人，正是夏絲妲。諾娃在看到那玫瑰花瓣時其實已經大約猜到寄件者的身份。夏絲妲在信上寫得很直白，說她回來了冬鈴城，正待在城郊的沙凡迪村，想請諾娃一個人在午夜時分前來見面，有要事相談，並叮囑她務必一個人前來，別讓愛德華知道。

諾娃覺得有點奇怪，畢竟夏絲妲是一個習慣不留痕跡的人，甚少寫信件，而且她既然回來了，為何不直接回到城堡，而要特意在午夜時分把自己叫出去？她有懷疑過信件的真偽，但那些優美同時又有力的字跡確實是屬於夏絲妲本人，行文風格也跟她的一貫行事風格吻合，所以不會有錯。

也許她不想與愛德華碰面，卻又想實行之前臨行前所說，回來時會再見面的約定呢？

帶著懷疑，諾娃依照夏絲妲的吩咐，午夜後一個人偷偷離開冬鈴城堡，在沒有人留意下來到沙凡迪村，並照著夏絲妲的手繪地圖來到她指定的石屋門前。

破爛的木門半開著，彷彿在歡迎她進去。諾娃再次查看信件，確認自己算對了石屋後，再戰戰兢兢地探頭窺看，但裡面一片漆黑，甚麼都看不見。

真的要進去嗎？屋內吹來一陣陣陰涼的風，讓曾經的高級神官全身都戒備起來。她想轉身離去，但想到自己有問題想找夏絲妲解答，還是把那些不對勁的感覺壓下，緩緩推開了門，踏進黑暗。

「很久不見了呢，諾娃。」

一把熟悉的溫柔女聲傳進諾娃的耳朵，她立刻又驚又喜地轉身，看見有一個身影在窗戶旁站著，微弱的月光從窗外灑在她身上，照亮了她的緋紅馬尾和亮紫雙瞳。

「夏絲妲！」諾娃的嘴角登時上揚，她又踏又跳地走到夏絲妲面前，一臉雀躍。「你真的回來了！」

「跟你說好了的啊，我會回來的。」夏絲妲容貌沒甚麼變改，她仍然穿著最愛的鮮紅大衣，腰纏「荒野薔薇」，整個人跟她兩星期前離開時的模樣一樣，但諾娃總覺得好像有甚麼些微的分別。她向諾娃投向欣然的微笑，就跟以往的她一樣。

「你的信送到時，我嚇了一大跳！」諾娃此刻興奮得像個小孩子，「回來冬鈴城的話，為何不來城堡露個面？」

「雪妮・懷絲拉比已經離開安納黎，回到自己的國家去了，」夏絲妲說的時候，像是在交待別人的事。「突然間又『回來』，會惹人懷疑的，而且，那個身份已經屬於過去了。」

那個雷文家遠親的身份是虛假的，用完了就要被捨棄，這是必然的事，諾娃十分清楚。縱使如此，當諾娃聽到夏絲妲表示一切經已過去，話裡似乎連三人在這一個月裡共渡的時光也一同捨棄般時，她就忍不住覺得有點唏噓。

「你離開之後，到了哪裡去？」諾娃用別的事轉移自己的視線。

「到了北方一趟。」夏絲妲只是很籠統地回答。

果然是北方，諾娃心想。她嘗試追問：「回家鄉看看嗎？」

「算是吧，去處理一些雜事。」說完，夏絲妲若有所思地望向窗外，沒有繼續說下去。

諾娃心裡疑惑，夏絲妲明明在離去前，說過自己是去「為過去的執著劃上句號」，既然是執著，那麼怎麼會是小事？但看她現在的樣子，應該是解決了吧。

「你來這裡的時候，沒有告訴任何人吧？」夏絲妲問。

「沒有，就連愛德華也不知道。出門前我曾到他的房間找他，許是最近心煩吧，他很早便睡下了。」諾娃搖頭，把自己起行前的行動告知，想讓夏絲妲安心，順便稍微傾訴一下。

「是嗎，」夏絲妲好像對諾娃的話沒太大興趣，她沒有問下去，只是若有所指地低喃：「那就好了。」

「你在信上說有要事相談，時間那麼急，還特意把我叫到那麼遠的地方來，是有甚麼特別事嗎？」諾娃沒留意到夏絲妲那細微的舉動，疑惑地問。

「就是有事啊。」夏絲妲輕輕一笑。

話音一落，她左手輕輕一撥，未幾，諾娃身後便傳來「砰」一聲巨響。她轉身一看，發現木門被關上。

「夏絲妲？」諾娃立刻回頭，正要問個究竟，但從頸項傳來的一陣異樣冰冷令她整個人僵住。她小心翼翼地向下看，只見自己的頸項下有一道嚇人的銀光，登時猜到是甚麼，雙眼驚訝地睜大。沿著光的盡頭望去，諾娃看見夏絲妲正站在那裡，提著「荒野薔薇」，冷冷地瞪著自己。

「為甚麼？」諾娃想要上前追問，但夏絲妲立刻把劍往前微微一推，威嚇她不准再動一寸。

「『虛空』的劍鞘，不要動，」夏絲妲甚麼也沒解釋，她收起了笑容，冷冷地命令：「乖乖地留在這裡。」

3

「甚麼？諾娃小姐不見了？」

愛德華本來正悠閒地吃著早餐，聽見休斯的報告後，他頃刻從餐桌椅上彈起，本來拿著的刀叉掉落瓷碟上，刺耳的碰撞聲響遍整個飯廳。

「到底是怎麼樣一回事？」他對著向自己報告的休斯怒吼。

「海莉塔今早到諾娃小姐房間打算侍候她更衣時，發現諾娃小姐並不在房內，她本來以為諾娃小姐是去庭園散步了，但等了一段時間，仍未見她回來，然後到庭園怎樣找都找不到人，走遍全屋也不見她的身影。」年過半百的休斯表面鎮定，心裡卻嚇了一大跳，畢竟愛德華很少會發那麼大的脾氣。「我問了僕人們，她們說昨晚仍見到小姐的，但今早就不見蹤影了。」

「整個城堡都找遍了嗎？」愛德華問。

「剛才我們嘗試找了一遍，可惜沒有找到，我已經吩咐僕人們再仔細搜尋，但恐怕結果應該一樣。」休斯回應，他吩咐僕人們再仔細搜尋已經是半小時前的事，如果諾娃真的在城堡裡，現在他應該已經收到匯報，沒有的話，那就意味著凶多吉少。

「她會否只是外出？」愛德華抱著僥倖的心態猜測，心裡暗暗希望事情其實沒那麼糟糕。「沒有留下字條嗎？」

但休斯只是輕輕搖頭，「抱歉，我們沒有在諾娃小姐的房間找到類似的物品。」

「她要出外的話，沒可能事前不告訴我的……切！」諾娃不是那麼沒有責任心的人，這樣看來，她的確是出事了。愛德華忍不住一拳打在飯桌上，發洩心中的焦躁。「這次到底是誰？是怎樣進來把人擄走的？」

奈特的臉孔頓時在他的腦海浮現。是他嗎？他還未放棄要帶走諾娃嗎？又或是莫諾黑瓏，她特意回來尋仇嗎？愛德華在心中苦惱著，自問但得不出答案。

真麻煩，城堡面積大就是會有安全問題！先是那個教授的黑狼，然後是奈特，接著是現在，一而再、再而三發生類似的事，每次都是針對著諾娃，而且都得逞了。到底人是怎樣進來的？這次是哪個舞者做的好事？

「知道是誰最後見過諾娃嗎？」愛德華狠狠瞪著休斯，問道。

「是海莉塔，閣下。」休斯立刻回答。

「她現在人在哪裡？我要親自問她！」

不等休斯回話，愛德華便急步離開了飯廳。他在城堡裡左穿右插，先是到了地下室的廚房查看，找不到人之後再快步跑上一樓，往諾娃的房間筆直走去，在通往諾娃房間走廊的路上迎面碰上二位女僕人，正是海莉塔和女僕長。愛德華看見海莉塔後沒有停下腳步，只是一言不發，快步走進諾娃的房間，筆直往睡房走去。

愛德華以為打開門後，他會看見凌亂不堪的景象，但眼前所見完全出乎其意料。棉被整張蓋在床鋪上，沒有掀起，他走到床前伸出手觸摸床鋪，床是冷的，也就是說沒有人睡過，又或者諾娃已經離開了好一段時間。他再環看四周，發現梳妝台和床頭櫃上的盆栽、小物等也擺放得很整齊，沒有被動過的痕跡。

整個房間都很整齊，整齊得不像有人來過這裡，並在這裡把人強行擄走，要說的話，反而更像房間的主人出外了一段時間，未回來而已。

但諾娃不是外出，一定是被帶走了，愛德華十分肯定。因為契約的關係，他有時能隱約地感覺到諾娃的存在，能夠模糊地感知到她在自己附近，平時二人都在城堡時，他的心頭會一直浮現這種感覺，可是現在那感覺不見了，所以他敢肯定，諾娃並不在城堡，被帶到未知的地方。

「海莉塔，你是最後一個見過諾娃小姐的吧？」愛德華轉身，走到海莉塔面前，看見她微微點頭後，便接著問：「能夠告訴我當時的詳細嗎？」

「昨晚我侍候諾娃小姐入睡，確認她睡下後才離開房間，但今早進來時，卻發現小姐不見了蹤影，找遍城堡也不見人。」海莉塔戰戰兢兢地回話，生怕愛德華遷怒自己。

「房間的東西，你今天進來後都沒有動過吧？」愛德華話裡仍有怒氣，但跟不久前比較經已緩和了些許。

海莉塔連忙搖頭。

「昨晚侍候諾娃小姐就寢時，有沒有發生甚麼特別的事？」愛德華再問，看看能否找到甚麼蛛絲馬跡，但心裡並不抱太大期待。

「沒有甚麼特別……對了，昨晚睡前，小姐曾經一個人到閣下的房間去，但很快便折返回來，我曾經問過理由，但小姐表示沒甚麼特別，然後便上床入睡了。」海莉塔想了想，記起諾娃昨晚找過愛德華的事。

「諾娃找過我？」愛德華有點驚訝，他完全不知道有這回事。「你記得那時大概是甚麼時間嗎？」

「好像是……晚上十一時左右。」海莉塔想了想後回答。

她還記得，當時諾娃正從梳妝台往床鋪走去，突然想起甚麼重要事似的，說要找一下愛德華，吩咐她留在房間後，便一個人離開了。她等了一會，思索應否要去找諾娃時，諾娃便回來了，然後直接走到床上睡下。那時她看了一眼床頭櫃上的時鐘，時針正指著十一的方向。

十一時……愛德華立刻托著下巴深思。我昨天在十時左右已經睡下了，諾娃這麼晚來找自己，到底有甚麼要事？會跟她被擄走的事有關嗎？

如果海莉塔的記憶沒有錯，那麼諾娃在午夜前時應該還在城堡，擄走她的犯人是在午夜後潛入，不動聲色地帶走她。但放眼所見，房間一點掙扎的痕跡也沒有，要是諾娃醒著，她沒可能感覺不到有人潛了進自己的房間，那麼難道那人是在諾娃熟睡後，靜悄悄地抬走她的？乍聽來很有道理，但總感覺哪裡不對。

他在思索的同時，慢慢走到睡房旁邊的更衣房，請女僕們打開衣櫥，看看會否找到其他線索。衣櫥裡都是諾娃的衣服，看起來沒甚麼特別，但當他的視線落到一旁的鞋架時，發現在兩對皮靴之間空了一個位置，像是本來有甚麼放在那裡，卻不見了似的。

「咦，怎會這樣的？」他正要開口問，在一旁的海莉塔這時發出了疑問。

「怎樣了？」愛德華頓時緊張起來，轉身望去。

海莉塔指著衣櫥旁的一張木椅，那裡有一件整齊摺好的雪白睡衣。「閣下，這件是諾娃小姐昨晚所穿的睡衣，不知為何會在這裡。」

愛德華滿腹疑惑：「沒有認錯嗎？」

「沒有，確實是這一件沒錯。」海莉塔肯定地點頭。

「居然留下了睡衣……」愛德華不解，事情的方向變得越來越奇怪。那人特意潛進來把諾娃擄走，理應分秒必爭吧，但他故意留下諾娃的睡衣，還那麼有心機把衣服整齊摺好？也太不合理了吧？

「衣櫥裡有甚麼不見了嗎？例如這裡，本來有放著甚麼嗎？」

「這裡本來放著諾娃小姐的其中一對皮靴，現在也不見了！」海莉塔望向愛德華指著，鞋架空了的位置，立刻認出那裡本來看著甚麼。她靈機一觸，衝到衣架前翻找，未幾便驚訝地睜大了雙眼：「不只皮靴，斗蓬和長裙也少了一套，昨天明明還在的，怎會這樣？」

海莉塔十分焦急，女僕長立刻上前，與她一起再翻找，但愛德華聞言沒有激動，他只是站在一旁這事實在太奇怪了，他心想。留下睡衣、帶走外出服，以及整齊的房間，強擄者是想假裝諾娃自己外出了嗎？又或者根本就沒有人潛入，是諾娃自己出外了？

「閣下！」這時，休斯急促的呼喚打斷了愛德華的思緒。

愛德華登時煩躁起來：「又有甚麼事？」

「這裡有一封信件，是寄給閣下的。」說時，休斯遞上一個銀盤，愛德華瞥了一眼，看見上面放了一封小信件，它樣子看起來沒甚麼特別，跟他平時會收到的信件沒有分別。

「為甚麼還在這個時候遞信？看不到我正在煩惱嗎？」愛德華頓時怒了，把銀盤推走。一來，他討厭想事情到一半被打擾；二來，當下最重要的是諾娃的事，信甚麼的，之後再給他便可，為何休斯要那麼不懂時機，偏偏在這個節骨眼上用皮毛小事打擾他？

「不，這是來自『薔薇姬』的信，說是要交給閣下的。」正當愛德華要命令休斯把信拿走時，他補上一句，並再一次把銀盤遞到愛德華面前。

「甚麼？『薔薇姬』？」愛德華一聽，登時大為吃驚，不敢相信自己聽到了甚麼。「是她寄來的信嗎？」

「是的，」休斯肯定地點頭。

「她來了嗎？親自來了嗎？」愛德華知道自己應該要控制一下驚訝的程度，但實在按捺不住。

消失了兩星期的人，現在突然出現，而且是以「薔薇姬」的身份，而非「雪妮・懷絲拉比」現身。從不輕易現身的她，居然沒有偽裝自己，直接出現？這是真的嗎？

「不，送信來的只是普通的郵差。」休斯平靜地回應。

那麼那位郵差是從「薔薇姬」手上親手接過信件的嗎？愛德華想要追問下去，但休斯投來的疑惑眼神令他醒覺過來，再問下去的話恐怕會惹來更多懷疑。他清了清喉嚨，讓整個人稍微冷靜下來，從銀盤上取過信件，仔細打量。

信封上寫著「致冬鈴伯爵」，看到那那俐落流暢、飄逸的同時又有力的筆跡，愛德華就肯定那是夏絲妲親手寫的信。為何特意在這個時候送信來？他心裡狐疑。

他走到諾娃的書房，用桌上的開信刀打開信件，一看，頓時瞪大雙眼，久久不能作聲——

親愛的冬鈴勳爵，愛德華・基斯杜化・雷文閣下：

日安，久未見面，希望勳爵自從數月前的那場對決後仍然安好。

長話短說，「虛空」現在正在我手上，經已被我奪去。若勳爵想取回劍和劍鞘，請以「八劍之祭」的規則，在有他人的見證底下與我進行一場堂堂正正的決鬥。若勳爵勝出，我會將「虛空」歸還，但倘若我勝出，「虛空」的劍和劍鞘都將歸我所有。

若勳爵同意這場決鬥，請不必回覆，只需在水仙月二十四日中午十二時到冬鈴城洛瓦娜廣場，我會在那裡恭候。在此之前，不必費心嘗試尋找我的所在地，勳爵知道我是誰，這是沒有用的。倘若勳爵當天未有現身，我將視之為放棄決鬥，屆時難以保證劍和劍鞘的安全。

希望能得到動爵誠意的回覆。

此致

夏絲妲

甚麼，擄走諾娃的不是別人，居然是夏絲妲？

愛德華此刻心裡晴天霹靂。罕有地收到夏絲妲的信，沒想到內容不是甚麼能幫忙的東西，而是說明諾娃已被她當作人質，以及向愛德華提出對決。他不敢相信，令他焦頭爛額的源頭，竟然是那個他十分信任的人。她為甚麼要這樣做？一股怒火登時在他心底燃燒起來。

為甚麼要奪走「虛空」和諾娃，她是想捉弄我嗎？愛德華很希望事情只是這個無心的玩笑，但他從她的用詞裡清楚感受得到，夏絲妲是認真的。

信件字裡行間，那些明顯地有意為之的公式行文，不只是因為避嫌，更多是為了嘲弄，以敵對的舞者「薔薇姬」這個身份所作出的嘲諷。愛德華從文字中看到那個初次見面時，自信、可怕、不可撼動的「薔薇姬」身影，身體的微抖除了因為憤怒，也帶有一絲懼怕。

一起相處得太久，他差點忘記了夏絲妲有這麼冰冷無情的一面，也忘了她當日在阿娜理的大街邀請自己對決時，就已經表達過對「虛空」的興趣。她是真的衝著他而來的，真的擄走了諾娃，以此逼他站上對決台。

但他不明白，為甚麼她事到如今才來搶「虛空」？

還有，她提出的交還條件是約在洛瓦娜廣場見面、「在有他人見證底下進行一場堂堂正正的決鬥」，她想在民眾面前進行公開對決？這太不像她了，到底有甚麼目的？

「閣下，敢問信的內容……」見愛德華不發一言瞪著信件，眉頭越皺越深，雙手經已用力得把紙張壓出痕來，休斯戰戰兢兢地插話，想要知道到底上面寫了甚麼，令主子露出那麼憤怒的神情。

經休斯一喚，愛德華回過神來，想起自己有一件重要事忘了做。他調順變得紊亂的呼吸，緩緩走到更衣房對海莉塔等人說：「各位，都停下手上的工作。休斯，叫僕人們不用再找，我知道諾娃小姐的下落了。」

休斯登時望向愛德華手上的信件：「難道……」

「她在『薔薇姬』手上，『薔薇姬』擄走了她。」愛德華冷靜地回應，說話吐出口時，他心裡感到五味雜陳。

此話一出，房間頓時出現幾道倒抽一氣的聲音。

「諾娃小姐是怎樣……」

「應該是在昨晚午夜，你們都睡下後，被潛入進來的『薔薇姬』帶走的吧，」未等休斯問完，愛德華便先一步說出他的猜測。「昨晚有沒有人來過城堡？你們昨晚有沒有看到任何可疑的身影？」

夏絲妲會否是以雪妮・懷絲拉比的偽裝出現，仗著僕人們不會起疑，在他不知情下偷偷地帶走諾娃？愛德華猜測。

「沒有，昨天沒有客人來過。」但三位僕人一致的否定打消了他這個猜想。

「那麼這陣子有沒有甚麼可疑的事？甚麼細微的事都可以。」愛德華再問。

三人頓時陷入沉思，腦袋一片空白，但一陣沉靜過後，海莉塔突然驚呼。「對了！昨天下午，來了一封給諾娃小姐的信。」

「信？給諾娃的？」愛德華的右眉頓時一挑。

「是的，當時諾娃小姐也很驚訝，以為是我們搞錯了，但信件上確實寫了她的名字。我不知道信的內容，但記得諾娃小姐看到信件時，露出了略為驚訝的神情。」海莉塔盡可能把自己記得的片段都描述出來。

「海莉塔，你過來一下，」愛德華用眼神叫海莉塔跟著她走到諾娃的書房。「那封信，你記得諾娃放在哪裡嗎？」

海莉塔搖頭：「我把信件交給小姐後，她便打發我離開，晚上替她收拾書房時，並沒有看到她把信件放在哪裡。」

「隨身攜帶著嗎……」愛德華呢喃。「你會否記得，信封有甚麼特別之處嗎？」

「信封的正面沒甚麼特別，只是背面貼著一片玫瑰花瓣，就是這片。」海莉塔指著書桌上的紅色花瓣說。

愛德華把花瓣拿上手一看，登時吃驚，因為他認得那花瓣是來自「荒野薔薇」的玫瑰。會貼有「荒野薔薇」玫瑰花瓣的信，一定是由夏絲姐寄出的吧，他十分肯定。

夏絲姐聲稱她帶走了諾娃，但沒有人潛入城堡，睡房和更衣房留下的痕跡都指向諾娃外出未歸，這封給諾娃的信，為看似沒有關連的線索們帶來最重要的一塊拼圖。相信應該是夏絲姐在信中請諾娃在午夜外出見面，然後綁架她的吧，愛德華肯定。一向做事盡責的諾娃在收到信件後沒有告訴他這件事，很大可能是被夏絲妲吩咐不要說。

這傢伙，看準了諾娃對她的信任！愛德華眉頭頓時一皺。

「閣下，事情要如何處理？」這時，休斯在一旁問道。

「還可以怎樣，人正在『薔薇姬』手上，又不知道她在哪，那麼只能依照她的意思行事吧！」愛德華知道休斯的用意，有一半是真的在關心，但另一半是為了替亞洛西斯探口風。「她說，兩天後要在洛瓦娜廣場與我對決，贏了就把諾娃歸還，就是這樣。我還有很多要準備的事，接下來的半天，沒甚麼事都不要找我，明白了嗎？」

女僕長和海莉塔立刻點頭，愛德華轉身便要離開房間，休斯想跟上，但被愛德華以眼神命令留在原地。他一個人急步回到自己的房間，大力關上房門，立刻打開書桌附近的窗，嘗試借助冷風，讓自己冷靜下來。

他的思緒起初如同暴風雨中的海浪般洶湧嚇人，但隨著時間過去，暴風雨漸漸散去，海浪漸趨平靜，他總算能夠鎮定地面對在憤怒背後，那些內心的疑問。

以他這幾個月對夏絲妲的認識，她不是那個貿然行綁架之事的市井小人，若果她真的想要得到「虛空」，一早便能搶走，他與她同住在木屋時就有很多機會，不必等到現在才下手。而且，夏絲妲一直追求的是對決所帶來的樂趣，並不是尋求「稀有品」這種實際的東西。那麼，她為甚麼要大費周章綁架諾娃，就為了向自己提出對決嗎？

想跟自己對決，說一聲便可，把事情弄得那麼大，到底有何用意？

望向玫瑰園的方向，愛德華心裡疑惑，摸不著頭腦。

夏絲妲，你到底想要做些甚麼？

4

兩天後，早上十一時四十五分，洛瓦娜廣場。

洛瓦娜廣場位處冬鈴城中心，早在幾百年前經已存在，是冬鈴城最古老的廣場。廣場呈長方形，是冬鈴城幾條主要街道的滙聚點，放眼望去，廣場四周有各種不同的建築，包括市政廳、菜市場、郵局和教堂，都是冬鈴城民眾日常生活必定會到訪的地方，因此這廣場也順理成章地成為他們最常聚集的地點。

每逢節慶，洛瓦娜廣場都會設立市場，用以慶祝，這一年的迎春祭也不例外。迎春祭前幾天才剛完結，那個在廣場中央臨時建造，用作表演和跳舞的木製舞台仍未拆去，台下的木椅也未搬走，誰都沒有想到，它們那麼快又被派上用場。

舞台下坐滿了人，不只是冬鈴城的民眾，也有特意從鄰城過來的人，就連一些地方小貴族也有前來湊熱鬧，他們前來的原因不為別的，就是為了觀看「薔薇姬」和冬鈴伯爵之間的對決。

兩天前，夏絲妲把信寄給愛德華的同時，她其實也在冬鈴城內貼了一封內容幾乎一樣的信，把對決的事公告天下。消息一傳出，事情立刻快速醞釀，一傳十，十傳百，很快便傳遍整個冬鈴城，以及鄰近幾個郡，甚至遠至阿娜理，都有民眾知道並討論這件事。大家都議論紛紛，很是好奇，因為這次對決是這屆「八劍之祭」開始後第一場完全公開的對決，之前一些已知發生了的對決，例如愛德華和路易斯在路特維亞學院的對決、愛德華和夏絲妲的對決，民眾都沒法目睹過程，只能透過傳言得知結果，更不要說那些完全沒有人知道的私下對決了。哪些舞者經已落敗，哪些仍然在生，他們都不太清楚，明明祭典關連整個國家的命脈，但身為人民的他們只能當被動的知情者，不能參與其中，所以這次愛德華和夏絲妲的公開對決給了他們一個難得的機會，讓他們可以親身見證，以觀眾的方式參與其中。

除了「八劍之祭」，另一個令這場對決矚目的原因，是因為夏絲妲。

對很多安納黎的人來說，「薔薇姬」是一個令人懼怕的名號，代表全國最強的殺人犯，但其實沒有多少人見過她的真身。可以一睹神秘的「薔薇姬」本人，這吸引了不少人前來，因為大家都想看，她是否真的如傳言般強勁，而被譽為本次祭典的黑馬——愛德華又能否成功打倒她。

「喂，你也是來看『薔薇姬』的真身的嗎？」

一個有著一頭栗色短髮，留著鬍子的中年大叔跟旁邊看起來年紀相若的金髮男子搭訕道。

「當然，難得有個機會，無論如何都要來看吧！」金髮男子雙手抱胸，似看似等得不耐煩，心裡其實很期待，他今天天剛亮就已經來到廣場坐下了。「你有聽說過嗎，傳聞她真人是個大美女啊。」

「不會吧？」栗髮大叔立刻回以懷疑的眼神。「如果她是個美人，就應該很多人搶著要，才不會當甚麼劍士到處走吧。」

「那個『惡魔之子』的髮色，誰會想要她啊？」說時，金髮男子一臉嫌棄。

「也是，誰要想在家裡放一個能夠剋死全家的人啊？況且她那麼可怕，一不小心惹怒她，可能下一秒就丟掉性命了。」栗髮大叔說完，他和金髮男子都一起大笑了幾聲，很快便把夏絲妲的樣貌話題拋諸腦後。

「說起來，『八劍之祭』現在到底進行得怎麼樣了?下月中便要完結了，不是嗎？」金髮男子問。

「誰知道呢，根本沒有人知道那八位舞者打得怎麼樣了，最近唯一知道的事，就是在隔壁郡的森林死了一個舞者，聽說是被分屍的，但不知是誰下手，其他的都沒了。可能這個年輕領主和『薔薇姬』的對決，會是祭典的最後一場對決也說不定，誰知道啊？」栗髮大叔攤了攤手，說完後乾笑了兩聲，一臉無奈。

「不會吧，」這時，一個坐在他們身後的啡髮青年插入對話。「我有個朋友告訴我，他前幾天在鄰鎮見過一個獨眼、銀髮、披黑色斗篷的人，祭典裡不是有一個像是傳聞中『吸血鬼』的人嗎，可能是他也說不定啊。」

「那個『吸血鬼』身邊總是會有一個紅色瞳孔的少女，不是嗎？你那個朋友有看到她嗎？」似是不爽突然有人擅自加入對話，栗髮大叔不客氣地提出質疑。

但啡髮青年察覺不到栗髮大叔其實是在不爽他，很認真地回應：「我也有問，他說那個人形單影隻，看不見有少女在身邊。」

「那應該是認錯人吧。」那你還在說甚麼啊，栗髮大叔向這位不識相的青年投向一個斜睨。

「但如果真的是他，你猜他今天會否來參一腳？」啡髮青年看到栗髮大叔的眼神，但他毫無反應，還提出自己的猜測。

「在二人分出勝負之後殺出來嗎？哈，那樣還挺有趣的！」金髮大叔的響亮笑聲，略為緩和了青年和大叔之間的尷尬氣氛。

「乘人之危，那樣子保證能贏！」栗髮大叔不屑地笑了一聲。

「你們覺得為何『薔薇姬』要點名跟領主對決？」這時，金髮大叔想到一個疑問。

「她不是說了，奪去了領主的劍，他想要回劍的話就出來對決，不是嗎？」栗髮大叔立刻回答，還回以一個「你傻瓜嗎」的表情。

「這個我當然知道，不然坐在這裡幹嘛！」金髮大叔立刻不滿地反駁。「他們之前不是已經打過一次的嗎？」

「那次分不出勝負，所以今天再一次分勝負，有很難理解嗎？」栗髮大叔不明白金髮大叔到底在糾結甚麼。

「總覺得哪裡怪怪的，但一時間說不出來……」金髮大叔想要解釋心裡那份疑惑，但它已經混作一團、太混亂了，他就連整理也不知該從何入手。

栗髮大叔完全無視金髮大叔的煩惱，只是一笑：「管他甚麼的，看就是啦！背後的問題由他們那些參加者自己煩惱吧！」

不只是他們數人，其他群眾都在議論紛紛，大家都很期待接下來要發生的事。在舞台左邊，愛德華正站在樓梯旁，認真地審視著四周，以及席上眾人。

兩天以來，他都在思考夏絲妲背後的目的，但始終得不到答案。不只寄信給他，還特意公告天下，吸引許多人前來「見證」，她到底想追求甚麼？而她真的會在大庭廣眾面前現身嗎？

他抬頭一瞧，視線落在舞台對面的教堂。教堂由十字本體和蓋在上方的幾座尖塔組成，當中最高的一座尖塔為鐘樓，樓上的銅鐘每一小時便會響一次，在時鐘還未普及的日子，它是提醒民眾時間的重要裝置。它的大門口正對著舞台的位置，而大門上方則有一個繪有白蛇的馬賽克窗，彰顯著教堂所侍奉的神的身份。看到那馬賽克窗，愛德華立刻別過頭去，忍不住「切」了一聲。

所有的一切，祂都看著吧。自從得知這個安納黎的神在不為人知的背後所做過的事後，本來就不太虔誠的愛德華對神多了一份厭惡。

那個窗看起來就像祂的眼，彷彿他正在觀察著這場對決，並以此為樂，在一旁偷笑著人類的愚蠢，愛德華心想。真是噁心。

「閣下，你認為『薔薇姬』真的會現身嗎？」在一旁的休斯問道。

「我怎會知道？」愛德華頓時煩躁起來，他再次抬頭，望向鐘樓外牆：「還有兩分鐘便是十二時，到時看看她會否現身，不就知道了？」

注視著秒針的移動，看見分針快要指向十二，他心裡很是緊張，手指不停在動，想要平靜心情，卻無法辦到。

他心裡很緊張，一來擔心諾娃會否有事，二來猜不透接下來將會發生甚麼事。夏絲妲說要對決，但「虛空」在她手上，我只有一把匕首，難不成她把「虛空」還我後再跟我打？但這樣一來，問題又回到最初的起點——她特意搶走「虛空」的原因是甚麼？

完全想不透。

「噹——噹——」

就在這時，宏亮的鐘聲從鐘樓傳出，宣告十二時的到來。

一聽見鐘聲，所有人頓時停下手上的動作和討論，安靜下來。他們都屏息靜氣，不敢亂動，靜待接下來發生的事。

愛德華緩緩走上舞台，踩在木樓梯上時傳出的嘎吱聲清楚傳遍整個廣場。他環顧四周，不放過任何一個角落，忖摸夏絲妲會從哪裡出現。

「果然應約了呢，冬鈴勳爵。」突然，那把他熟悉得不得了的自信聲線在廣場響起。「我很高興呢。」

「『薔薇姬』，你在哪？快出來！」愛德華裝作憤怒地大吼的同時四處張望，想要找到夏絲妲的蹤影。沿著聲音的方向，他很快便找到她的所在——那道亮麗的緋紅身影，就在市政廳的塔樓裡，向他投來久違且招牌的神秘微笑。

夏絲妲的裝束跟她第一次與愛德華對決時所穿的一模一樣。及膝的暗紅大衣、漆黑的腰帶、以及那總是不變，被綁成馬尾的緋紅長髮，看著她，愛德華彷彿有種回到過去的錯覺。第一次在街上遇見她時，他正是如此抬頭仰望在高處的她，也是她率先出聲主動打招呼。

夏絲妲總是那麼高高在上，就算有些日子能夠追逐到她的身影，站到她身旁，但那只不過是一瞬間的幻覺。高傲的薔薇，就如眼前的塔樓一樣，從來都是遙遠而不可觸及。

「愛德華！」這時，諾娃的聲線把愛德華從回憶中喚醒，她從一旁的黑暗衝到塔樓窗邊，焦急地呼喊。

「諾娃！」愛德華身子下意識踏前一步，高喊回應。雖然諾娃看起來有點疲憊，頭髮略為凌亂，但沒有衣衫不整，臉上也沒有明顯傷痕，看來沒有被粗暴對待過。

諾娃把上半身伸出窗邊，想要回應，但夏絲妲立刻把手放到諾娃的肩膀上，一舉把她往後拉，還用「荒野薔薇」劍刃輕輕拍打她的胸口，示意她不要亂動。

「停手！」愛德華怒吼，「你到底想怎麼樣？」

在民眾眼中，年輕領主正因為「薔薇姬」的惡行而怒火中燒，但這不過是表面的偽裝。愛德華知道夏絲妲素來跟諾娃交好，把她當作妹妹一樣照顧，不會輕易傷害她，而且這種老掉牙的惡人行徑，根本不符合「薔薇姬」的美學。夏絲妲是在演戲，愛德華肯定，因此他想她回答，到底她在盤算些甚麼。

「很簡單，與我對決一場吧。你贏了，『虛空』就還給你，但如果你輸掉的話，」面對愛德華那雙在怒火中燒卻隱含著真誠求問的認真眼神，夏絲妲露出一個得意的微笑，像在挑釁，但更像是在測試他。「劍和劍鞘都將歸我。」

「你要是想跟我對決，直接向我提出便可，為何要特意擄走她？」愛德華問，這句發自真心。

「這樣會更有趣啊，而且，我要跟完全的你對決。」夏絲妲的笑容不變，並把劍尖改為指向愛德華。

「甚麼意思？」

「就是字面意思。」

故意不把話說明白，要聽者自己猜出意思，這份喜歡玩弄花招的性格一直不變呢，愛德華心裡一笑，他漸漸明白，不，是確認了夏絲妲的真正用意。

「所以，冬鈴勳爵，你能陪我打一場嗎？」夏絲妲再問。

「人都在你手上了，我能說不嗎？」愛德華立刻帶著怒氣反駁。「下來！我一定會打敗你，為眾多死在你劍下的亡靈報復！」

「很好，」夏絲妲滿意一笑。她拉著諾娃，一轉身便不見蹤影，就在群眾從重壓中稍微喘息，想要開口討論時，一陣清脆的鞋跟聲伴隨著回音出現，帶來比剛才更沉重的壓力，令眾人都立刻把張開一半的嘴閉上。

所有人都將目光鎖定在塔樓的入口，看到一身紅的夏絲妲從黑暗中緩緩現身時，或是驚訝、驚嘆、懼怕，都幾乎在同一時間倒抽一口氣。右手握著「荒野薔薇」，左手扣住諾娃雙手的她是那麼的自在，面對上萬道目光卻依然毫無膽怯之色。她拉著諾娃，在眾目睽睽下穿過觀眾席中央的步道，緩緩走到台上，與愛德華四目交投。

「我就看看你有多少能耐？」她一笑，回應他不久前的挑釁。

說完，她立刻一推，把諾娃往愛德華的方向推去。諾娃沒料到此舉，腳步踉蹌，在快要跌倒時被急忙上前的愛德華接著。

「你沒事嗎？」愛德華半跪著，關切地小聲問。

看到那雙擔憂得要命的黑瞳，諾娃心感內疚，猛力搖頭。

「為甚麼一個人外出了卻不告訴我？不要緊，這個之後再說吧。」愛德華沒有追究甚麼，只是緊握著她的雙手，並慢慢扶起她，後退幾步，望向那個曾經站在同一陣線的紅。

「再一次這樣刀劍相見，是第二次呢。」夏絲妲依然用右手握劍，輕笑說道。

「第一次分不出勝負，但相隔數月，這次不會一樣的了。」愛德華回以自信一笑。

「很好，就看看你能否達到我的期待。」夏絲妲很是滿意。

愛德華側頭望向台側，微微一瞪後再用下巴一指，用眼神把休斯喚上來。

「現在將會開始冬鈴伯爵，愛德華・基斯杜化・雷文，和夏絲妲女伯爵，夏絲妲的決鬥。這次決鬥將會依照『八劍之祭』的規則進行，決鬥將會在一方受重傷或任何理由而無法繼續戰鬥時終止。我作為二人同意的見證者，擁有見證決鬥結果的義務。決鬥期間必須堂堂正正，不得有背刺、朝對手扔劍等舉動。現在請決鬥雙方拿起您們的劍，在我發信號後開始決鬥。」休斯上台後，緩緩讀出一早便準備好的說辭。愛德華早在兩天前便已吩咐他擔任見證人，他早有準備，心想過程跟主子和威芬娜公爵對決時一樣，沒甚麼分別，但現在站在二人中間，他隱約地感覺到兩次對決的氛圍不同。

「諾娃小姐會是我的副手。」愛德華伸手指著旁邊的諾娃說。

「夏絲妲女士，請問你需要副手嗎？」見夏絲妲沒有反應，休斯問。

「不用了，」夏絲妲留意到休斯望向自己時，那一瞬間的懷疑眼神，但她故意無視。「我一直都是一個人，自然不會有副手，冬鈴動爵會介意嗎？」

「不，這樣就好。」愛德華搖頭。

說完，他轉身望向諾娃，把臉湊到她面前，與她四目交投，低聲請求：「這次也拜託了。」

諾娃閉上眼後，愛德華把她擁入懷中，背對著台下群眾，在她的唇上輕輕一吻，同時把手伸進諾娃的胸內，取出「虛空」。雖然他的背部擋住了視線，但坐得較近的人還是能看到整個取劍的過程，他們都不禁倒抽一口氣，沒想到傳聞中的「人型劍鞘」就是如此意思，也沒想到原來「虛空」是這樣取出來的。

把劍取出後，二人一同轉身，面向夏絲妲。她甚麼也沒說，只是左手輕輕一揮，本來掛在腰邊的墨綠劍鞘頓時化成綠藤，躺在木板上。

「待在下面，在我們其中一個人倒下之前，都不要上前來。」見夏絲妲準備就緒，愛德華在諾娃耳邊吩咐。

諾娃早就知道愛德華這次不會讓她插手協助，她輕輕點頭，快步從樓梯走到舞台右邊下方，雙手十指緊扣，一臉擔憂。

台上只剩下愛德華、夏絲妲和休斯三人。休斯後退至舞台最後，直到背部碰上木板才停下腳步；愛德華小心翼翼地後退幾步，拉開距離；而夏絲妲只是自信地笑著，不動，也不戒備。

「你認為你能贏嗎？」夏絲妲問。

「我不是『認為』能贏，而是『會』贏。」愛德華握緊「虛空」，語氣堅定。

「為了甚麼？」夏絲妲再問。

「為了往前進發。」愛德華回答。

夏絲妲聽畢，滿意一笑。二人同時架劍，劍尖朝天，劍身正面向著對方。

「對決，正式開始。」

休斯一拍掌宣告對決開始後，二人便向對方鞠躬，然後擺出架式，站在原地戒備。空氣彷彿被凝固，台下所有人都屏心靜氣地看著一動不動的二人，仔細留意他們每一個微細的動作，在心裡猜測誰會率先出手。

愛德華防備著夏絲妲的同時，細心打量四周的環境。在這個長八米、闊四米的舞台上，四方八面都盡收眼底，沒有任何可以躲藏的地方。在舞台上對決，好處是空間大小被限制，肯定對方不會閃避到自己不知道的地方去，容易猜測其行動路線，但壞處同樣是因為空間大小有限制，如果被逼到舞台盡頭的木板，到時只能捱打，而且舞台左右兩邊沒有牆或圍欄，被逼到邊緣時會有失足、失衡的問題，這些都要小心提防。

他上前幾步想要試探，見夏絲妲後退，他便踏後兩步，沒有中她的誘敵之計。沒過兩秒，夏絲妲向前踏出兩步，劍輕輕一揮，沒有斬中愛德華，只在他面前約一米的位置劃落。見愛德華沒有反應，她再上前，向前一刺，一如其所料，劍尖立刻被「虛空」俐落擊開，但正當她以為愛德華會順勢反攻，準備好還擊之際，他卻退後防禦，再一次拉開距離。

今天的打法比以前保守呢，夏絲妲心想，是打算摸清我的取態後才出手嗎。她上前幾步的同時把手放到左邊，轉換防守架式。愛德華跟著一起轉換防守架式，往前一揮，敲到「荒野薔薇」劍身，夏絲妲立刻回以一敲，但愛德華沒有還手，只是定在原地。她沒有進攻，他也不動，黑劍與銀劍的劍尖就這樣互相碰著，彷彿時間靜止不動。

正當夏絲妲思考該怎樣再試探一番，愛德華突然飛快擊開「荒野薔薇」，再斬向她的左肩。她急忙後退，在黑劍要割到自己肩膀前急忙把它架住。她手腕一扭，身一轉，壓下黑劍後改向前刺——

愛德華見狀，立刻仰後避開，再從下擊開「荒野薔薇」，並快步後退回防，不讓她有追擊的機會。

夏絲妲定在原地，沒有要上前的意思，等待幾秒後，愛德華快步上前，從右上斬向她，沒想到夏絲妲居然快他半步上前，架開「虛空」後立刻捲劍前刺。愛德華急忙側頭閃避，夏絲妲一笑，飛快地連續從左右下方向上斬去，攻擊都被他擋下，但也逼得他連連後退。

再一次從下方撩斬後，夏絲妲一改劍路，壓下「虛空」，用左邊劍刃側斬向愛德華的臉頰。愛德華早有預料，他後腳往左一滑，身子一扭，避開劍刃的同時把「荒野薔薇」壓下，上前就是一斬。夏絲妲急忙側身避開，但晚了半步，「虛空」的劍尖在她胸前落下，在鮮紅大衣上劃出一條鋒利的刀痕，所幸布料夠厚，未有傷及皮膚。

「恢復得很快呢，」夏絲妲一瞥大衣受損的部分，滿意地一笑。「不過兩星期，已經完全回復狀態。」

「你才是，始終如一。」愛德華回以一句，除了是嘲弄她突然消失了兩星期，也是指她的劍路和態度，跟初相識時一模一樣。

「誰知道呢。」夏絲妲只是輕輕一笑，沒有回應。

一陣對峙過後，愛德華快步上前，瞄準夏絲妲的左右腰刺去，但都被她精準擋下，正當他再刺向她的左腰，想要逼她閃向右邊時，一道從左邊而來的銀光把「虛空」壓下——

甚麼？愛德華一瞧，驚覺在剛才的一瞬間，「荒野薔薇」經已轉到夏絲妲的左手上。他心感不妙，想要收劍後退，但銀光如迅雷般向前襲來，他急忙往左後閃開，但遲了一步，臉頰傳來的冰冷、灼痛和溫暖，還有在眼前飄過的幾條碎髮都告訴他，自己中招了。

夏絲妲沒有讓機會溜走，她乘勝追擊，滑步上前想要進攻。愛德華的腳步沒有因為丁點傷口而慢下來，他往左閃的同時把「虛空」交到左手上，避開她的撩斬後再正面擋下揮斬。見她要捲劍前刺，他毫不猶豫把劍往上推至劍尖，解開交纏的同時把她逼後兩步。

這是愛德華常用的解圍動作之一，見他高舉的手朝著左邊轉去，夏絲妲猜測他要斬向自己的前胸，便劍鋒一轉，打算壓下「虛空」後回斬——

「虛空」快要碰到紅衣時，劍尖忽然向下，往夏絲妲的右腳斬去。夏絲妲急忙縮腳避開，但「虛空」卻沒有要剎停的意思，反而飛快地往左上揮去，狠狠架住本來要往下斬的「荒野薔薇」，再反手前刺——

令人生畏的黑光就在眼球前閃耀，然而夏絲妲卻嘴角上揚，她在千鈞一髮之間側頭避開，同時右手一揮，一直躺在一邊的墨綠藤鞭立刻如針般刺向愛德華的大腿。鮮血如淚般從白皙的臉頰滑落，但看著血液從那個被劃破的長褲缺口中滲出，夏絲妲笑得更為神氣。在這場預判和速度的對決裡，最後得益最大的，是她。

「有你的，」沒想到夏絲妲居然會以傷換取劍鞘的奇攻，愛德華心感佩服。他以為剛才自己一連串的佯攻和反擊能夠超越夏絲妲的預判，沒想到敗在最後一著。他摸了摸大腿的傷口，血不算多，問道：「我還有多少分鐘？」

「約莫六分鐘。」夏絲妲回答時，想起安德烈也曾經問過一樣的問題，但眼前的人跟安德烈求問時的態度截然不同。「但你的話，七分鐘吧。」

「那麼看得起我？」愛德華把「虛空」交回右手，用手把臉上的血都抹走，並退後幾步。

「一如既往。」夏絲妲依然用左手握劍，輕笑了一聲。

在旁人看來，應該覺得二人都在試探對方，未有出盡全力吧，愛德華心想。他剛才的確有試探，但大多數的交手都是認真的。在他眼前，是一場預判與反應的拉鋸戰，只要稍有不慎，就會被輕易壓制，現在雙方不能再處於主動。

他和夏絲妲對決過，相處過，練習過，非常熟悉對方的招數和習慣，就算二人在冬鈴城堡居住時經已沒有再一起練劍，他再沒有給她機會摸清自己這些日子以來有所進步和變化的劍術，但他的一些習慣和喜好早就被她摸透，她可以依靠這些情報來推測自己的大概行動方針，所以分別不大。

愛德華起初是想以不中毒為前提勝出這場決鬥，可惜還是失手了。距離毒發的時間還有七分鐘，他要在這段時間內有所突破，不然會落得跟上次對決同一結局。

要贏，他對自己說。一定要前進，這是一早決定了的。

但一瞬間，他握劍的手抖了一下。

見夏絲妲的前腳稍稍動起來，愛德華兩步箭步飛快上前，先她一步進攻，從下而上撩斬，擊開「荒野薔薇」後再往前刺——

夏絲妲早有預料，輕鬆側身避開的同時飛快回防，架住「虛空」。愛德華一秒也沒有猶豫，立刻收劍，再從另一邊斬去。左、右、上、下，斬、刺、攔、截，黑劍與銀劍不停地互相碰撞，速度之快，彷如兩道光快要揉成一體。觀眾們都看不清劍的軌跡，他們只能憑清脆的鏗鏘聲得知雙劍又碰在一起，依照台上二人身影的進退判斷誰攻誰守，難以追上二人之間那瞬息萬變的世界。

對愛德華和夏絲妲來說，佔優與不利都只是一瞬間的事，前一秒劍被擋下，下一刻它就要擦到對方的皮膚；幾秒前把對方快要逼到台邊，但一眨眼又回到台中央。在數不清的來回之間，二人各有掛彩，不論是手臂、腰側、大腿都添上了不少傷痕，鮮血在皮膚滑落，疼痛理應會成為行動的阻礙，但他們都沒有要停的意思，眉頭雖然皺著，但嘴角都微微上揚，似是在享受其中。

愛德華從下而上大力擊走「荒野薔薇」，劍鋒一轉，從另一邊斬向她的肩膀，夏絲妲一笑，立刻舉劍朝下刺來，雙劍劍刃在「荒野薔薇」快要刺到愛德華前相碰，愛德華立刻抽劍換邊，硬是推開「荒野薔薇」後從左邊進攻，但再一次被夏絲妲擋下。

「不錯呢，果然一如我期待。」愛德華使力要壓下銀劍，在劍光彼端，夏絲妲笑著說。見硬比力氣不見效，愛德華果斷抽劍，從另一邊斬向夏絲妲。「哼，想跟我打而已，其實不用那麼拐彎抹角的。」

夏絲妲一個滑步側身避開。愛德華沒有再追擊，二人舉劍戒備，但都沒有拉遠距離。「甚麼意思？」

「別裝了，你綁架諾娃，是想故意激怒我，讓我使出全力跟你打吧，」愛德華說出他從對決開始前就已經想確認的一件事。「沒想到你居然會做出這麼轉折迂迴的事，但恐怕浪費心神了。」

夏絲妲一笑，心想：他果真猜到了。「呵，不愧是你，是何時看穿的？」

「從你寄信過來時就已經覺得蹊蹺了，」愛德華回答。「換著是其他人，這招應該會奏效吧，但可惜，我們太熟悉對方了。」

「的確呢，」夏絲妲點頭，「我本來是打算賭一把，看你會否中計的，果然失敗了。」

「真的要激怒我的話，你要對諾娃下手再狠一點，」愛德華說。如果他在見到諾娃的當下發現她全身是傷，一定會怒髮衝冠。「但我知道你做不到。」

「事情不可以說得那麼肯定呢，你知道我是誰，要做時一定能做到。」話音落下的同時，夏絲妲急步上前，朝愛德華的眼球就是一刺。

愛德華起初打算把劍尖撥到一邊，但銀光刺來的速度實在太快，他只能急忙仰後，旋開身體，竄進夏絲妲的腰前，大力一拳把她擊後。

夏絲妲整個人仰後，中門大開，愛德華一蹬地衝上前去，輕易把要回擋的銀劍擊開後，對準毫無防備的胸口就是一刺——

突然，一個黑影倏然在眼前閃過，愛德華感覺自己的胸口被撕裂開去，悶痛蓋過一切感官，直到左臂傳來灼熱的刺痛，他才回過神來，急忙接下要斬往胸口的一劍。

「怎麼了，害怕了嗎？」剛才夏絲妲看得清清楚楚，「虛空」明明要刺穿她的胸口，劍尖碰到大衣時，愛德華卻像看到甚麼似的瞪大了眼，劍速慢了下來。上一次對決時，他也有過類似的狀況，但這次觸發的原因看來不太一樣。

「別胡說！」彷彿要展示自己確實沒有動搖，愛德華立刻抽劍，向右前方踏步的同時飛快直斬向夏絲妲的右手。正如他所料，夏絲妲立刻轉身擋下，但沒有趁機進攻，而是收劍後退。

時間還剩下多少？愛德華喘著氣，打量著夏絲妲身上的大小傷口。她全身上下有不少傷口，傷口流出的鮮血染紅了大衣裡的白裙，甚至滲出大衣，血的鮮紅和大衣的緋紅幾乎融合在一起，看起來傷痕累累，但其實那些傷口大多都是淺傷，有些經已止血，情況跟他比較的話來得更好。

左臂的傷口比想像中深，愛德華眉頭一皺。他感覺到鮮血仍然從傷口流出，溫熱的血浸濕了衣袖，緊緊黏在冰冷的皮膚上，感覺很不舒服。頭傳來一陣陣鈍痛，有些少暈眩，但他咬緊牙關，不讓自己分心。

黑影再一次在眼前閃過，這次他看得清楚，那是被莫諾黑瓏刺穿胸口時的回憶，並不是現實。右手正微微發抖，他問自己，害怕嗎？

但就算害怕，也要堅持下去。

他握緊劍柄，雙眼緊盯夏絲妲。

絕對，不能言敗。

夏絲妲一直架劍在身前，觀察著愛德華臉上微細的表情變化，見他一直不進也不退，她決定不等了，箭步飛快上前，從左下往上撩斬，直斬向愛德華的前胸。愛德華早在夏絲妲踏前時經已把劍高舉，想向下刺向其胸，但被夏絲妲快了一步。

「虛空」被「荒野薔薇」架住，愛德華毫不猶豫轉向右邊斬去，可惜被夏絲妲一記側揮擋下。她沒有擊開「虛空」，而是保持劍身交纏，飛快地往上推劍，想要架住「虛空」的同時往前刺去——

就在夏絲妲要把「虛空」推開的那一瞬間，愛德華把「虛空」抽走，彷彿早就料到她會出這一著。他大步踏往左邊，向她那毫無防備的右胸斬去，夏絲妲立刻轉身縮開，避開了一劍。不讓機會走漏，趁夏絲妲未穩定重心，他立即轉腰，追斬過去。

——！

就在他要往前一劈時，左臂突然傳來一陣劇烈的刺痛，他不理會，繼續大力揮斬——

「鏘」。

清脆的金屬聲宣告了他的失敗。動作只不過是慢了半拍，就經已足夠讓夏絲妲擺好架勢，把「虛空」輕鬆架住。夏絲妲沒有要讓愛德華休息的意思，她手一伸，直接往前刺去，愛德華立即收劍後退，但夏絲妲窮追不捨。她稍微俯身，飛快地刺向愛德華的左上腰和中腰側，都被他側身避開。見愛德華整個人被自己逼向左邊，她嘴角微微上揚，身子往左，瞄準愛德華的右腰刺去——

右腰就在劍尖前端，就要刺進去，就在這時，「虛空」突然出現，把「荒野薔薇」往上擊開。夏絲妲才剛反應過來，下一秒左肩便傳來一道撕裂的痛楚。

裝作中計嗎？不，是在知道自己避不開後奮力化解，不錯！

夏絲妲沒有憤怒，反而嘴角上揚，十分滿意愛德華剛才反擊的方式。

但要扭轉形勢，有那麼容易嗎？

她輕輕一笑，上前就是一斬。她的劍路快如閃電，又是斬又是刺，被擋下就立刻改以另一方法進攻，速度快得彷彿剛才受傷的事都只是浮雲。愛德華緊繃神經，全神貫注，誓不讓夏絲妲用速度打開防禦的缺口。她又再往前斬來，他俐落架住，但正當他打算刺向她，逼她後退時，他看到她左手垂了下來，而在其身後，一個微細的黑影正逐漸接近——

是藤鞭！愛德華立刻往上推劍，擊開「荒野薔薇」後便快速往下斬。可惜就在「虛空」的劍刃碰到藤鞭時，其尖端早已在愛德華的腰際刺出缺口。「荒野薔薇」再次斬來，愛德華飛快把它壓下，再反手往上斬去。正當夏絲妲以為這不過是他要測試自己的佯攻，他突然飛快轉身，轉了半個圈後往下狠狠一揮，某樣東西便被切成兩半。

甚麼！

被切開的不是其他，正是想要從愛德華背後再一次刺傷他的藤鞭。夏絲妲立刻在訝異中回神，朝愛德華的背斬去，但他好像早就把一切，連同夏絲妲的反應和時機都計算好似的，如風般快速旋身回揮，借助旋轉產生的力量牢牢壓下「荒野薔薇」，並且反手回斬。夏絲妲的大腿因此多了一刀，幸好她把腳收得快，不然傷口定必更深。

居然想到把藤鞭斬斷！夏絲妲心裡的驚訝仍未平復。

她瞧了瞧愛德華腳旁的藤鞭，它們還「活」著，沒有問題。以前她也遇過把藤鞭劈開兩半的對手，但這條藤鞭有個特性，就是無論受到任何傷害，都能在一段時間內回復原狀。可是現在藤鞭們躺在地上，沒有要修補、合併的意思。看來是被「虛空」的能力影響到了吧，夏絲妲皺眉。

抓住夏絲妲受傷的大好機會，愛德華咬緊牙關上前猛攻，連續往她的左右兩邊斬去。大腿的傷減慢了她的步速，她被流暢如水的連擊打得不停後退，手腳也被「虛空」劃下更多的傷痕。她往後一瞥，舞台的木板就在身後，再無退路。

她從下擊開要斬向自己胸前的黑劍，提起銀劍，劍尖朝下，想藉刺擊逼使愛德華後退，沒想到他從下把劍尖壓到一邊，把劍高舉耳旁，如閃電般筆直刺來──

在黑光要在眼前閃過的一瞬間，夏絲妲急忙往側橫閃，「虛空」沒刺到她，而是牢牢插進耳旁的木板。她立刻要閃到愛德華身後，但他動作更快，拔刀的同時借力向側斬去，劍尖在她的額前劃過，削掉好些頭髮。

愛德華轉身，繼續飛快地向夏絲妲大力斬去。他清楚她動作很快，用力點抓得很精準，但如果同時比力氣和速度，她沒法堅持很久，尤其是在受傷的情況下，想必一段時間過後便會露出破綻。他的頭很疼，手臂麻痛，全身都發出哀號，但咬緊牙關，用意志壓下抗議，不讓速度降下來。

要贏，他在心裡不斷重複。

一定要贏！

不可以在此停下腳步！

「虛空」在夏絲妲身前揮下，見「荒野薔薇」要刺上來，愛德華立刻往右踏，向夏絲妲的右手斬去。夏絲妲見狀，急忙轉身並向前推劍，愛德華要抽劍換邊之際，她劍路突然一轉，沒有刺上去，而是轉了半圈，往他的大腿劃去。

愛德華的褲管又被割破，切口鋒利，布料稍微垂下，眾人都能清楚看見像氣泡般從傷痕湧出的鮮血。愛德華切了一聲，立刻往前揮斬，但劍被夏絲妲輕而易舉地擊開。他的中門大開，破綻百出，她神氣一笑，如迅雷般刺向他的胸口——

銀劍劍尖就要碰到寶藍大衣，就在這時，一道強力突然憑空出現，把銀劍壓離攻擊線。

居然在這麼短時間內把劍交到左手了？

夏絲妲雙眼睜大，心感不妙，急忙要抽劍換邊，但愛德華動作更快，他踏前的同時把「虛空」推高，用護手把「荒野薔薇」緊緊架住，然後倏地一轉劍尖，奮力往她的肩膀刺去——

「嘶」。

空氣一瞬間安靜下來，只剩清楚的布料撕裂聲在無聲中響徹。

「虛空」狠狠刺穿夏絲妲的右肩，劍身幾乎一半都陷進肉裡，漆黑的劍尖從後肩露了出來。愛德華想要拔劍再斬，但夏絲妲彷彿感覺不到劇痛似的，向他輕輕一笑，溫柔地輕語：

「十分優秀，但可惜，時間到了。」

5

「可惜，時間到了。」

「甚麼？」

愛德華訝異地張開嘴，他把「虛空」拔出，想要再補一刀，但下一刻，他感覺到一陣熟悉的麻痺感開始蔓延至全身，四肢開始變得僵硬，像要被石化一樣，越來越沉重。

不可能的！就差那一點而已！

他奮力想要否定，但在這時，左臂的傷口突然爆發劇烈的痛楚，他咬緊唇角，想要壓下痛楚並進攻，但左手經已不受控地垂下，五指無力地軟掉，「虛空」掉落木板上，清脆的　當聲令觀眾本來經已緊張的神經更為繃緊。

他們都不清楚發生了甚麼事，只看見明明成功刺中「薔薇姬」，很有機會直取她性命的愛德華突然冷汗直冒、臉色慘白，而「薔薇姬」只是站著，雙手垂下，看著愛德華與痛苦爭鬥的模樣，沒有要趁機進攻的意思。時間幾近停頓，一秒彷如一小時那麼長，觀眾們都屏息靜氣，他們連大口一點的空氣也不敢吸，視線不停地在二人之間轉移，緊張地想要知道接下來的發展。

無數股猛烈的力量正在體內翻滾，彷彿想要從這副皮囊裡衝出來，愛德華知道接下來等著自己的是甚麼，他咬緊牙關，死撐著身子，不想要倒下，可惜雙腳不聽勸，慢慢軟掉，整個人漸漸不受控制地跌在台上。

「愛德華！」跌在台上的一刻，諾娃驚呼。

「我……沒事，不要過來。」愛德華僅餘能做的，是用單膝跪著，不讓另一膝頭也跪下來，這是他最後的堅持。聽見自己那把沙啞發抖的聲線，就連他自己也覺得所說的話一點說服力也沒有。

他連連喘氣，勉強抬頭，夏絲妲就站在他面前。她身上那些自己做成的傷痕依在，但整個人站得穩固，微笑依舊不變。那俯瞰自己的紫瞳眼神銳利，而且冰冷如霜，一如數月前的雪下對決，倒在她面前時所見。

美麗如花，卻又令人絕望。

「居然會在危急一刻用受傷的左手握劍攻擊，這賭注實在出人意表，不，應該說是你的意志力強大吧。但可惜，還是趕不上時間。」

說完，夏絲妲把「荒野薔薇」插在木板上，並輕輕一揮手，斷成兩截的墨綠藤鞭登時來到二人之間，雙雙圍繞著銀劍的劍身飄浮。注視著藤鞭上那十數個花蕾慢慢長成花苞，看著血紅的花瓣努力掙脫花苞的束縛，在寒風下綻開其豔麗身姿，雖然今天沒有純潔的白雪落下，但愛德華依然從心底覺得這些玫瑰很毛骨悚然。

花瓣的紅，彷彿是吸取他的血後乾涸而成的顏色；他覺得它們優美，但同時覺得，這就像是在注視自己最實在的一部分，以及末路。

「久違的感覺，會感到掛念嗎？」夏絲妲故意問道。

「哼，誰要掛念這種要把人內部整個翻騰再勒死的噁心感覺啊？」愛德華毫不客氣，並回以一嗤笑。

「還有力氣回嗆，看來還很有餘裕呢，」夏絲妲一笑。「距離上一次對決過去了那麼久，還害怕你會忘掉這感覺呢。」

「別說笑了，我每天每晚都記得，第一次的瀕死經驗，從生到死再到生，身體每分每秒的感覺都深深烙印在靈魂上，未曾磨滅。」愛德華回道。

「能夠記住是好事呢，」夏絲妲說著說著，慢慢收起了笑容。「但現在，第二次，你依舊倒在這把劍下。」

她拔出「荒野薔薇」，指向愛德華的胸口，仔細打量他的神情。那緊皺的眉頭，因為全身麻痺而感到痛苦，但不甘示弱，想要反抗的表情，理應令她感到滿意才是，但此刻，盤繞在她內心的卻空無一物。

空洞、空白、空虛。

又是一樣的場景，同樣是跪在銀劍下的人，她一樣是居高臨下、屹立不倒的模樣，就算這次改變戰術方針，不特意放水，任由自己隨心認真應戰，但結果還是一樣。

她本來期待能力與自己相當的愛德華能為自己帶來一些意料之外的刺激，對決本身有著許多意想不到的驚險時刻，有幾次還切身感覺到性命要被取去的危機，但他終究還是倒在了藤下。

眼前人跟安德烈相比，不論是性格、思考、行動模式，都更酷似當年的自己。注視著他倒下，她猶如重溫一遍當年自己是如何倒在艾溫腳前的。放開手上一切，回歸原點，她放開了對形式的執著，一心專注應戰，但依然導向一樣的結局。這難道是在說，絕望和勝利的盡頭就真的只有虛無，真的不會有它以外的解答嗎？

「怎麼了，一臉不滿意的樣子，這不是你想要的結果嗎？」望見夏絲妲那冷淡的神情，愛德華問，同時悄悄地伸手，想要把不遠處的「虛空」拿過來。

「有點唏噓而已，兩次對決，你都是中了毒，跟上次經過一樣。」夏絲妲說完，嘆了口氣。

「一樣？哈，」愛德華忍不住笑了一聲。「你真的以為是這樣嗎？」

夏絲妲正要問理由，突然全身一震，雙腿一麻，回過神來時，整個人差點就要往前傾倒在地上。怎麼了？她立刻回站起來，卻發覺四肢有一陣麻痺感慢慢浮現，越來越僵硬，難以用力穩住身子。就在她納悶之時，一陣如同電流般的劇痛突然閃遍全身，她雙腳立刻軟倒，幸好在最後關頭用「荒野薔薇」支撐住，才不至於整個人軟倒在台上。

「成功了。」愛德華嗤笑，喃喃道。

「你……做了甚麼？」夏絲妲勉強抬頭，視線突然模糊了一下。望向愛德華，她忽然發覺現在自己跟他的狀態十分相像，想及至此，突然靈光一閃。

「是『荒野薔薇』的毒嗎，」她輕笑了一聲。「是剛才斬開藤鞭時沾上的吧。」

她早就覺得奇怪的了，為何不久前愛德華砍掉藤鞭時，動作像是早有預備似的。起初她以為砍掉藤鞭只是一種還擊，以及嘗試制止藤鞭有再一次攻擊機會的攻擊，原來有更深一層的佈局。

盯上「荒野薔薇」劍鞘內的毒汁，砍開藤鞭時故意讓劍身和切面接觸，沾上毒汁之後立刻把它送進她的體內，這心思細密且實行時自然得行雲流水的計策，夏絲妲在心裡感到欽佩。能夠計劃出此事的，只能是知悉「荒野薔薇」劍鞘秘密的，換言之是曾經跟她對決過，而且能夠幸運存活的人。

至今，能在她的劍下存活的人不多於五位，而在這五人之中，能夠反過來讓她中毒的，就只有愛德華一人。

其他人不是沒有想過同樣的事，他們都有嘗試，但成功的，只有愛德華。

「中了自己的毒，感覺如何？」愛德華歪歪倒倒地用「虛空」支撐站起來，俯視著夏絲妲，一臉神氣。

雖然表面上像是早有預料，但其實在心底，他正在慶幸自己賭贏了。

其實他無論在策劃時，或是下手前後，都不肯定此計策會否成功，只是猜測毒液來自藤鞭內部，繼而猜想，假若斬開藤鞭，讓切口盡可能接觸劍身，便可以沾上毒液，再用沾上毒液的同一位置刺傷夏絲妲的話，就可以像她所做的一樣，把毒送進她體內。

他不肯定砍開藤鞭時會否沾上，以及能否沾上足夠的毒液，也不知道毒液在空氣裡能存留多久，在幾乎甚麼都不確定下堅持行動，這違背他一貫的方針，但不試的話便會死，只能放手賭一把了。

夏絲妲從第一次被沾到毒的「虛空」斬到，到剛剛毒發為止，不過是約五分鐘的事，依照時間看來，不只是「虛空」接觸到毒後第一擊，接下來大部分能做成傷口的攻擊都帶有毒液。能賭中一事確實令人振奮，但愛德華卻高興不起來，因為整個過程最大的失策，是他自己也中毒了。

「懷念得不得了，到令人煩躁的地步，」夏絲妲回話。

將全身傷口的痛楚都放大，令整個人感覺宛如火燒的劇痛，時刻在四肢閃過，如針般刺痛的麻痺感，她起初感到陌生，但很快的，身體便讓她回憶起來，那快要埋葬在記憶長河裡的古舊回憶。她想要站起來，但一陣劇痛撕扯全身，令她忍不住痛苦呻吟了一聲，然後又半跪在台上。

十一年前她也是這樣，膝蓋撞到木板時，夏絲妲頃刻想起來了。她感覺自己回到當年，想要站起來，但毒素卻逼令她跪下，全身乏力，只能勉強抬頭，仰望那遙不可及的身影。

艾溫那雙冷漠的眼神在她面前浮現，她記得，當時心裡有是無盡的憤怒和屈辱，但當她一眨眼，再仰望那個跟艾溫相似的身影，一陣愉悅卻油然而生。

「那是因為你沒有完全把自己放進去！」

安德烈那惱人的聲音突然在夏絲妲耳邊響起。

他說過，夏絲妲一直都只是在觀察別人的掙扎，就算對決的對象跟艾溫有多麼相似，她也不會陷入與十一年前中毒時完全一樣的處境。

第一次跟愛德華對決時，她有一瞬間因怒火而代入了當年的處境；但她萬萬想不到，第二次對決時，她真的如願，再一次重現十一年前的處境。

先前才為著沒能得到意料之外的驚喜而感到唏噓，她現在發現自己大錯特錯。她的心口在顫抖，雙手冒著冷汗，身體看似在害怕，但從心底裡冒出的興奮卻快要爆發開來。

當日留著愛德華不殺是對的，今日主動挑起對決也是正確的。

他果然能夠帶來我想要的，不，是比我期待更甚的事物！

我們二人都中了一樣的毒，那麼接下來的決鬥猶如和自己倒影對打——

不，夏絲妲很快便在心裡否定這想法。

他不是倒影，也不是其他人的替代品，而是更獨特的，更令人心動的存在。

在他面前，我會落敗嗎？我會死嗎？

問題。

她突然記起，幾個月前的雪夜下，在快要奪去自己性命的黑劍面前，她在剎那間問過自己同一條

不，我絕對會贏，正如我如何一路走來！

「哈！太棒了，真的太棒了！」夏絲妲由衷地大笑了一聲，並用意志支撐自己站起來。她拿起「荒野薔薇」，指著愛德華，笑容滿面：「拿起劍來，我們再決一勝負！」

「你不用解藥嗎？」愛德華問。

「解藥？哼，我都忘了，」經愛德華提醒，夏絲妲才想起此事。她把頭側向一邊，視線投向愛德華身後，喚道：「諾娃，過來。」

夏絲妲不是用「『虛空』的劍鞘」稱呼，而是直呼其名，諾娃心裡疑惑，猜不透這到底是失誤，還是她故意不裝的。她一頭霧水地走到台上，正要開口，突然有一個黑影向她衝來，她下意識伸手接住，攤開手掌後，才發現那是一個盛著紫色滴體的玻璃瓶。知道這是甚麼的她，登時驚訝得張大嘴巴。

「解藥只有一枝，喝完整枝才能完全解毒。你好好拿著，只有贏了的人才能用。」

夏絲妲不相信休斯，所以不把解藥交給他，而且諾娃是「虛空」的劍鞘，她也是這場對決的關係者，需要親眼見證結果。

她持劍指向舞台盡頭的方向，要諾娃站在那裡。

諾娃半張著嘴，像是想要問些甚麼，她看了看夏絲妲，再看了一眼愛德華。愛德華肯定地向她點頭，沒有反對，諾娃頓時心領神會，快步走到休斯旁邊，再沒有說話。

舞台又回復到令人寒慄的死寂，持劍的二人臉色都蒼白如紙，他們呼吸急促，遍體鱗傷，但雙眼裡都有一團熱火在燃燒。

「最後再給你一次機會，」夏絲妲在身前舉劍的同時說。「放棄嗎？繼續嗎？」

「說甚麼笑話，我不會停下來，絕對不會。」話音落下的同時，愛德華一個箭步上前，從側刺向夏絲妲。

「虛空」的劍路迅速而凌厲，劍尖直指臉頰，但一聲一聲清脆而短暫的劍鳴阻止了其前路。「荒野薔薇」架住了「虛空」的劍刃，一秒不留，夏絲妲立刻把劍壓下，並飛快地反斬向愛德華的頸項。

愛德華立刻收劍，往後一跳，凌厲的銀光在他頸前劃過，在衣領割開了一刀。他嘴角一笑，像是沒留意剛才自己離死有多近，毫不退縮，舉劍就往前還擊。

劍鋒相擊，火花四濺，二人的身姿皆矯健如風，手上的劍所劃下的軌跡猶如空中流星。傷口的痛和劇毒的痲都沒有拉慢他們的速度，反而成為催化劑，刺激他們更快出手。

格開夏絲妲迎面刺來的劍後，愛德華右手向外轉了半圈，大力往她的右邊斬去，但沒想到她趕及側揮，勁力把「虛空」微微擊後。夏絲妲一笑，踏前就要往前刺，沒想到愛德華居然早一步預判，他閃到夏絲妲毫無防禦的左方，緊握「虛空」，瞄準夏絲妲的頸項刺去——

趕不及回防……這招一定會中！

我要在這裡死了嗎？

不！絕對不要！

死亡的恐懼隨冰冷的黑光襲來，夏絲妲心頭一縮，下一秒，一道刺痛從頸側傳來，同時她聽見一聲呻吟。她的頸被「虛空」輕輕劃了一刀，而她，則把「荒野薔薇」刺進了愛德華的肩膀。

夏絲妲的心撲通撲通地猛跳，見愛德華急忙退後，她立刻追上去，毫不留情地接連追擊。揮出的每一劍都為她帶來興奮，被擋下每一劍時所傳出的清脆劍鳴都讓她的心頭如有電流流過。

剛才快要被刺中時的所有感覺像劍相撞時的震動一樣仍在她身上鳴響，戰慄、僵麻、窒息，她知道這些全都源於對死亡的恐懼。她已經很久沒有體驗過距離死亡很近時的感覺，這種感覺既新鮮，又久違，矛盾的兩者同時在她心頭衝擊，為她帶來從未感受過的暢快。

這就是活著……與死伴鄰的恐懼，與生同在的喜悅，我在此刻切切實實地感受得到！

揮出的每一劍、接下的每一劍，都如同當年的我，但同時也是今天的自己。

恐懼？我會像十一年前那樣感到恐懼嗎？

我會，但也因恐懼而無懼！

正面擋下「虛空」的斬擊，夏絲妲飛快收劍，往側踏去的同時往愛德華的右臂斬去。愛德華想伸劍推開「荒野薔薇」，但突然身體一麻，前臂登時傳來刺骨的劇痛。他狠狠地「切」了一聲，無視疼痛，握劍從下往夏絲妲的胸口刺去。

夏絲妲從下把劍攔住，雙劍的護手相互架著對方的劍身，雙方都沒有要退讓的意思。

「你還要繼續嗎？」交纏的同時，夏絲妲高聲問。「為甚麼要繼續？」

「為甚麼？」感覺到銀劍即將要改向前刺，愛德華立刻收劍並後退，不讓她得逞。「我想要走下去，就當然要繼續！」

觀眾都以為「薔薇姬」問的是傷痕累累但仍堅持要繼續對決的原因，但愛德華卻聽得出另一層的含意。

「你真的是這樣想嗎？」夏絲妲質疑，她飛快地從左右兩方飛快向上撩斬，逼得愛德華不斷退後。「但你的心似乎不是啊？」

「甚麼意思？」愛德華反問，但似乎想到甚麼，心頭一震。看準這瞬間，夏絲妲立刻擊開「虛空」，並迅捷地刺進他的腰側。

「加上剛才的動搖，這下答案很明顯了吧，」注視愛德華按著鮮血淋漓的傷口退後，夏絲妲冷冷地說。她箭步衝前，往愛德華的頭顱砍去，「你在懷疑自己應否要贏，應否要繼續戰鬥到最後！」

「你才是！也要繼續嗎？」愛德華一咬牙關，穩妥地硬接下砍擊，響亮的金屬碰撞聲令會場眾人的耳朵都感到刺痛。「終於如願地落入與以往不一樣的發展，之後呢？」

見夏絲妲要乘著優勢往下刺，他藉著收劍，以滑步閃到右邊，正要從後側刺向她的腹部時，沒想到這時藤鞭突然出現，飛快地纏上他的前臂，尖銳的荊棘再一次刺穿不久前被斬傷的傷口。他的手登時痛得麻掉，手掌一鬆，「虛空」頓時從手上滑落。同時，夏絲妲經已轉身，她舉起銀劍，要刺穿他的肩膀——

愛德華在千鈞一髮之際側身躲避，肩膀邊還是被劍尖劃到，但沒有被刺到。夏絲妲要追刺，劍卻被「虛空」擋下，愛德華立刻刺向她，逼她後退。

他是在鬆手時用左手接住「虛空」的吧，夏絲妲頓時猜到。藤鞭的切口仍未有回復，但我依然可以使役它攻擊，「虛空」的能力真的只影響到它接觸到的部分，未有進一步侵蝕。

就算到了這個地步，仍可以有新的發現，果然有趣！

愛德華臉色蒼白如紙，額頭滿是冷汗，他搖搖晃晃地站著，似是在等右手的劇痛麻木掉。

「知道了道路盡頭有甚麼，就算這樣你還要繼續嗎？」夏絲妲也一樣臉色蒼白，喘著氣，狀態不比愛德華好太多。從中毒至今已經過了兩分多鐘，熟悉此毒毒性的她知道二人都時間無多，四肢越來越明顯的麻痛就是最好的證明。「繼續贏下去的話很有可能會走向同一結局，甚麼都不會有！」

「是誰說的？」愛德華咬緊牙關，斬釘截鐵地反駁。見夏絲妲挑釁似地一笑並後退，他立刻上去，快速把劍轉了一圈後往前就斬。「一切未定，就仍有機會！」

夏絲妲沒有回應，她只是左手一揮，開滿玫瑰的藤鞭便立刻再一次衝向愛德華的左臂。愛德華果斷地把藤鞭切成兩半，正打算順勢斬向夏絲妲的右胸時，與她的凌厲眼神對上，突然頓住不動，下一刻，「虛空」便被「荒野薔薇」狠狠擊中，其勁力使愛德華一時握不住劍，整把劍「噹」一聲飛落到不遠處。

「看啊，你根本就不相信，」冷冷地嘲笑的同時，夏絲妲抓緊機會攻擊手無寸鐵的愛德華，後者不停閃避的同時，收窄與「虛空」的距離。「就算你多麼努力要逼自己相信，但心底裡的感情是騙不倒的。」

「你閉嘴！」愛德華原地滾開，避開夏絲妲筆直往下斬的一擊，趁機拾起在腳邊的「虛空」，不留分秒便往她斬去，可惜被她輕鬆攔下。

愛德華想要壓下「荒野薔薇」並刺向她，就如要否定她的心一樣，可是劍卻毫無進寸，握劍的手在抖，彷彿印證了他的真心。

「就算今天看得見所謂曙光，但命運一早已定，希望最後只會回歸絕望。」

說完，夏絲妲再一揮劍，把愛德華擊至後退。

早已決定的命運……如果我當年知道了在最強的盡頭等著自己的，只有無人能觸及的孤高，以及難受的孤獨，我還會決定走到今日嗎？

面對愛德華的質問，也促使夏絲妲心裡開始思考。

她眼前浮現那經常出現在心裡的，陡峭的雪山懸崖景象。雪山寸土不生，土地都被白雪掩蓋，在彷彿沒有顏色的世界裡，只有一朵紅玫瑰在呼嘯寒風中搖曳。它矗立不倒，但她知道，它同時是沒法倒下。

那玫瑰就是她。她經常覺得自己跟北方獨有的雪國玫瑰很像，都站在無人能及的山崖上，堅強不摧，卻無法觸及；她也像莉溫雪妮傳說裡的冬之妖精，人們視她高冷且孤高，但她舉目所見的卻是孤獨。

人們都說她強大、矗立不倒，但也是這份想法，令她沒法倒下來。

因強大而孤高，因孤高而孤獨。

如果她一早知道這份空虛難受得要死，應該不會選擇走上這條道路吧，但過去經已沒法改變。在舉目無物的空虛之中，她得到甚麼了嗎？

「甚麼都沒有吧，對嗎？」

艾溫臨終前遺下的提問彷彿替她解答了。他早就洞悉了一切。

當年她否定艾溫，堅決要走成為最強的路，這決定真的沒有錯嗎？

銀光與黑光在她面前劃過，她親手劃出的每一條軌跡都是自己這十一年來所累積的結晶，擋下黑光的時機和動作都源自長年對決的經驗。這些成果，她都握在手上，很實在，但同時也很抽象。

正如她對愛德華說過的，虛無縹緲。

「就像寸草不生的荒野裡長出一朵花，大家都會把它當成希望的象徵，但它最終會因為沒有營養而迎來命定之死。」一揮斬被正面擋下的同時，夏絲妲以「荒野薔薇」的背後意義提出質問。「結果是失敗的話，甚麼都沒有的話，整件事也就沒有意義！」

她質問他、否定他，同時其實也是在否定、質詢當年的自己。

愛德華想要反駁，但嘴巴卻擠不出一隻字。夏絲妲失望似地抽劍後退，愛德華要上前追擊，前腳突然被甚麼絆倒，上身整個傾前，幸好在最後一刻勉強站穩，不然定會狠狠掉到台上。在站好的一刻，他眼角瞄到，絆倒自己的正是「荒野薔薇」的其中一條藤鞭。

荒野裡盛放的薔薇……

夏絲妲剛才說的話，伴隨她連環進攻時傳出的金屬碰撞聲，再一次在愛德華腦中響起。他的四肢則是弦線，全身都在跟她的質疑和否定共鳴，那麻痺的感覺令人厭惡。

他知道，她說的都自己心底裡最深的心聲，那些一直不願面對，也未有辦法解決的困惑。

確實，就算一瞬間有希望，但如果注定了要死去的話，希望終究只會回歸絕望，愛德華在心中暗暗認同。

我不就是這樣嗎？我的確還有約半個月的時間尋找既能勝出祭典，又能改變諾娃未來的方法，但其實心裡很清楚，最有可能發生的，就是甚麼都改變不了，落得跟奈特一樣的下場。
我面對的不是人，而是神，試問一介脆弱的人類要怎樣反抗神的旨意？一切都是祂說了算，可能我今日找到一個邏輯上的漏洞，但明天祂就以神權表示此路不通，那麼有何意義？
夏絲妲說得對，行動要成功才有意義，一早知道會失敗但硬是要繼續，那叫無謂用功。
愛德華把「荒野薔薇」格開，之後立刻捲劍刺向夏絲妲的胸膛，但劍卻在半路失了準度，不但攻擊落空，還給了她反攻的機會，讓自己的後臂再添一傷。
我還想繼續下去嗎？繼續想成為最強嗎？還是想要放棄？愛德華的心越來越沮喪。
他感到四肢如石頭一般沉重，揮動手臂的每一寸，行走的每一步都十分吃力，彷彿呼吸都要用力，身體隨時都要撕裂成碎片。是強大的意志力支撐住他，但也是意志力拉扯著他行走。
很辛苦，他心裡冒出一把心聲。
我不想敗，但就算忍著痛苦，贏了這場對決，等著自己的都不過是絕望的命定。
反正都會失敗，選哪條路都是死，既然如此，現在放棄的話，應該會更輕鬆舒服吧。
愛德華舉起左手，擊開了「荒野薔薇」，但沒法藉機把夏絲妲推後多少。他退後，看見亮白的銀光正朝自己衝來，那劍尖銳如閃光，他知道它將要在半空劃落，把自己切成兩半——
「愛德華！」
就在這時，他突然聽見諾娃喊他的名字。
他下意識地望向聲音傳來的方向，看見雙手十指交叉的諾娃。二人四目交投之際，她沒說甚麼，只是瞪著他，雙眼雖然眼泛淚光，但他看到那注視裡有著熾熱的火，以及無比的堅定。

她相信著我，期待著我……愛德華頃刻醒了過來。

一股溫熱彷彿隨著眼神和吶喊傳了過來，化成了力量，瞬間驅走了直至剛才為止仍在他心頭的迷霧。

她曾說我是一個勇往直前，為自己相信的事物感到無懼無悔的人。

無懼無悔的人，不會因為預見可能的失敗而甘願屈服！

現在這樣那還是我嗎？還是那個她所相信著、期待著的我嗎？

「也許踏前一步並不會得到甚麼，但停滯不前的話就一定會甚麼都沒有。」

諾娃幾天前鼓勵他的話頃刻在愛德華耳邊響起。

也許話是這樣說沒錯，但現實真的有那麼簡單嗎？看啊，正如那注定要死去的荒野之花——

在他又要陷入迷惘時，一抹緋紅在這個時候吸引了他的注意。他往下看了一眼，發現那抹紅是「荒野薔薇」藤鞭上的玫瑰。藤鞭已被分成幾片，失去了生氣，如死去般躺在木板上，但長在藤鞭上的玫瑰居然仍綻放著，沒有枯萎，跟它們剛盛放時的美貌一模一樣。

它們經已「死去」，但依然保持著盛放的身姿。

生命總會消逝，多麼美麗的花也終將逝去，但它們活過、綻放過，把自己最美、最耀眼的一刻留在了世上——

一道電流瞬間流過他的心，他的雙眼明亮了起來，頓時領悟了甚麼。

「要放棄了嗎？認清了嗎？」見愛德華垂下頭，夏絲妲提劍，要上前給他最後一擊。「在絕望的盡頭，甚麼都不會有！」

瞄準他那中門大開的胸口，銀光再一次在空氣劃下弧線——

「噹」。

漆累的劍精準地架住了它。

「不是這樣的……」在劍的對面，愛德華喃喃道。

夏絲妲一驚：「甚麼？」

「就算……」雙劍仍然保持著交纏，愛德華不讓「荒野薔薇」前進半寸，半步不移，跟不久前沮喪的他截然不同。「就算荒野的花最後會死去，它也曾經綻放過，曾經在世上留下她的身影，嘗試過生存！」

說完，他猛力一揮，把「荒野薔薇」狠狠壓下，並飛快提劍往上，點中夏絲妲的胸口。

「那又怎樣？」夏絲妲呆了一下，但很快因為疼痛而回過神來，揮舞銀劍，從下向愛德華的胸口撩斬過去。「終究是要消逝，那麼結果仍是無意義！」

「希望曾存在，那麼它的意義就會一直都在，」愛德華沒有被夏絲妲的話動搖，正面擋下她的一劍，並飛快往上抽劍，解開交纏，以勁力逼使她退後。「既然花能夠綻放，就代表它有機會走向枯萎以外的另一個未來！」

沒錯，天意已決，脆弱的人類難以對抗，但我們依然能夠在被設定的框架裡作出自己的選擇，愛德華在心裡對自己說。

就像枯萎了的奇蹟之花、無法再回復的藤鞭，死亡是它們路途的盡頭，但奇蹟之花和藤鞭上的玫瑰都曾經綻放過、閃耀過，也就代表希望曾經存在。而希望存在的話，就代表一定有絕望以外的另一個可能性。

那可能性也許很渺小，近乎於零，但不去相信、不去踏出一步的話，它就一定會等於零。

如果我只有一個人，孤身一人對抗神的旨意，一定不會成功吧，但我現在不是一個人，有奈特把未來將要發生的事告訴了我，讓我知悉了祭典的真相和自己的結果，而更重要的是，我有諾娃。

我們都知曉接下來會發生甚麼事，意向都一樣，二人一起面對的話，定必會比一個人單獨前行有更多的可能。

他握緊了「虛空」，那實在的重量和觸感令他的心更為安定。

我就是因為有她在身旁，才能勇於走到今天；我的無懼無悔，都源自於她的信任和力量。

既然有所相信的目標，那就不要放棄，為它燃燒到最後！

直到最後，都不會停下來！

名為信心的火焰在他心中猛烈燃燒，他正面橫架下「荒野薔薇」，左腳前踏的同時卸開銀劍，在毫無阻擋下俐落地在夏絲妲的左肩斬下一道深長的切口。

鮮血迅速溢出，染滿左肩和前臂，但夏絲妲似乎不被疼痛影響到。她立刻後退，待愛德華追擊時精準地格開他的左右斬擊。劍刃的摩擦聲、劍身的碰撞聲，牽動她的心不停猛跳，她燦爛地笑著，笑容比對決的任何一刻都更加耀眼，那是因為享受，但更多的是因為她心裡那份快要滿溢而出的歡愉。

沒錯，就是這個。

剛才愛德華反駁她時，她彷彿感到一道強光射了下來，眼前光亮非常，她心頭顫抖，一陣溫暖從心散發開去，這種全身的共鳴是她整輩子都未曾感受過的。

「荒野薔薇」——荒野裡盛開的玫瑰，其意義的真正解答，就是愛德華所說的那樣。花終究會死去，但它曾經綻放過，奇蹟出現過，就代表除了死亡，還有別的得著、別的可能性。她認同愛德華的回答，而他的回答，也說出了她心底裡的心聲。

絕望不是希望的盡頭，勝利的盡頭也不只有虛無；我的劍也一樣，它可以將希望轉化為絕望，但人仍然可以從絕望中覓得生機。夏絲妲在心裡對自己說。

絕望和勝利的盡頭並非只有虛無，有希望、有滿足，有很多難以言喻，但真實存在的事物。

我當年就是抱著這種想法打倒艾溫的，而這，也是我一直想要尋覓的答案。

這些年所走的路，在追求最強的路途上所得到的事物，從結果看起來或許虛無縹緲，但事實並非如此。堆積下來的經驗、經歷就是意義本身，它們抽象，沒有實體，但卻是實實在在，真實存在的。是它們塑造了今天的我，塑造了「薔薇姬」的強大；而它們也是我的目標，以及尋覓多年的解答。

眼見愛德華的左手因為「虛空」被推到一邊而移開，夏絲妲乘虛而入，從下方一舉刺穿他手腕後方的前臂。

在愛德華大聲喊痛的同時，她把劍拔走，並轉了一圈，瞄準中門大開的胸膛，要從左上方狠狠把它斬開——

雙手都重傷的你，沒有辦法再握劍……甚麼？

響亮的「鏘」一聲，粉碎了夏絲妲的計策。她驚訝一瞧，發現愛德華居然用血淋淋的右手握著

「虛空」，從下猛力推開了「荒野薔薇」。

銀劍高舉，夏絲妲整個人被推後，她穩住身子的同時，看見漆黑的劍尖轉而向下，筆直地往自己的胸刺來——

啊。

在這一瞬間，她看到愛德華被眩目的光芒包圍著。

為了勝利、為了相信的事物，而把自己推至極限。不惜賭上一切，以身入局、燃燒靈魂，這是何等美麗的光芒。

我一直追求的，就是這樣的光輝啊。

她立刻收劍，要攔下刺擊——

「在希冀的目標達成前，我絕不放棄，絕對不會停下！」

6

整個廣場一片死寂。

觀眾們都不敢作聲，他們剛才看著愛德華把漆黑長劍高速交到右手，狠狠擊開「薔薇姬」的銀劍，並在半空改向下刺，而「薔薇姬」則往側揮劍，打算擋下攻擊——

一切都在一瞬間發生，太快了，眾人完全跟不上。

他們都屏息靜氣，絲毫不敢移動半分，視線都盯著台上對決的二人。只見愛德華和夏絲妲都像時間被停頓般，靜止不動，「荒野薔薇」就在愛德華胸前，差幾分便能碰到「虛空」，而「虛空」，則貫穿了夏絲妲的胸膛，漆黑的劍身從她身後伸出。

鮮血一點一滴從漆黑的劍身滑落，滴到台上，血液的滴答聲猶如時鐘指針的走動聲，宣示時間依然流動著，而眼前的一切，並非夢境。

「做得很好。」夏絲妲虛弱的聲線打破了沉默。雖然自己被「虛空」貫穿身軀，但她臉上仍掛著笑容，似是欣然接受了結果。

經她一喚，愛德華慢慢回過神來。他緩緩垂頭，循著自己的手看到「虛空」所在，雙眼漸漸睜大，本來兇狠堅定的眼神慢慢轉變為驚訝。

「這……不可能的……」他震驚得說不出話來，握著「虛空」劍柄的手正不停地顫抖。他不敢相信，自己真的贏了夏絲妲，真的成功把劍刺進了她的胸口。

「是真的。」夏絲妲微微點頭。她呼了一口氣，稍微放大聲量說：「恭喜你，年輕的『南方黑鴉』，不，雷文勳爵，你贏了，打敗『薔薇姫』了。」

「虛空」仍然插在夏絲妲胸口上，未有拔出，夏絲妲故意輕輕一推愛德華，並往後走，讓「虛空」慢慢離開她的身體。

漆黑劍尖完全離開她身體的瞬間，會場眾人立刻猛烈歡呼。他們非常興奮，尖叫和歡呼聲彷彿大得能將附近的建築物都震碎。夏絲妲只是搖搖晃晃地站著，看著這些群眾為著與他們無關的勝負而歡喜的身姿，她嗤之以鼻，然後一陣天旋地轉，她感到自己快要飄到空中——

「夏絲妲！」再睜開眼，她便看見愛德華焦急的樣子在自己跟前。她感覺到他抱著自己的手在抖震，滿身是血的樣貌和蒼白如紙的臉孔令她覺得彷彿在看自己的倒影。

一樣的毒，幾乎一樣程度的傷勢，要不是我在那一瞬間發了呆，贏的應該就是我吧——不。

依照毒性，這個時候他應該會臉色發紫，像安德烈那傢伙死前的樣子才對。他沒有，而且還有體力站著說話，理由就只有一個。

第一次對決時，那時就經已發覺了。「虛空」的契約者體內也稍有中和能力，是這個稍微保護了他。

哈哈，這個差距，實在沒法取勝呢。她忍不住輕笑了兩聲，笑聲很快變成咳嗽，還咳出了兩口血。

「愛德華！夏絲妲！」就在這時，諾娃焦急地衝了上來。她跪坐在愛德華的身邊，見他身體搖搖欲墜，像是快要昏倒，急忙伸手抱著他，把他拉回坐著。

「是諾娃嗎？把解藥給我。」夏絲妲不太能看清諾娃的位置，她向聲音傳出的方向顫抖地伸出手，諾娃見狀，立刻從口袋裡取出「荒野薔薇」的解藥，交到夏絲妲手上。

「立刻把它喝掉，」夏絲妲接到後，立刻把解藥塞到愛德華胸前，提高聲線命令道。「這是勝者的證明。」

愛德華猶豫了一刻，沒有接過藥瓶，但夏絲妲打了他胸口一下。「喝，現在，立刻。」

愛德華似乎明白了甚麼，打開了藥瓶，把整瓶紫色液體都喝下去。喝完後，他高舉空瓶，並把它大力摔到台上。

瓶子碎掉的一刻，台下的觀眾看見，又再歡呼一波。

夏絲妲的胸口仍不斷有血滲出，早已分不清哪裡是血，哪裡是布料的顏色了。瞪眼目睹這一切，諾娃心裡焦急如焚，覺得一定要做些甚麼。

「不如我幫你治療傷口吧，現在的話或許還趕得及……」她伸出手放在夏絲妲的胸口上方，聲音抖得厲害，幾乎串不成句子。

「不用了。」夏絲妲輕輕撥開諾娃的手，肯定地拒絕。「『八劍之祭』的對決就是賭上性命的，贏者存活，輸者死去，就這樣而已。」

「但……」諾娃想要反駁。道理她當然明白，只是不想這件事發生。

「我一直都是這樣走來的。」夏絲妲猜到諾娃在想甚麼，她打斷了諾娃的話，回以虛弱一笑。「賭上性命，堂堂正正打了一場一生中最滿意的決鬥，就算輸了，也不會後悔。」

啊，死亡、輸掉的確是我的命定呢，她這時想到。

因為我一直尋找的，就是能打敗自己的人啊。

「愛德華，」夏絲妲輕聲呼喚。

「你說吧。」相比起諾娃，愛德華顯得冷靜許多。

「你現在贏了我，得到甚麼嗎？」夏絲妲問。

愛德華沒料到會被問這個，一時間腦袋空白。「我……」

「不用現在回答我，之後去尋覓便是。」夏絲妲輕輕搖頭，那是當年艾溫留下來的問題，她現在要把它交給愛德華。她想了想，輕輕一笑：「不過你的話，也許經已將答案握在手中吧。」

能夠打敗我的你，相信一定能夠得出令人滿意的答案吧，夏絲妲堅信。

「這個，交給你。」夏絲妲把一件東西塞到愛德華手上。

「『荒野薔薇』？」愛德華低頭一看，驚覺是「荒野薔薇」。他想要縮手，這時夏絲妲卻用力讓他的手指屈曲，緊握劍柄，不讓他放開。

劍柄傳來一陣暖和，這也許是夏絲妲先前握劍時留下的餘溫，但愛德華從中隱約地感受到，這份讓人安心的溫暖像是「荒野薔薇」對自己的認同。

「為甚麼？」愛德華十分驚訝地看著夏絲妲。

「拿著它，實行你剛才說過的話，」夏絲妲吩咐。「記緊，就算前路如何，也要堅持下去。不要後悔，生存下去，堅持成為最強，綻放到最後一刻。」

是你說的，曾經綻放過的荒野的花就有其意義。

絕望和勝利的盡頭擁有的事物，虛無以外的可能性，在命定下覓出的新路，就讓它一路見證吧。

夏絲妲仍然握緊愛德華的手不放，愛德華的視線落在「荒野薔薇」上的玫瑰雕飾時，登時抿緊嘴唇，似是想要說甚麼，但忍住不說。

「我一定會的，我承諾。」良久，他擠出一句，用另一隻手反握夏絲妲，並抽走「荒野薔薇」。

「我相信你，一定可以做到。」

感覺到「荒野薔薇」完全離開掌心，完成決定好要做的事後，夏絲妲覺得自己的力氣也一同被抽去。她無力地躺在舞台上，凝視那片本來陰暗，但現在經已放晴的天空，不知怎的，她想起奈特。

不知道奈特那傢伙也有看這場對決嗎？

她看不見奈特的身影，今早前來的時候也感知不到他的氣息，但她總覺得他一定在。

在他的世界裡，我敗在他劍下時，也有像剛才這樣把「荒野薔薇」交給他嗎？

她回想起奈特對她講述過的詳細，這時突然想起一件事，迷糊的意識頓時回復清醒。

「對了，還有一件事，」夏絲妲用手腕支撐，用盡所剩無幾的力氣，嘗試讓自己坐起來。「貴為唯一能夠打敗『薔薇姬』的人，我要送這個特別的人一份獨特的禮物。」

「不是劍嗎？」愛德華撇了一眼「荒野薔薇」，疑惑地問。

「才不是，這本來就不是我的東西，怎能算是獨特，」夏絲妲瞧了「荒野薔薇」一眼，很快便別過頭去。她望向愛德華，努力把視線集中到他的雙眼上：「讓我告訴你，一個連艾溫也不知道，我最深的秘密。」

「是……甚麼？」被緊緊注視著，愛德華登時有點緊張。

「湊過來。」夏絲妲說。

愛德華半信半疑，見夏絲妲對他眨了眨眼，便依照她的說話，把臉放到她面前。

夏絲妲湊近他的耳邊，輕聲說了一句話。

「這……！」愛德華聽畢，登時驚訝不已。他倏地轉頭望向夏絲妲，想要開口，但後者只是用眼神叫住他，並輕輕點頭。

「為甚……」愛德華還是不明白。

「我就說了，是禮物。」

說完，她在愛德華的臉頰輕輕吻了一下。

接下來的事，夏絲妲都不記得了。她似是倒在愛德華的懷中，又像是倒在台上。記憶斷斷續續，她只感覺到身體越來越沒有知覺，整個人都被掏空，但心卻是飽滿的，充滿著喜悅。

「莉璐琪卡，」這時，艾溫的聲音在夏絲妲耳邊響起，呼喚她的別名。

夏絲妲沒有轉身，她感覺到他跪在她身邊，像十多年前一樣，掛著那個如同陽光般溫柔的笑容，俯視著她。

「一直走來，你得到甚麼嗎？」艾溫問。

哼，可多了，夏絲妲輕聲一笑。

二十多年來所經歷過的事如走馬燈般在她眼前飛過。重溫這些往事，那些曾經帶給她喜樂的、傷心的，那些曾傷透她的心，讓她感受到生不如死痛苦的，此刻都再無悲傷，一切都化為更上一級的喜悅。

在漫長的路上，我有過痛苦，有過迷茫，但所經歷過的一切都化為前進的動力與養分，推動我走到今天。

不論是當年定下，想要成為最強的目標，還是這些年在尋覓之路上所得到的一切，都是有意義的。

這就是我想走的路，而我，無怨無悔。

艾溫聽後，輕輕一笑。他沒有回話，站了起來，滿意地朝著光離開。

我雖然孤高，但從不孤獨。正如「雪國玫瑰」的故事裡，白玫瑰確實是孤單的，但它的身邊也有紅玫瑰相伴。

雖然共處的時間很短，但能夠在路途上找到一個可以共享景色，理解自己想法的陪伴者，這就足夠了。

在寂靜之中，夏絲妲看見白玫瑰和紅玫瑰站在高山上，它們互相依靠，相互陪伴，共同在寒風下搖曳，永不倒下。

高傲的薔薇，永垂不朽。

番外篇－Nebengeschichte－

黑曜－OBSIDIAN－

1

午後的陽光從穹蒼灑落，墨綠的樹葉被染上一層暖和的金光。茂密的樹林裡滿是杉木，它們高聳入雲、堅挺而凜然，猶如能夠觸及天際的高塔，不屈地站立在深褐的土地上。陽光雖然耀眼，但其溫度不足以驅走風裡的冰寒，只能為大地帶來些微的暖和。

北方的土地裡從來沒有炎熱一詞，但在這片樹林裡，卻有一道如火般熾熱的身影在林間穿梭。它快如閃光，鮮艷的紅在墨綠和金黃中劃出一條又一條優美又銳利的孤線，但幾乎沒有傳出任何聲響，只在混在紅裡的銀光於空中劃下軌跡時才留下風被劃破的聲音，證明自己的存在。

巨大的森林裡就只有這一個身影，身穿米白絨毛大衣的她緊瞪著前方，踏著如舞蹈般輕盈而優美的腳步，孜孜不倦地揮舞著手上的劍，面向只有自己才能看見其身影的敵人，一劍又一劍地往前揮去。

銀劍從左側劃下，俐落地將眼前飄落的樹枝一分為二，如同在腦海裡，在敵人的胸前劃下致命一刀。夏絲妲十分滿意地嘴角上揚，她收劍後退，擺起防禦架式，準備下一回的練習。

這是她的習慣——於午後，在空無一人的樹林裡獨自練劍。

自從三年前住進奧德莉婭城堡後，夏絲妲就一直持續在午後練劍。本來這段時間的樹林裡還會有艾溫的身影，但他成為了威爾斯家的家主後，需要管理整個北雪之地，工作變得越來越繁忙，漸漸沒法再像以前一樣每天指導夏絲妲劍術，因此在樹林裡揮劍的身影只剩下她一人。

其實艾溫並不只有指導夏絲妲劍術，同時指導的，還有他同父異母的弟弟安德烈，但安德烈跟夏絲妲不同，對劍術沒有太大的喜好和執著，著重的只是艾溫的存在和陪伴，所以艾溫不在的下午，安德烈一定不會出現。

哼，那傢伙，從一開始就不是認真練劍的。腦海一浮起安德烈那得意地對著自己嘲笑的樣子，夏絲妲的臉上登時露出不屑的表情，忍不住「切」了一聲。

但這樣更好，他不在，我就不用無故被找碴，樂得清靜，能夠一個人仔細鍛鍊。

夏絲妲眼神銳利地瞪著前方，只存在於想像的艾溫就站在那裡，以跟她一樣的架式握著銀劍。艾溫整個人從容不迫，但全身的架勢毫無破綻，使臉上溫柔的笑容反添一絲恐怖。

夏絲妲試探式地往右走去，艾溫也跟著往左走，並把握劍的手從左換到右邊，引誘夏絲妲進攻。她不為所動，繼續往右移動，與艾溫保持距離。

類似的試探經過幾輪後，見艾溫一直沒有要進攻的意思，夏絲妲稍稍往前踏步，一如她的預計，艾溫立刻後退，不讓二人之間的距離縮短。她再往前，艾溫繼續退後，但這次慢了半拍。

就是現在！

夏絲妲突然一改節拍，飛快地急步衝到艾溫面前，往他的頭顱揮斬過去。艾溫雙眼驚訝地睜大，但及時伸劍架下夏絲妲的攻擊。像是早有預料，夏絲妲馬上抽劍，後腳往左踏的同時向他的左邊頭側斬去。劍刃「嗖」一聲劃破空氣，快速而有力，可惜慢了些少，在快要碰到艾溫的耳邊時，已被他的劍輕易推開。艾溫立刻舉劍前刺，夏絲妲心感不妙，急忙閃避，在千鈞一髮間避開要擦過自己眼角的劍尖。

「不錯呢，莉璐琪卡，速度很快，但力道可以再進步。」艾溫站在原地，曾經對夏絲妲說過的評慣在她的耳邊響起。

剛才如果我的攻擊再大力、再快一點，就能夠不被他推開的了！夏絲妲咬牙想道。她再一次擺出架式，這次右手放在左方，盯著艾溫的姿勢，思考最合適的攻擊方法。

雙方對峙了一會後，這次艾溫採取主動，在夏絲妲要邁步之際先她一步上前，俐落地往前一斬，但劍尖只在夏絲妲身前幾公分滑過，沒有碰到她。見艾溫沒有後退，夏絲妲看準機會，踏前並往上推劍，精準架下艾溫轉劍一圈後的第二擊，並以迅雷不及掩耳的速度捲劍往下刺去。艾溫想要拔劍後退，但這時銀劍已滑過他的耳邊，等同刺中他的頭。

「厲害，能夠看穿我的第一下是佯攻，用力點和時機也抓得很精準。」

艾溫滿意地稱讚，夏絲妲的視線卻聚集在劍尖上的綠葉。葉的一角被刺出了個洞，分成兩半，從劍身上飄落。這理應是不錯的成就，但她卻緊皺眉頭，把劍收回，在腦裡重溫一次剛才自己的步法後，再一次架劍，沒有要就此停下的意思。

準繩度還不行，我要的是一劍刺中葉的正中心，不得偏離。繼續！

確立改進的方向後，夏絲妲再一次往前驅步，在林中、在腦海裡揮舞屬於她的劍技。

她的劍法跟艾溫一樣靈活，但跟後者相比，動作更為輕盈，較少花心思在比力氣上，更著重在走位和速度的變化。這是艾溫建議的，他在夏絲妲學習劍術之初時就曾對她說，她跑得快，腳步也輕，可以利用這兩點優勢，集中利用走位和敏捷的動作化解對方的攻擊，並順勢反擊。他經常告誡她，不要只著重用力氣硬碰硬，要抓準最佳出力點，以最少的力氣達到最大的效果，才是應該要做的事。

「不要只著眼模仿前人的技倆，仔細理解、分析，並融入成為自己的一部分」，這是艾溫常常掛在口中，提醒夏絲妲和安德烈的話。

艾溫從下方刺來，夏絲妲把劍推開的同時往右踏去，然後毫不猶豫地捲劍往前刺去。綠葉被銳利的劍尖分成兩半，從兩邊滑落，她滿意地微笑，心裡暗暗決定好下一回的課題。

下一回，艾溫的劍速加快了許多，他步步進逼，連續往左右兩方斬刺，把夏絲妲逼得步步進退。就在他又要從左側揮斬過來時，夏絲妲迅速把劍交給左手，出其不意地擋下攻擊。

「不錯，但差了一點。」

針葉緩緩飄落在劍上，夏絲妲吃驚，立刻往右側身，滑步避開要刺向自己頸項的銀光。

雖然殺了艾溫一個出其不意，但剛才動作太急，沒有為意劍身太橫，結果沒能卸下攻擊，反而送了給對方一個機會。盯著手上的銀劍，夏絲妲很快便整理出問題所在。

果然左右換手並不容易駕馭呢，練了那麼久，還是偶有錯誤。這樣不行，戰場上的每一個動作和判斷都至關重要，稍一不慎便會犯下無法挽回的大錯，把勝負和性命一一奉上。

我是要勝過艾溫，成為最強的人，這種低等錯誤，不能再犯！

堅持多年的目標頓時激起夏絲妲心底的火焰。銀劍再次斬來時，她更為進取地反攻，過手的力道漸漸超過練習的範圍，接近認真的對決。閃避幾回，當銀劍再次從左側刺來時，她非但沒有避開，反而一個大跨步上前，反手往前，向著艾溫的頸項筆直刺去——

一片飄落的針葉被她的劍狠狠插在樹幹上，而在想像中，艾溫的下巴被她的長劍抵住，只差半公分，銳利的劍尖便會插進他的血肉裡。

艾溫沒有說話，以眼神表示讚許；夏絲妲的視線沒有離開針葉，嘴角上揚，十分滿意這結果。

呼吸依然急促，心頭的那份悸動仍然殘留，夏絲妲能清楚感受到，自己剛才是抱著純粹想贏的心態刺出那一劍的。

要成為最強，就要越過艾溫這面高牆，而要越過他，就必須令他倒在劍下。只要我循著這個方向繼續進步，相信距離能夠打敗艾溫的日子不遠了吧。

她收起劍，幼細的針葉頃刻滑落到地面的苔蘚上，再也不見蹤影。想到終有一日艾溫也會像這樣敗在自己面前，夏絲妲握緊劍柄，十分期待那天的到來，堅信自己一定能夠做到。

我想做的事從來只有一件，就是成為人人眼中的最強者，她在心裡再一次提醒自己。

而在達成目標之前，我是不會停下腳步的。

2

在樹林再練習多一陣子後，眼見天色漸暗，即將入夜，夏絲妲便收拾行裝，起程返回奧德莉婭城堡。

從後門回到城堡的範圍，穿過寬闊的庭園後，她從只有城堡主人和客人才能使用的玻璃大門進到城堡的樓房裡去。她小心翼翼地關上門，不讓一絲聲響傳出。

才剛轉身，迎面而來便是幾位女僕。夏絲妲有禮地向她們點頭打招呼，但女僕們毫不回應，紛紛回以冷淡的目光，其中一位更在擦身而過時，對夏絲妲拋向不屑的白眼。

夏絲妲清楚看見，但她絲毫沒有反應，心裡也平靜得很，毫無波瀾。

這些僕人的臉色，她早已習慣了。她十分清楚那些人的心裡都在想些甚麼，不外乎覺得自己這個惡魔之女只是因為家主的爛好人性格才得以僥倖留下來，身份低賤，根本沒資格跟他們打招呼，甚至對上眼。

城堡的僕人都是平民出身，有些人甚至跟夏絲妲一樣是貧民或孤兒，為甚麼他們當了威爾家的僕人就變得高人一等，沒有靠山且留著紅髮的她就是低賤？夏絲妲十分討厭這些人的白眼，但不會因此感到憤怒，也不會為了出一口氣，而挑起無意義的紛爭。

每當收到一對白眼，夏絲妲都會提醒自己，終有一日，她會令這些曾經小看她的人另眼相看。今日她的實力不足，才會被周圍的人肆意輕視，無法反擊；他日成為人所共知的最強後，這些人，以及世上的其他人，對她的敵意都將會轉化為對強者的敬意，以及那份因觸碰不到而生的恐懼。所以她一定成為最強，不惜代價，都要爬上那座無人能夠觸及的高峰。

夏絲妲往自己的房間走去，打算在晚飯前稍作休息和整理儀容。房間的大門已落在她的視線範圍之內，正當她在心中預想待會在房間要怎樣打理長劍上的刀痕時，一個煩人的身影這時從角落走出，迎面朝她走來。

「我聞到一陣難聞的泥土味，還以為是誰，又是你嗎，紅髮女？」

來者不是別人，正是安德烈。他一看見夏絲妲，立刻露出嫌惡的神情，彷彿看到甚麼骯髒之物一樣。

「那是城堡後方山丘的泥土味道，你連自己家的氣味都討厭嗎？」夏絲妲停下腳步，雙手抱胸，毫不客氣地回嗆。

安德烈是私生子，母親是平民，因為不是正統血脈，所以城堡裡的人經常當他不存在，態度跟應對夏絲妲相若。但夏絲妲對安德烈的敵視並非源自其出身，正如安德烈對夏絲妲的敵意一樣，是針對本人而來。

安德烈冷眼輕瞄夏絲妲的靴子後，故意嘲諷地說：「我可沒有在泥土裡打滾的興趣。」

「不常練劍的人，當然不會知道泥土是怎樣沾上鞋邊的。」說完，夏絲妲故意冷笑一聲。

「哼，練習是給實力不足的下等人，已經準備好的人的練習，是在腦內進行的。」安德烈聽得懂夏絲妲暗指的是甚麼，但臉上的冷笑表情依然不為所動。

「那你在腦內準備了甚麼？今天要怎樣跟艾溫撒嬌，讓他陪伴你更久的方法嗎？」夏絲妲反問。

「關你甚麼事，紅髮女？」安德烈的眉頭頓時緊皺，夏絲妲嗤之以鼻，知道這少爺已經中計，又被激怒了。

「你只懂得在意艾溫的目光，與其花心思令艾溫願意花更多時間陪伴你，不如思考有甚麼辦法，令他的目光長久留在你身上不走吧？」夏絲妲就是想看安德烈發怒的樣子，她故意繼續挑釁，看他會怎樣回應。

「對呢，我都差點忘了，你最熟悉這方面的技倆，」安德烈雙手抱胸，冷眼揶揄，但眉心的皺紋沒有放鬆，手掌把手臂緊緊揑著。「當年你就是用這等下三流的方法，吸引艾溫哥哥收留你吧。」

「那事是他自己率先提出的，跟我一點關係也沒有。」夏絲妲沒想到安德烈會重提自己被艾溫邀進奧德莉婭城堡居住練劍的往事，雙手攤開聳肩，無奈地嘆了一口氣。

「你一定是做了甚麼事迷惑他，他才會收留你的，你這個惡魔之女！」但安德烈沒有要聽的意思，一如以往提起這件事時的反應，激動地指著夏絲妲怪責。
「已經三年了，你依然堅持這個想法嗎？」夏絲妲心感無奈，長長地吐了一口氣。
她本來只是想逗安德烈玩，沒想到他出言不遜，開始人身攻擊，這就有點越界了。
「因為那是事實！」安德烈高呼。
「是嗎，那好，」夏絲妲壓下心中的怒火，轉身朝向走廊的另一邊，再回頭拋下一句：「我現在去問他，那就可以搞清楚了。」
夏絲妲清楚知道，要堵住這個小少爺的嘴，最快最直接的方法是一不做，二不休，行動起來。她拔腿前進，往艾溫的房間走去。
「喂！停下來！」安德烈吃驚，立刻衝到夏絲妲的面前，擋住她的去路。「你只是為了嚇唬我而裝作要走吧？」
「誰要嚇你了？」面對安德烈銳利的眼神，夏絲妲回以一記冷眼，絲毫不畏懼。「我早已聽厭你這些毫無根據的指控，艾溫也告誡過你別再用那個稱呼叫我了吧？既然你還是不聽，那我就一五一十問他，看他怎麼想。」
安德烈頓時著急起來：「你……哥哥在批改公文，這樣做會打擾他！」
「艾溫早上說過，他今天的工作不多，相信現在已經完成工作，正在休息了吧。而且不過一兩條問題，他不會像某個人一樣，斤斤計較的。」
說完，夏絲妲繞過安德烈，拂袖而去。
「紅髮女，你是想讓我在哥哥面前出洋相吧！」安德烈從後低吼。

「誰知道，你知道我沒有興趣理會你的事。你要被艾溫討厭，是你的事。」夏絲妲沒停下腳步，反而加快速度遠去。

「紅髮女，慢著！」

3

來到走廊盡頭，在蓋有刺上華麗刺繡地毯的主樓梯走上兩層後，夏絲妲很快便來到艾溫的起居處。客廳的門一如平常地打開著。她有禮地輕輕敲了兩敲後，便直接走了進去，穿過無人的客廳，來到艾溫的書房門前。房門半開著，她從門縫探頭細看，看見身穿家居服的艾溫正坐在書桌前讀書。

雖然外面天色已黑，但房間卻因為開著許多火燈而十分光亮，艾溫單手托著腮，在書桌前閱讀放在閱讀架上的書，他的眼神十分專注，書桌上的火燈照著他，在那美麗的淡金捲髮上勾勒出一條橙黃框線。夏絲妲盯著艾溫看，佇地不動，不忍插手打擾這優美的瞬間。

「是莉璐琪卡呢，有事找我嗎？」

沒過幾秒，艾溫便察覺到夏絲妲的存在，他抬頭，以別名呼叫夏絲妲，向她投以親切的笑容。

「會打擾你嗎？」夏絲妲立刻裝作沒事，推門進入。她不論是聲線和笑容都很溫柔，跟不久前那個對安德烈冷嘲熱諷的紅髮少女判若兩人。

「不會，我剛完成工作，正閒著沒事幹呢，」回應的同時，艾溫合上手上的書，把它放在一旁。夏絲妲留意到書封上寫著「安納黎年代記」，猜想他正研讀這國家的歷史。

「不用站那麼遠，來這裡就好，」見夏絲妲站在牆壁前，遠遠地看著自己，艾溫招招手，著她不用那麼拘謹，來自己的旁邊站著就好。

夏絲妲走近，但在跟艾溫約三米外的位置便停下腳步。這是她心裡定下跟艾溫之間的距離，太遠，會過於遙遠而觸不及，但太近，又會破壞現有的關係。

對於時刻仰望，以及打算要超越的對象，還是站在幾步之遙，抬頭觀看就好。

見夏絲妲今天依然不肯靠近自己一點，艾溫的臉上閃過一絲失落，但很快便把表情收起，再一次掛上溫柔的笑容。「今天的練習順利嗎？」

「還好，你之前教我的步法和招式，都大致掌握了。」夏絲妲瞧了一眼腰上掛著的劍，著實地回答。

「不愧是你，學習得那麼快，我能教你的東西已經不剩多少了，」艾溫欣慰地讚許。

「才不是，我出劍的動作和時機仍未達至完美，還有很多東西要學習和鍛鍊。」夏絲妲十分認真地回答。

「莉璐琪卡真好學，我很開心呢。果然當年沒看錯人，你在劍術上有不可多得的資質。」

「你當年邀我住進來，只是純粹想教我劍術，對吧？」既然艾溫提起此事，夏絲妲便趁機問。

「是啊。」艾溫不假思索地回答。

「沒有其他理由？」夏絲妲緊接著問。

「沒有，我就是見你有資質，但一個人無親無故沒有依靠，覺得這樣子錯失一個不可多得的才女會十分可惜，就把你邀請來了。」說完，艾溫歪頭，疑惑地望向夏絲妲：「怎麼了？」

夏絲妲輕輕搖頭，淡淡地笑著：「沒事，這就行了。」

「為甚麼突然問起這個，你不是早就已經知道的嗎？」但艾溫仍然想知道理由。

「最近忽然回想起往事，想確認一下而已。」夏絲妲稍稍別開頭去，表面毫不在意，心裡其實舒了一口氣。

正如艾溫所說，夏絲妲其實在很久以前就已經問過理由。她之所以再問，是想經由艾溫的答覆，安撫那因為安德烈的挑釁而再次被翻出的傷痕。

即便已經聽過上百遍，習以為常，但每一次被說是「惡魔之女」，夏絲妲仍然會覺得受傷。她知道艾溫對她的髮色沒有偏見，他看到的，一直都是那個形單影隻的自己，從相遇的那天開始就一直不變。只要確認艾溫對自己沒有心存偏見，夏絲妲就覺得足夠。

「你這樣一說，令我想起當年那個用長麵包打我的小女孩，」艾溫托著下巴思考片刻，忽然笑了起來。「她將麵包當作單手劍，打得真狠呢。」

一聽見艾溫提起二人初遇時，她用長麵包打他的往事，夏絲妲的臉登時變得通紅，剛才為止的冷淡頃刻消失無蹤：「別再提了啦！」

「原來麵包也可以當劍用，我直到那天才知道呢。」艾溫意猶未盡，半取笑半認真地點頭。

夏絲妲越來越感到難為情：「這件事你還要再笑多少年啊？」

「這個呢，直到你……」

「哥！」

就在艾溫要回應時，一聲焦急的高呼打斷二人之間的歡樂。他們同時往門口望去，只見滿頭大汗的安德烈正扶著門框，氣喘連連。

「安德烈，怎麼了？」艾溫收起臉上的笑容，換上擔憂的眼神。「你剛剛練完跑嗎？外面剛開始下雪，沒有冷到吧？」

「你們都在談甚麼？這個女……夏絲妲有沒有問甚麼？」安德烈的呼吸仍未調順，但他已急不及待舉起輕抖的右手，指著夏絲妲追問。

「安德烈，我不是教導過你，身為貴族，不可以輕易用手指指著人說話嗎？」艾溫站了起來，眉頭稍微皺起。「莉璐琪卡只是和我在聊今天的劍術練習。」

安德烈愕然，雙眼睜大：「就這麼簡單，沒其他了？」

「就這樣而已，有其他嗎？」艾溫望向夏絲妲。

夏絲妲連連搖頭，模仿艾溫的神情，疑惑地望向安德烈：「沒有啊，你在緊張些甚麼？」

「你這……」安德烈知道自己被耍，頓時氣結。他憤怒地瞪著夏絲妲，後者回以無辜的眼神，令他更為惱怒。

「安德烈，別那麼氣了，過來吧。」艾溫緩緩坐下，像不久前對夏絲妲時一樣，招手喚安德烈進房間來。他換上平時掛著的笑容，問：「今天的古文溫習進行得怎麼樣？」

「順、順利，哥哥給我的習作，我都完成了。」一看見艾溫的笑容，安德烈心裡的怒氣頓時消失無蹤。

「那就好了，」艾溫笑得燦爛，看來很滿意安德烈的回答。「你會覺得我準備的習作內容很困難嗎？我怕難度設得太高……」

「不會！完全沒問題！」安德烈急忙回答。夏絲妲看著安德烈那比變臉變得更快的態度，偷偷反了一下白眼。

「那就好了，我就知道以你的能力，一定可以完成的。」艾溫輕輕一笑。

安德烈靦腆地微笑點頭，夏絲妲則是再反了一次白眼。

「哥，你今天改完公文了嗎……咦，這是甚麼？」安德烈正要走到艾溫身旁，這時桌上的一道黑影吸引了他的注意。

安德烈徐徐望去，發現那是一顆約有半個手掌大的漆黑石頭。石頭形狀十分不規則，看起來應是未被切割的原石。石頭表面有著雪白的紋路，從中間發散開去，看起來有點像黑夜裡閃耀的銀河，十分美麗。

「啊，這顆黑曜石嗎，是幾天前我到鄰群視察時，在市場買下來的。」艾溫把石頭拿起來，端到火燈下仔細觀賞。

安德烈二話不說衝到艾溫面前，伸手想要取過石頭來看。艾溫沒說甚麼，直接遞給他。

「這石頭很漂亮！」拿起石頭後，安德烈立刻舉頭仔細觀賞，雙眼發亮，像是拿到甚麼寶藏一樣。「哥，你可以送我嗎？」

「你先把石頭給我吧。」艾溫伸手。

安德烈乖乖地把石頭交還，然後再問：「我可以要這顆石頭嗎？」

「安德烈……」

「黑曜石很美，我一直都想要一顆收藏呢。就當作是完成習作的獎勵，送給我吧，可以嗎？」未等艾溫回應，安德烈一把抱住兄長的腰，懇切地請求。
「又來了，每次你想跟艾溫要東西時都會這樣撒嬌，不會悶的嗎？」夏絲妲看不過眼，冷冷地問。
「你有意見嗎？」聞言，安德烈故意加緊擁抱的力度，神氣地回頭望向夏絲妲。「他是我哥，我想何時撒嬌都可以，跟你不一樣。」
夏絲妲登時感到心頭被刺痛。
「安德烈，注意一下言辭，」艾溫的聲線稍稍沉了下去。
「好的。」安德烈隨便地回應，但一眨眼便又擺出閃亮的請求眼神，抬頭看著艾溫：「所以，可以給我嗎？」
「抱歉呢，其他的東西我都可以給你，但這顆石頭不可以。」出乎安德烈的意料之外，艾溫輕輕搖頭。
「為甚麼？為甚麼不可以？」安德烈追問。
「這顆石頭就像我自己，看著它，就像注視自己的倒影。」艾溫平靜地解釋。
「這石頭？跟哥哥你嗎？黑色跟你怎看也不相像啊？」安德烈疑惑地問。
「跟你相像的寶石，不應該是黃玉嗎？」夏絲妲也不解。
「或許你們長大後，就會明白吧，」艾溫只是微笑，凝視著石頭。「我已經決定了，會將這塊黑曜石交給在對決裡勝過我的人。」
「甚麼？」安德烈和夏絲妲異口同聲地驚呼。
「你……認真的嗎？」夏絲妲遲疑地問。她兩小時前還在想要打敗艾溫的事，沒料想他現在居然主動提起。

「當然了。」艾溫答得肯定。

「這不可能，怎會有人能夠在劍術上勝過你？」安德烈質疑。

「當然會有了。世界那麼大，而且總是在變化，今天我是最強，但他日一定會有一個比我更強的人站在我面前。」艾溫說時，臉上的溫和笑容沒有轉變，但夏絲姐直覺地感覺到它多了一絲孤寂。

「不會！艾溫哥哥一直都是最強的！」安德烈高呼。

「謝謝你那麼相信我，」艾溫輕撫安德烈的頭，低頭俯視，向弟弟投以感激的微笑。「如果你很想得到它，就嘗試打敗我吧。」

安德烈再一次緊抱艾溫，把頭埋在他的腹部，沒有回話；夏絲姐正納悶艾溫那笑容感覺有些違和，覺得他像在隱瞞甚麼時，艾溫就在此刻抬頭，認真地望向她。二人四目交投之際，夏絲姐頃刻理解到艾溫剛才的話是對她說的。她從他的眼神裡感受到一份認同，像是在說：「我相信你能做到」。

「一定會有這一天的，」她遲疑了一會後，輕輕點頭。

艾溫回以欣賞的淺笑，夏絲姐再看了一眼桌上的黑曜石，心裡暗暗下了決心。

4

低頭俯視手中的黑曜石，在腦海裡重溫十多年前的往事，夏絲姐這時終於明白，當日心裡感受到的違和感到底是甚麼。

艾溫那份淡然的微笑裡，隱藏的是不能對二人傾訴的孤獨；他說黑曜石反映著自己，指的應該是自己那顆日漸黯淡，失去昔日熾熱光芒的內心。

艾溫一直期待著一個能夠打敗他的人出現。夏絲妲覺得，艾溫在她和安德烈面前說出石頭代表意義的那天，就已經預見，甚至期待她在未來會成為打敗他的那個人。

事實證明，你是對的，但為何甚麼都不跟我們說呢？

你總是這樣，甚麼都不說，一個人把所有事扛下。如果那天，或者之後的日子裡，你有找我們傾訴心裡的鬱悶，也許最後我仍然會打敗你，取去你的性命，但道別時就不會以憤怒和不和作結，會有更好的完結方式吧？

可是現在的我能夠理解你的心情。面對兩個仰望自己，視自己為人生目標的小孩，就算真的趟開心房對我們說實話，我們又能夠明白多少？

走過相似的路，夏絲妲深深明白艾溫那份孤寂不是當年的她或安德烈能夠化解的。艾溫需要的，是一個跟他有著相似經歷，在情緒和思想上都擁有共鳴的人。她猜想，艾溫之所以想找到能夠打敗他的人，其實是想找到一個能理解他內心的人吧。

但，現在說這些又有何用，一切已成過去，發現得太遲了。

夏絲妲無奈地輕嘆一口氣，慨嘆命運的無情。

把心中的鬱抑轉化為白煙，呼出身體後，她低頭望去，安德烈發紫的屍體就靜靜地躺在那裡。她俯身，把手上那顆黑曜石放到安德烈手上，讓他緊緊握著。

「既然你那麼想要它，那就給你吧。」她輕聲說。

曾經，夏絲妲為了超越名為艾溫的高牆而竭盡全力，但多年過去，她經已跨越高牆，追求更多的事物，把過往放在身後。她現在想要的，是尋找屬於自己，最後的解答。

踏著輕快的腳步離開山丘，夏絲妲輕輕一碰「荒野薔薇」的柄頭，想到接下來的目標，心頭便滿是期待。

回去冬鈴城吧，她輕鬆地一笑。

後記－Nachwort－　華彩－CADENZA－

第六本《劍舞輪迴》實體書，第六篇後記。

時間過得真快，故事寫了十年，下一本就是結局了。

在曝光了「八劍之祭」真相的 Vol. 5 過後，隨著祭典結束的日子漸近，不同陣營也開始要有屬於他們的結束，例如布倫希爾德的真實身份，夏絲妲、安德烈和艾溫之間的恩怨，以及最重要的，夏絲妲和愛德華的再一次對決。Vol. 6 的主要角色，一如封面的印象色「緋紅」，就是行為和形象都跟紅玫瑰劃上等號的夏絲妲。

不記得有沒有在以前的後記提及過，夏絲妲是先有「薔薇姬」的稱號，再有名字的。我對她的最初設定是「擋在主角面前的戰力天花板」，起初不打算安排太多戲份，但在編排劇情的過程中，漸漸發挖出她在「最強劍士『薔薇姬』」以外的另一面魅力，以及屬於她的成長故事。她是「最強」的標杆，是愛德華仰慕的理想，而她之所以會否定愛德華的理想，是因為自己曾經有過一樣的想法，並已經被現實狠狠否定。

夏絲妲神秘、強大，私下有愛捉弄人的一面，但心深處其實經常感到孤獨，想得到陪伴和理解。她嘴上否定愛德華的理想，給予他現實的鐵鎚，但就連她自己也不察覺，心底其實仍然想要相信那份理想，並為此追求一個滿意的解答。正如艾溫對夏絲妲有著期待，她也對愛德華心存期望，希望後者能交出滿意的解答。艾溫找不到，夏絲妲一早知道但察覺不到的答案，最後由跟艾溫相似，並得到夏絲妲一部分（指教導）的愛德華作出解答。

為著相信的事物，一直堅持下去，直到最後吧。就算結果是失敗，中間走過的路並不會因此消失，依然有其意義。這解答雖然很理想，但我覺得挺不錯的。

說起來，一開始創作夏絲妲這個角色時，我沒有預料到她在讀者之間會有那麼高的人氣，甚至高於主角愛德華。十分感謝大家對夏絲妲的支持和愛戴，「薔薇姬」的故事仍未完結，卷七還會有她的一點戲份的。

夏絲妲在臨終前不是在愛德華耳邊說了一句話嗎？那句話的答案將會在下一卷公開，看看大家能否猜到是甚麼。

另一邊廂，本卷終於公開「布倫希爾德其實不是布倫希爾德」這個驚人的真相。這個設定其實我從故事計劃初期便已設定，忍耐了許多年，終於可以公開時，心裡有種「太好了，終於可以講出口！」的舒暢感。

不知道有讀者早就猜到了嗎？

下面的設定後記也有提及，本來我的計劃是讓希格德莉法（布倫希爾德）死在雪花蓮前，以遺憾終結人生，但因為她的成長曲線跟最初預定的不同，所以最後變成了現在這個能夠對夫人作出反抗，離開精靈之森後才離世，帶著一絲希望的悲劇結局。跟夏絲妲一樣，希格德莉法的故事仍未完結的，下一卷會公開她和布倫希爾德之間的過去，以及她和以太精靈之間的關連。

這卷實體書的限定番外，我本來想寫亞洛西斯的人物故事，但思索過後，覺得還是寫一個跟收錄的本篇內容更為貼切的番外篇更為適合，因此有了講述艾溫、夏絲妲和安德烈三人過去的番外〈黑曜－OBSIDIAN－〉。它可以算是第二十四迴的補充，解釋了黑曜石的出處，也呈現了三人的相處方式。

下一卷就是整個《劍舞輪迴》的結局了。祭典結束日子逼近，剩餘的舞者們，都將要分出最後的勝負。

到底最後是誰從神手上接下勝利的嘉許呢？

讓我們拭目以待。

即便故事快要完結，但還是有不少設定後話能夠分享。

1. 卷六的章節標題其實都放了點巧思。除了第二十五迴〈雪蓮－SNOWDROP－〉的中英文是共通以外，二十四迴的中文標題是神光，但英文是艾溫（Edwyn），意指在夏絲妲和安德烈心中，艾溫就是猶如神之光的存在。至於第二十六迴的標題，那個便易懂了，中文寫作「薔薇」，英文是Hacienda，也就是夏絲妲。
2. 第二十四迴提及前膛和後膛槍，把槍放進這個充滿劍的世界裡，一來是想展現敵對國和安納黎的科技差距，二來是私心理由，就是作者本人喜歡百多年前的後膛槍。

3. 安德烈如夏絲妲所說，是有點喜歡亞洛西斯的。他喜歡、仰慕亞洛西斯的原因，是因為亞洛西斯會正眼看他，認同他。

4. 亞洛西斯是知道安德烈對他有甚麼想法，但他對安德烈並沒有任何浪漫情感，只是上司下屬、志向相同的同伴關係。至於亞洛西斯有沒有利用安德烈對他的情感，令安德烈忠心為他工作賣命，這個就交由大家想像了。

5. 亞洛西斯的性向嘛，雙性戀。

6. 希格德莉法（我們一直認識的那位布倫希爾德）和布倫希爾德（夫人）之間的關係，在故事計劃初期就已經確定了。布倫希爾德和希格德莉法都是女武神的名字，有時希格德莉法會被視為布倫希爾德的別名，跟故事裡二人「本尊與替身」的關係很合襯。

7. 如果大家仔細留意，會發現希格德莉法從來不會用「希格德莉法」稱呼夫人，因為那是她自己的名字。

8. 第二十五迴的情節發展本來沒有那麼迂迴的，最初的構思是：布倫希爾德逼希格德莉法騙路易斯來安凡琳，晚宴時要希格德莉法陪他吃並落毒，但路易斯昏倒下希格德莉法良心發現，嘗試救走路易斯，但在快要離開森林時被一刀刺穿，死在雪花蓮前。後來因為角色成長曲線跟預定的不同，再三考慮角色們的動機、性格後，便決定改為現在大家所見的發展。

9. 愛德華和夏絲妲的再對決，是故事計劃初期就已經決定了的事項，只是要怎樣打、在何處打，就是直到開寫卷六時才有定案。

10. 承上，夏絲妲再一次中毒倒下也是一早便決定好的。
11. 夏絲妲把「荒野薔薇」交給了愛德華，但藤鞭因為「虛空」的術式無法回復，所以愛德華得到的不會是完全版的「荒野薔薇」。

⚔

本書能夠成書，有很多人我想要感謝。感謝編輯筆言和秀威出版社的祐晴編輯，謝謝兩位協助本書的編輯校對和設計、排版和發行等事宜。也感謝插畫明信片繪師 Deme，這次的兩幅插畫都很精美，把路易斯和希格德莉法（布倫希爾德）之間的連繫，以及夏絲妲一路以來走過的路完美地表達出來，真的很感謝你！還有我想感謝每一位讀者，非常感謝你們這些年來對這故事的支持，希望內容能令你們喜歡。

正如開頭所說，下一卷就是全書的最後一卷了。Vol. 7 的實體書暫定在二〇二五年末推出，網上連載則預定於二〇二五年內完結。如果想先睹為快，可以在 Penana 故事平台閱讀網上版連載，我也會在《劍舞輪迴》的臉書專頁「劍舞輪迴 Sword Chronicle」以及個人 Instagram 上定期更新故事的最新資訊、插畫和設定有興趣的話來追蹤一下吧。

附上Penana的《劍舞輪迴》連結二維碼：

我還開設了讀者專用的 Discord 群組。如果各位讀完此書，希望跟我或其他讀者交流內容，不妨加入群組，一起聊天，互相交流心得吧。

以下是 Discord 群組「Setsuna 的山茶花茶室」的連結二維碼：

隨著書寫結局的日子越來越近，我經常都會憂慮，自己想到的那個結局是最好的方案嗎？不會讓讀者失望嗎？這條問題直到現在仍未有答案，但很清楚的一件事是，我會盡全力，為這個寫了長達十年的故事迎來一個完滿的結局。

謝謝大家，讓我們在下一卷相見吧。

Setsuna，寫於二〇二四年十一月十七日

國家圖書館出版品預行編目

劍舞輪迴 = Sword chronicle / Setsuna著. --
臺北市：獵海人, 2025.01-
冊； 公分
ISBN 978-626-7588-10-9(第6冊：平裝)

857.7 113020096

劍舞輪迴 Sword Chronicle Vol. 6

作　　者／Setsuna
封面設計／Setsuna
編　　輯／筆　言
出版策劃／獵海人
製作銷售／秀威資訊科技股份有限公司
114 台北市內湖區瑞光路76巷69號2樓
電話：+886-2-2796-3638
傳真：+886-2-2796-1377
網路訂購／秀威書店：https://store.showwe.tw
博客來網路書店：https://www.books.com.tw
三民網路書店：https://www.m.sanmin.com.tw
讀冊生活：https://www.taaze.tw

出版日期／2025年1月
定　　價／420元